TIERRA ADENTRO

Tierra Adentro

Novela de costumbres y esperanzas panameñas

Manuel de Jesús Quijano Sarria

9 Signos Grupo Editorial y Ediciones Sociedad Abierta, 2014

Manuel de Jesús Quijano Sarria
Tierra Adentro / M. de J. Quijano – Panamá : 9 Signos
Grupo Editorial y Ediciones Sociedad Abierta, 2014.
304 págs. ; 21 cm.

1. LITERATURA PANAMEÑA – NOVELA
2. NOVELA PANAMEÑA   I. Título.

Primera edición, 1950.
© Editorial La Moderna, S.A.
Editor, Guillermo Elías Quijano Robles.

Segunda edición, 2014
© 9 Signos Grupo Editorial
llescure@9signos.net
© Ediciones Sociedad Abierta
isa@isapanama.org

ISBN 978-9962-660-29-3

Portada
Asesorarte

Diseño Gráfico y Diagramación
Ruby Wong

Editores
Ariel Barría
Rodolfo De Gracia

Edición al cuidado de
Diego Enrique Quijano Durán

Ediciones Sociedad Abierta, un sello del Instituto de Estudios para
una Sociedad Abierta (ISA) de Panamá.

Tabla de Contenido

PREFACIO

Tierra adentro…, novela de Manuel de Jesús Quijano,
es de esas obras que, con el paso de las décadas van sumando
valores. Son agregados que, añadiéndose a lo literario, hacen
de ellas auténticos documentos que nos relatan una época.
Y lo logran no solo por retratarnos vivencias transcurridas,
sino también por encapsular una particular cosmovisión con
los componentes sociopolíticos y económicos de la medianía
del siglo XX en la República de Panamá y, algo que es
particularmente importante en esta obra: ilustrando cómo se
sentaban las bases del presente.

Premiada en su momento (1949) en el certamen
literario nacional Ricardo Miró (mediante un fallo analítico
que es a la vez una mirada al interior de nuestra literatura y
sus voces en gestación), la obra resulta más que una novela de
costumbres, que lo es; sobrepasa la curtida antinomia hombre-
naturaleza-hombre propia de los referentes literarios istmeños
y latinoamericanos, incluyéndola; para dejarnos un documento
polifacético, que roza en ciertas páginas el testimonio, en
otras la denuncia, en varias el embeleso por el terruño en no
pocas el manifiesto político que propone acciones inmediatas
(entre ellas la escolarización, la organización, el fomento de
una cultura ética), a la vez que se denuncia casi con rabia
un sistema administrativo herido en sus costados por el filo
anquilosante de la venalidad, lo que, a juicio del autor, impide

a la nación surgir al contexto del progreso, como se definía "progreso" en ese tramo del discurrir patrio.

Son varias las obras que, en el corpus literario panameño, se convierten en útiles complementos a la hora de entender cabalmente la Historia nacional y, ¿por qué no?, del continente; muchas reposan hoy en los estantes más inaccesibles de las bibliotecas. Con esta afortunada reedición de *Tierra Adentro...*, más de seis décadas después de haber sido escrita y publicada, quienes andan en pos de ese objetivo (que debería ser primordial para todos) pueden celebrar el mejor acceso del público de hoy a una de esas novelas.

Ariel Barría Alvarado
Panamá, 13 de mayo de 2013

Prólogo

Tierra Adentro: La sangre, el sudor, las lágrimas, pero también las alegrías y esperanzas de mis propias raíces

Antecedentes:

Un buen día recibí un correo de Diego Quijano, solicitándome muy gentilmente mi opinión de un libro. Al descargar el documento, empezaron las sorpresas, con el título *"Tierra Adentro"*.

Se trataba de la novela ganadora del Premio Nacional de Literatura Ricardo Miró correspondiente al año 1949, obra de Manuel de Jesús Quijano.

Había escuchado ese título *"Tierra Adentro"* desde hacía mucho años, pero como sucede con muchos de nuestros autores, su obra se va perdiendo en las nieblas del tiempo, por lo que es necesario el rescate de la memoria de nuestros autores y sus obras, como es el caso que nos ocupa.

El autor y su circunstancia:

Se dice que la novela es el género literario de la madurez y de ser así, esta obra nos lo demuestra. Se trata de un Manuel de Jesús Quijano, que como él mismo señala en su misiva a un joven Mario Riera Pinilla, quien ha "dado la vuelta a la esquina de la vida" y recoge todo su sabor, vital y libresco, en balance.[1]

---

[1] Ver, en esta obra, pág. xv, Correspondencia entre Mario Riera P. y M. de J. Quijano.

Quijano, nacido en 1884, cuando Panamá era un Departamento colombiano, surge con la idea liberal de la *Nación Romántica* —cuyo adalid intelectual lo fue Guillermo Andreve—, aquella que puede progresar con la educación, fieles a una identidad istmeña, conscientes de todas las limitaciones de la incipiente República y de las taras atávicas, de siglos de tradición feudalista y de desconfianza en el choque de las razas.

La novela:

Es sólo en esa madurez que el autor nos describe un escenario muy común a la historia del *"Panamá Profundo"*, sin llegar a ser la típica novela costumbrista, rural, a pesar del título. Un escenario que no se quedó en el siglo pasado, si no que se sigue viviendo, a pesar de la historia y los avances, ya que la naturaleza humana es la misma y como bien se lo señaló el joven doctor Tovar a Pablo Núñez (personajes de la novela), se está luchando contra fuerzas y costumbres que tienen siglos de arraigo.

Tal como lo señala el Jurado del Concurso Nacional de Literatura Ricardo Miró, 1949, compuesto por Baltazar Isaza Calderón, Miguel Mejía Dutary y Juan O. Díaz Lewis:

> *"Por primera vez en la novelística panameña, y ello es un síntoma de prometedores avances, se ensaya con trazos firmes la creación de un personaje: Andrés Picota, el protagonista. Es el tipo del terrateniente ensoberbecido, que avasalla y reduce a la miseria modestos dueños de tierras, guiado por una insaciable codicia aliada a una insana pasión dominadora."*

El personaje de Andrés Picota provoca una fascinación que va de la aversión a la admiración, pero que a nadie deja indiferente, es héroe y antihéroe a la vez. Su esposa Matilde, la fuerza en reposo, quizás sea la verdadera protagonista de esta obra.

El antagonista de esta novela quizás pueda ser el protagonista, ya que Pablo Núñez es la resistencia a la injusticia, una templanza difícil de hallar y bien novelada por el autor.

Quijano describe el alma campesina, el amor y apego a la tierra que nadie que no haya vivido en ellas, que no haya experimentado eso, pudiese comprender.

Basar su ser en la tierra es lo que llamo la *concepción telúrica* y en Panamá, la misma históricamente se ha contrapuesto a la *concepción transitista*. En un Panamá mayormente urbano y transitista en este Siglo 21, es bueno retomar la obra para aproximarnos al sentimiento de ese amor por la tierra, que aun un grupo minoritario profesa en el país.

De forma brillante, Quijano nos expone la visión de quienes viven *"Tierra Adentro"* y su confrontación con un mundo cambiante, avizorando quizás todos los cambios tecnológicos que sucederían en el Siglo siguiente.

El autor mezcla con maestría, el Panamá urbano y el Panamá rural y nos conduce de lo más salvaje a lo más cosmopolita, con la sola credibilidad que otorga la vivencia y sabia observación vital.

La esperanza nunca cede a la ingenuidad, la redención nunca es automática, vemos capítulo tras capítulo las vicisitudes y desgracias de cada "esfera" o "mundo", el de los Patrones, de los campesinos, capataces y de los burócratas.

No obstante, el hilo conductor —no lo olvidemos— es la tierra, a la cual se deben Picota y Núñez, lo que entienden muy bien sus descendientes.

Para finalizar, quiero recalcar algunos pasajes concretos del libro:

— las vívidas descripciones de los desmontes, quemas y el trato hacia los peones, que no ha cambiado mucho
— el viaje en barco, primero por cabotaje y luego por buque, desde tierra adentro hasta Nueva York, herencia documental de una época

— los diálogos entre los dos abogados, Tovar y Pérez, que bien puede ser el diálogo de 2 abogados hoy día.

Por esas cosas intangibles e inexplicables, en *"Tierra Adentro"* sentí la sangre, el sudor, las lágrimas, pero también las alegrías y esperanzas de mis propias raíces. Lo que ha logrado Manuel de Jesús Quijano con su obra.

Edilberto González Trejos
París, 15 de julio de 2013.

FALLO DEL JURADO DEL CONCURSO LITERARIO "RICARDO MIRO"

Panamá, 12 de mayo de 1949

Señor
Presidente de la Comisión Organizadora del
Concurso Literario "Ricardo Miró"
E. S. M.

Señor:

Nos dirigimos a usted, en nuestra condición de miembros del Jurado designado para dictaminar sobre el mérito de las **novelas** presentadas al Concurso Literario **"Ricardo Miró"** correspondiente a este año. Con el fin de rendir el informe que el examen detenido de los aludidos trabajos nos ha aconsejado.

Para llegar a una decisión el Jurado ha tenido muy en cuenta la finalidad del concurso, que, en nuestro sentir, propende muy principalmente a fomentar el cultivo de los géneros literarios en un país que no cuenta aún con un desarrollo cultural robusto ni, por lo tanto, con autores destacados en los distintos aspectos de la producción artística. Mas ello no puede implicar, sin embargo, la aceptación de un criterio de mansa tolerancia que prescinda de una cuidadosa estimación de méritos para discernir premiso sin discriminación alguna. Si tal aconteciera, se desvirtuaría lamentablemente la índole y acaso la más alta aspiración del concurso, cifrada en el progresivo enriquecimiento de nuestra producción, mas con exigencias crecientes de calidad estética. No tendría sentido y más bien causaría sensible perjuicio en el orden cultural, un acrecentamiento de la literatura panameña a base de estériles concesiones a la mediocridad.

....

Tierra Adentro, es en nuestro concepto, el trabajo que más se destaca y recomendamos que se le otorgue el **Primer Premio del concurso**. Por primera vez en la novelística panameña, y ello es un síntoma de prometedores avances, se ensaya con trazos firmes la creación de un personaje: Andrés Picota, el protagonista. Es el tipo del terrateniente ensoberbecido, que avasalla y reduce a la miseria modestos dueños de tierras, guiado por una insaciable codicia aliada a una insana pasión dominadora.

La figura crece considerablemente a medida que el autor, en la sucesiva presentación de los hechos novelados, agrupa en torno suyo, concebidos con una técnica de contrastes que hace resaltar los rasgos peculiares de cada uno, a los demás personajes, haciéndoles actuar en un medio rural captado con penetrante capacidad de observación. La trama se desarrolla con interés creciente, según el ritmo que marcan las actuaciones de Picota y sus satélites, a cuyo favor se dibujan cada vez con mayor claridad y dramatismo las fisionomías psicológicas. Hay indudable unidad artística en la obra, concebida a través del protagonista, y se prepara el desenlace con un sentido de justicia poética que incluso asegura la redención de Picota, salvándole de la odiosa impresión que sus desplantes causan a lo largo del libro.

....

Señor Presidente de la Comisión Organizadora.
Baltazar Isaza Calderón
Miguel Mejía Dutary
Juan O. Díaz Lewis

CORRESPONDENCIA ENTRE
MARIO RIERA P. Y MANUEL DE J. QUIANO

Santiago, 15 de mayo de 1949

Manuel de J. Quijano
Ave. México N° 30 B

Estoy seguro su novela marcará nuevos rumbos literatura nacional. Felicítolo todo corazón.

Mario Riera P.

....

Panamá, 16 de mayo de 1949

Señor Mario Riera P.
Santiago

Muy agradecido por amable y cordial felicitación reveladora generosos sentimientos. Usted ya adelantó valiosos jalones en la ruta de nuestra literatura. Su juventud le permite mirar un horizonte sin límites. Yo, que he dado la vuelta a la esquina de la vida, me sumo a usted y a los demás que aman las letras a fin de extraerles el mayor provecho para la patria tan querida y tan digna del concurso moral e intelectual de todos sus hijos. Abrázolo afectuosamente.

M. de J. Quijano

TIERRA ADENTRO

CAPÍTULO I

Hacia la montaña

—¡Arriba!... ¡Perezosos!... ¡Holgazanes!

Así gritaba el capataz que montado en brioso caballo recorría el campamento donde un centenar de hombres y mujeres descansaban de la fuerte tarea de la mañana, después de haber almorzado.

Era la una de la tarde y el sol amenazaba lanzar sus rayos perpendiculares sobre los cuerpos sudorosos y fatigados de esos seres sometidos a un trabajo excesivo y mal pagado. Desde las siete de la mañana hasta las doce del día, los grupos esparcidos en la "boca del monte" derribaban los árboles centenarios, destrozaban los troncos y cortaban las ramas, precedidos de los que abrían las trochas internándose en la espesura del bosque.

De uno a otro grupo se sentía el chasquido de las hachas y el crujido de los machetes en intervalos regulares y monótonos. De vez en cuando alguno de los hombres lanzaba una estridente saloma, que era contestada por los otros, o alguna de las mujeres dejaba oír una nota altísima de canto breve. Parecía como la señal de un minuto de descanso, o como la orden de reanudar el trabajo...

A las doce, la faena se había suspendido y todos se acercaron al fogón de tres piedras sobre el cual, en una enorme olla de hierro, se había cocido el "guacho" que les servía de almuerzo, y era rápidamente ingerido para poder echarse sobre el suelo y sestear hasta la una...

A las voces del capataz todos se fueron incorporando y cada cual tornó al sitio que le correspondía para reanudar el trabajo en las horas más sofocantes y agotadoras de los días panameños; cuando los ardientes rayos solares se quiebran en las cabezas y las espaldas de los trabajadores; cuando la sed no se logra apagar con el agua tibia que se les distribuye en latas o totumas y el sudor consume todas las energías...

Y ese centenar de hombres y mujeres volvió a dejar oír sus salomas y sus cantos, mientras las hachas y los machetes rasgaban el aire con rápidos compás y chirriaban los troncos al golpe de las armas...

Al caer la tarde, cuando el Sol apuntaba las cinco, el capataz gritaba:

—Ya terminó la faena... Mañana, muy temprano, deben estar aquí... ¡Holgazanes!... ¡Perezosos!...

Y la colmena de hombres y mujeres, lanzando suspiros de postrer alivio, uniéndose los miembros de las mismas familias, y cargando las armas de trabajo, sus mochilas y ropas, emprendió por distintas direcciones el camino a sus hogares.

De lejos, la "boca del monte", descuajado, semejaba las fauces enormes de un monstruo insaciable. Y cuando el sol desaparecía tras las últimas manchas de sus propias luces, los jornaleros llegaban a sus ranchos, donde después de hacer una comida menos desagradable y más sustanciosa que la del medio día, se entregaban a primitivas fruiciones del espíritu al lado de sus hijos, entre el humo del fogón, el aroma de los árboles frutales y de las flores silvestres, para recogerse, dos horas después, en sus lechos de cañazas o en los jorones de paja, y dormir, rendidos por el cansancio, hasta la madrugada del día siguiente...

CAPÍTULO II

La Hacienda de San Pedro

—Buenas tardes, patrones —dijo el capataz, acercándose a un adusto caballero que, acompañado de una señora y dos niños, se hallaba sentado en una cómoda silla de extensión en el portal de la casa.

—Buenas tardes, Jacinto —le contestó el caballero.

—Buenas tardes, buenas tardes —fueron repitiendo todos los presentes.

—¿Qué tal los trabajos? —preguntó el caballero, don Andrés Picota, rico hacendado, dueño de las tierras llamadas de San Pedro, cuyos límites se perdían en el horizonte en las ricas re giones del caudaloso Tuira.

—Pues van bien, patrón. Pero la gente se queja de la comida y de la tarea…

—La misma historia de siempre: que se les da mala comida y que se les hace trabajar con exceso. Pues adelante con esos holgazanes, Jacinto.

—Así les digo yo: holgazanes y perezosos; pero la verdad sea dicha, patrón, el guacho es malo y la tarea pesada…

—¿Tú también, Jacinto? —dijo, levantándose de la silla don Andrés— ¿Tú también te quejas?

—No, patrón. Yo no me quejo. Al fin y al cabo yo vivo aquí y no carezco de nada para mi familia y para mí. Pero la gente, señor, que tiene que hacer el viaje a pie; muchos de más de una hora de jornada, y algunos de dos horas, para meterse al monte a aguantar sol durante tantas horas y volver después a rehacer el camino para ir al rancho… es otra cosa, patrón. Esa gente debe comer mejor.

—Bueno, bueno, ya hablaremos de eso más tarde…

—Pero es que quería decirle, patrón, que me da recelo que la gente no quiera volver al monte para la quema o la siembra, y entonces se pierde todo el trabajo. Tenemos tumbadas cincuenta hectáreas y seguiremos tumbando hasta marzo. Tal vez completaremos las cien y quizás para la quema tengamos lo suficiente. Pero luego, para limpiar el rastrojo y para sembrar la yerba… me da recelo, ya le dije patrón, de que la gente nos falle…

—Pero es que, no es posible ni alzar el salario, ni aumentar la comida, ni rebajar las horas de trabajo. Ya estoy cansado de que todos los años me pidan aumento por un lado y rebaja por otro. En vida de mi padre, de esto no hace veinte años, se pagaba la mitad de lo que yo pago ahora; la comida era carne salada y bollo y se trabajaba de sol a sol.

—Es vedad, patrón, pero en ese tiempo toda la gente vivía aquí mismo, la ropa era barata y todos tenían su monte para trabajar la comida. Ahora, desde que se ha ido echando la gente de los terrenos de la Hacienda, cuando la ropa cuesta caro y no se deja tumbar los montes por estos alrededores, ni criar vaquitas ni puercos, la cosa es distinta…

—Basta ya de cantaletas, Jacinto. Pareces abogado de esa gente y desde hace tiempo me tienes pensando…

—No digas lo que estás pensando —intervino amablemente doña Matilde, esposa del patrón, que había presenciado la escena—. No lo digas. Jacinto ha sido siempre leal a nosotros. Mucho de lo que él dice es cierto y lo que debes hacer es ver cómo armonizas los intereses nuestros con los de tus trabajadores.

—Me extrañaba que no hubieras dicho algo. Siempre estás de acuerdo los demás, menos conmigo.

—No, Andrés: es que yo, como mujer, me siento más cerca de la desgracia que tú. Las múltiples y variadas ocupaciones que te sustraen todo el tiempo, te impiden mirar ciertos detalles en que yo caigo. Cuando visito los ranchos veo cómo viven esas familias de campesinos, cómo sufren las mujeres y los niños y de cuánto carecen...

—La comida está servida —dijo la encantadora voz de una linda muchacha, acercándose al grupo, y agregando: —Buenas noches, Jacinto. ¿Te has acordado de apartarme un montecito para mi cañaveral?

—Claro que sí, Julia. Verá qué hermosa y lozana va a crecer la caña...

—Bueno, pues —dijo Julia— mientras llega la hora de chupar la caña, vamos a comer. Tengo un hambre devoradora, como que me he pasado toda la tarde metida en el río...

Picota se había puesto de pie así como su esposa y los niños. Jacinto, despidiéndose, dijo:

—Buenas noches, patrones, si algo se les ofrece, estaré en mi rancho hasta las cinco de la mañana...

***

El dueño de la hacienda de San Pedro, don Andrés Picota, pasaba de los cincuenta años. De recia contextura, forjada en la brava lucha que había librado con la naturaleza al lado de su padre; de genio agrio y altanero, y muy afortunado en los negocios, pero dominado por un afán de posesión de tierras, no se había limitado a seguir las prácticas de su progenitor, que había marcado con cercas la modesta extensión de terrenos que cultivaba y cuidaba con esmero, haciéndoles producir hermosos herbazales para los ganados y abundantes frutos para sí y para el expendio en los pueblos vecinos.

Don Andrés quería encerrar cuanto alcanzara a abarcar con la vista y cada año crecía y crecía la hacienda, pues la retina se dilataba cada vez más. Desde luego que la última cerca era el punto de partida para mirar el horizonte.

Cuando tropezaba con los vecinos que poseían títulos incontrovertibles, les compraba la propiedad, algunas veces a poco precio y, otras, a precios exagerados: todo dependía de las circunstancias. Lo que no estaba titulado lo titulaba él mediante concesiones que iba obteniendo de los gobiernos nacionales y municipales. Y así fue creándose una inmensa propiedad que encerraba ríos, montañas, valles, pero también cientos de labriegos, cuyos derechos, débilmente defendidos, no alcanzaban a turbar la tranquila posesión del vasto territorio y eran expulsados de sus sitios con todas las formalidades legales.

De estos antiguos ocupantes, unos pocos habían resistido a la acción personal de Picota y a las órdenes de las autoridades, y se habían convertido en un problema verdaderamente insoluble a la hora en que referimos estos hechos. De los que resistieron, el caso de Pablo Núñez era el más grave. Contemporáneo de Picota, de quien había sido amigo hasta la muerte del padre de este, había heredado del suyo, que fue compañero y vecino de aquel, una hermosa posesión denominada "Hato Chico", de cuyo producto vivía, con comodidad y decencia, su familia, compuesta de la esposa y tres hijos.

Picota acudió ante su vecino para proponerle comprar los terrenos, pero no consiguió su objeto y luego, al obtener por compra al gobierno una enorme extensión de tierras, dejó encerrado entre sus lindero más de la mitad de la propiedad de Núñez.

Desde este instante, nació una controversia de la que están conociendo las autoridades del distrito, porque Picota exige que aquel se retire del lugar con casas y ganados, y Núñez sostiene sus derechos de dueño y señor, y reclama servidumbres para el libre movimiento de las personas y ganados...

En la noche a que nos referimos, al separarse Jacinto se dirigieron al comedor los que quedaban. Ante una amplia mesa donde esperaba servida la sopa, se fueron sentando, ocupando Picota una de las cabeceras, y su esposa el lado de la derecha. En otro puesto, Julia, cerca de un niño y una niña, últimos vástagos del matrimonio. El lado izquierdo de la cabecera estaba vacío y, al observarlo, Picota dijo, dirigiéndose a su esposa:

—¿Y qué le pasará a Andresito? Debería haber llegado a las cuatro.

—Tal vez no haya podido arreglar temprano los asuntos, pero no demorará, seguramente.

—Esa terquedad de Pablo Núñez le va a costar cara. No se burlará de mí. No quiso venderme el hato, pues tendrá que salir de mis tierras...

—Deja eso ahora, Andrés. No pienses en negocios a la hora de la comida.

Bastante tiempo les dedicas para que también lo hagas cuando estás a la mesa. Mira: fíjate cómo están de juiciosos los chicos; si parecen personitas serias.

—Yo siempre soy serio —dijo, gruñendo, el chico.

—Pero yo más que tú —replicó la hermanita.

Y como si temiera Julia que se podía armar una batalla campal, les dijo:

—Los dos son serios, sí señores. Francisco con sus catorce años, ya parece doctor, y Teresita con doce, una maestra del pueblo. Ja, ja, ja..

Francisco y Teresita rieron también y, aprovechando el instante, doña Matilde dirigió la conversación hacia los estudios en proyecto para Andresito, y la conclusión también en el exterior de los de Julia, que había terminado los secundarios en Panamá y contaba ya con dieciocho años de edad, con lo que finalizó la comida sin otros incidentes.

A propuesta de la señora, Picota y Julia salieron al portal de la casa a tomar el café y a continuar la charla que se había hecho amena en los últimos minutos.

—Sigo extrañado —dice Picota— de la demora de Andresito.

—Vuelves a mortificarte —replica su esposa— y olvidas que Julia está pendiente de su programa de estudios. Me dijiste el otro día que lo mejor que podíamos hacer por Julia era enviarla a Nueva York, a alguno de esos colegios donde estudian las señoritas de la capital y que permaneciera allá un par de años. Yo te aprobé la idea, pero si hemos de resolvernos a separarnos de nuestra hija debemos hacerlo pronto para comenzar a prepararla y poderla mandar, en junio o julio, a fin de que se aclimate antes de que abran los colegios.

Picota escuchaba, fumando un aromático cigarro de Bubí pero sin poner cuidado a lo que su esposa le decía, y Julia esperaba las palabras de su padre como si de ellas dependiese su vida.

El final del discurso de la señora fue seguido por un mortificante silencio para ambas mujeres, que se miraron de soslayo. Ya sabía que cuando Picota se concentraba en sus pensamientos era necesario algo muy fuerte para sacarlo de ese estado y sabía que esperaba a su hijo con noticias acerca del pleito con Núñez.

Julia se preparaba a romper el hielo de la escena, cuando las resonantes pisadas de un caballo, precedidas del golpe seco de una puerta de tranca, dieron a entender que alguna persona había entrado al patio de la casa, y se levantaron todos a esperar, seguros de que era Andresito quien por fin llegaba.

—Me he tardado mucho —decía este desmontándose y entregando la brida a uno de los mozos—. Me he demorado, pero no por culpa mía —dijo a sus familiares al llegar ante ellos.

Y besando a sus padres y hermanas, se arrojó sobre una silla, añadiendo:

—Estoy cansado. He corrido mucho. Oye, Juan, el "Moro" está muy sudado, ten cuidado de que no se pasme. Salí del pueblo a las tres y son las ocho. El camino lo he recorrido en cinco horas en vez de siete. Y tengo un hambre...

—Pero ya está servida la comida —dijeron a coro los hermanitos, que se presentaron repentinamente, en camisas de dormir. —¿Qué nos trajiste del pueblo?

Andresito se levantó de la silla, abrazó a sus hermanos diciéndoles:

—Ya verán mañana lo que les he traído. Ahora, a acostarse —y se dirigió al comedor, seguido de los demás.

Con rapidez eléctrica, Andresito se acercó al tocador, se lavó las manos y la cara y con la toalla en los brazos se sentó a la mesa dispuesto a devorar las viandas.

Picota estaba encantado, aunque no había dicho todavía ni una palabra. Veía en el rostro de su hijo cierta alegría y estaba seguro de que era portador de buenas noticias. Haciendo un esfuerzo, pues no quería interrumpir a su hijo, a quien adoraba, sentado en el puesto de enfrente le preguntó...

—Bueno, ¿y por qué fue la demora? Pero no dejes de comer. Si puedes contestarme bien, si no puedes, no...

—Sí, padre; porque después de que despaché tus asuntos, me encontré con varios amigos de la capital que habían ido a conocer el pueblo. Y estuvimos dando vueltas por todas partes y hablando de la vida de universidad en los Estados Unidos, hasta que me han convencido de que debo ir a estudiar Ingeniería Agrónoma, un curso que se hace en pocos años y que es muy necesario para quien debe vivir en una hacienda. Y yo les he prometido acompañarlos porque sé que ustedes están resueltos a mandarme para que me haga un hombre útil.

—Por supuesto que sí —exclamó Julia—. Ahora mismo hablaban de mi viaje a Nueva York. Eso quiere decir que nos iremos juntos. Qué gusto, yo me pondría triste de pensar en estar sola allá en esa ciudad de los rascacielos...

Un silencio profundo de los padres había acogido las palabras de los hijos. Picota fue el primero en romperlo.

—La verdad es que yo no había pensado seriamente en que te separaras de nosotros. Y jamás creí que un hacendado tuviese necesidad de saber más de lo que yo sé, de lo que supo mi padre y de los que sabía mi abuelo. Desde niños, mis antepasados, sin saber leer ni escribir, aprendieron a tumbar el monte, a quemarlo y a sembrar la tierra. Y yo, después de haber estado en la escuela, he seguido haciendo lo mismo, con la luna y el viento como guías para saber si lloverá o habrá sol...

—Está bien, papá —dijo Andresito—. Pero eso es lo rudimentario, lo elemental. Los tiempos de ahora son otros tiempos y un hacendado que pretende progresar tiene que saber agronomía y veterinaria, o pagar profesionales que dirijan los cultivos y atiendan los ganados.

—Esos son cuentos, hijo mío. Sin nada de eso nuestra hacienda ha progresado. Las pocas hectáreas que teníamos al morir mi padre se han convertido en millares. Yo creo que las universidades se han hecho para los médicos y los abogados, no para los hacendados.

—No, papá; si tú oyeras a esos jóvenes de la capital hablar de las haciendas de los Estados Unidos, te quedarías asombrado. La cantidad de hectáreas es lo de menos. Lo importante es que cada pulgada de terreno produzca, que los ganados crezcan sanos y robustos. No importa que los terrenos no tengan gran extensión...

—Pero, cuánto has aprendido en una tarde —dijo Picota, irónico—. Esos jovencitos de la capital son unos sabios.

—Pero, ¿qué tendría de malo que Andresito estudiara lo que dice? —arguyó la madre—. Aparte de que sería mejor que Julia estuviera acompañada de su hermano...

—Bueno, bueno. Habrá tiempo de hablar de estas cosas. Ahora, dime, Andresito, ¿cómo te fue en nuestros asuntos?

—Pues, apenas llegué al pueblo, como a eso de las ocho de la mañana, fui a casa del Dr. Pérez y estuve esperando que se levantara hasta las diez. Me dijeron que se había acostado muy tarde. Le di el recado tuyo y me preguntó si le había llevado dinero. Seguí tus instrucciones de entregárselo después de que me diera cuenta detallada de todo y visitamos el juzgado. Allí pidió el expediente y me lo mostró. Tiene cientos de páginas. Me explicó que se estaban tomando las pruebas de ambas partes. De tus testigos faltan unos pocos y de los del señor Núñez, algunos también. Me entretuve leyendo los pliegos y he reído mucho con ciertas declaraciones. Tú vieras, papá, cómo dicen mentiras algunos de tus testigos. Si eso lo sabe el señor Núñez, va a hacer castigar a esos falsarios...

—Cállate, Andresito. Tú no entiendes de esas cosas.

—Pero, papá, ¿cómo no voy a reír leyendo que la quebrada de la Honda se seca en el verano y que el bebedero del llano tiene agua todo el tiempo? Eso es lo que dicen tus testigos, y eso es mentira. La quebrada no se seca y los bebederos sí. Ya sé lo que es, me lo dijo el Dr. Pérez, cuando le llamé la atención, pero no creo, padre, que se debe sostener una mentira para negarle al señor Núñez una salida al camino real...

—Repito que tú no entiendes de esas cosas. Muchas veces, para defender un derecho, hay necesidad de apelar a recursos extremos...

—Efectivamente, papá; no comprendo cómo pueda ser eso, pues me parece así, elementalmente, que cuando el derecho es claro...

—Déjense de esa discusión —intervino Julia—. A mamá y a mí nos produce sueño y lo que queremos es que hablemos de mis estudios.

—Y de los de Andresito —agregó la madre.

—Primero debo saber cómo cumplió su comisión Andresito.

—Pues bien, después de leer todo lo que me presentó el Dr. Pérez y tomar los apuntes que tengo en las alforjas para ti, salimos del Juzgado. En la calle, mientras caminábamos, me explicó que el caso era muy delicado y que la demora obedecía a los muchos obstáculos que debía vencer, sobre todo los que el mismo Tribunal presentaba, demorando las diligencias. Que había necesidad de ayudar en algo al secretario, que era un hombre pobre. Esto me lo dijo dándome a entender que se le debería pagar por sus servicios...

—¿Y no te dijo cuándo estaría terminado el juicio?

—Sí, me dijo que con lo que le habíamos mandado ahora podía atender ciertos gastos urgentes, como el de ayudar al secretario y hacer concurrir a varios testigos.

—Total, la misma cosa de siempre: jueces, secretarios, abogados, todos son unos pícaros...

—¿Y los testigos?

—Basta de comentarios. Bastante te he oído esta noche. Parece que tus intereses no te preocupan y que los derechos que tenemos sobre nuestra propiedad nada representan para ti.

—No es eso, padre mío. Es que veo que has llevado muchos años de vida agitada, de trabajo, hasta de penalidades; y parece que te empeñas en seguir maltratando tu existencia cuando ya deberías descansar, trabajar menos y confiar a tus hijos y a tus hombres las tierras que ya posees, y no buscar más, no aspirar a extender unos linderos que nunca, adviértelo bien, padre, que nunca podremos cultivar ni tus hijos ni tus nietos...

—Cuán poco sabes de estas cosas, Andresito, y cuánto lamento que tu espíritu no sea como el mío; que tus aspiraciones se limiten a lo que alcanza a verse con los ojos abiertos y no extiendan más lejos, mucho más lejos, como se mira con los ojos cerrados; y no sientas el placer inmenso que se recibe cuando al recorrer los lindes de la propiedad todavía se puede decir: y eso que queda allá, en el horizonte, también será mío...

—No, querido padre. Yo comprendo lo que me dices, pero no puedo creer que eso haga la felicidad de mi madre y de mis hermanos, como no hace la mía. Me parece que si desistes de esa acción contra el señor Núñez y entras en arreglos con los otros a quienes deseas sacar de tus terrenos, vivirás más tranquilo, sin mortificaciones, y podrás dedicarte con mayores entusiasmos a usufructuar lo que posees...

—¡Eso, jamás! Yo no he dedicado toda mi vida a luchar por hacer de esta hacienda la mejor de la República para llegar al final a ceder lo que es mío en derecho. Y dejemos esta conversación que no conduce a nada. Mientras has estado hablando, he comprendido que lo mejor que puedo hacer por ti es realizar tus aspiraciones enviándote a concluir tus estudios en los Estados Unidos. Prepárate, pues, para que, en julio o agosto, te vayas con tu hermana. Piensa bien lo que vas a estudiar. Me gustaría verte de abogado, para que te defiendas de tus vecinos y de tus enemigos, que son todos los campesinos que nos rodean. Son los enemigos naturales del hombre que quiere trabajar y hay necesidad de oponerles la fuerza y el derecho. Pero si no te gustan esos estudios, haz otros, los que te plazcan, sin olvidar que esto que crees excesivo lo ambiciono para ti y para tus hermanos y para que tu madre y yo hagamos una vejez tranquila.

Hoy por hoy, los potreros alimentan tres mil reses de ganado vacuno; la cría de cerdos es de las mejores del país; obtenemos buena y abundante leche, excelente mantequilla y ricos quesos. Cosechamos todos los cereales que necesitamos y los frutos de toda clase abundan en nuestros terrenos. Vendemos cuanto producimos y cada año aumentamos los cultivos y las ventas. Esta es, pues, la situación actual; les toca conservarla, hacerla progresar. Pero no deben olvidar lo que les he dicho: hay que defenderse de los vecinos, de los campesinos que son holgazanes y perezosos, y enemigos eternos del hombre que lucha por la vida. Y buenas noches.

Picota se levantó y, tomando de la mano a su mujer, se dirigió al interior de la casa.

—Buenas noches, papacito —dijo Julia, poniéndose de pie.

—Feliz noche, padres —agregó Andresito—. No te vayas tú, le dijo en voz baja a su hermana.

***

Andresito y Julia se querían entrañablemente y sus caracteres no diferían en nada. Levantados al pie de su madre, pues Picota se hallaba ausente todo el día, casi podría decirse que no conocían a su padre. Cuando niños, solo los domingos tenían oportunidad de verse y de tratarse, ya que los demás días, desde temprano, Picota se marchaba al campo y no regresaba hasta la noche.

Al cumplir Andresito diez años de edad, apenas sabía leer y escribir y contaba con unas pocas nociones de Aritmética, Geografía e Historia que su madre le había enseñado. En ese tiempo fue enviado a Panamá al cuidado de una familia, donde ingresó en el Instituto Nacional. Su amor al estudio le proporcionó adelantos, y pronto se puso a la par de sus condiscípulos de la misma edad. Dos años más tarde, su hermanita Julia fue también a la capital, al colegio de San José, donde ingresó interna y tras algunas luchas por su falta de preparación, alcanzó a señalarse como buena alumna pocos meses después.

En las vacaciones pasaban la temporada de verano al lado de sus padres, en la Hacienda. Esta época era de

singulares satisfacciones para los muchachos. Se levantaban
lo más tarde posible y prolongaban sus veladas hasta hacer
rabiar a la madre, que se había propuesto dirigirles su vida
campestre. Montaban a caballo, recorrían los campos, se
bañaban en los distintos ríos que cruzan los terrenos y, a veces,
en el Tuira cazaban lagartos a tiros de rifle, o se internaban en
las montañas en busca de aves y conejos.

A muchas de estas excursiones los acompañaban
algunas amistades venidas de la capital, condiscípulos
generalmente, o muchachos de los vecinos predios, entre los
cuales se hallaban dos de los hijos de Núñez, Pablito y María,
contemporáneos de ellos y con quienes mantenían relaciones
furtivas, pues se habían dado cuenta de los disgustos que
existían entre los dos jefes de las familias.

Las relaciones de los muchachos de ambas haciendas
se habían desarrollado tanto que, en el último verano, sus
encuentros fueron más constantes y, si se quiere, buscados.
En la capital, el hijo varón de Núñez concurrió al Instituto
Nacional y la niña se internó en la Normal de Institutoras. Sus
amistades, casi secretas hasta entonces en los dos grupos, se
hicieron más firmes, y cuando los estudios terminaron para
Andresito y Pablito con su grado de Bachiller, Julita recibía
igual diploma en el colegio de San José, y María obtenía el de
Maestra en la Normal. Solo quedaba en Panamá el menor de
los hijos de Núñez, Juan, que esperaba graduarse de maestro.

Hacía un año que los cuatro muchachos se hallaban
al lado de sus padres pensando igualmente en continuar los
estudios en el exterior, pero Picota no había tomado en serio
el caso de Andresito y sí el de Julia, aunque nunca lo resolvió
en definitiva.

En la casa de Núñez también alentaba Pablito las
mismas aspiraciones y María débilmente las insinuaba. La
situación económica de Núñez no era tan buena como la
de Picota, pero en cambio concedía más importancia a la
educación de los hijos.

Este era el estado de las dos familias en el momento
en que hacemos el relato. Y era evidente que Andresito había

hecho detener a Julia porque quería participarle algo muy importante.

—Estaba desesperado por contarte lo que pasó hoy en el pueblo. Cuando fui a almorzar al hotel me encontré con un lote de muchachos; casi todos conocidos. Unos que se graduaron conmigo y otros que terminaron este año sus estudios, y allí estaba Pablito. Me hicieron una ovación al entrar y me agregué al grupo haciendo mesa común.

Me preguntaron por ti y se acordaron de cuando llegamos a Panamá, encogidos y nerviosos. Y después de una larga tomadura de pelo, enderezaron la conversación sobre los planes para el futuro. Me contaron que todos se irían para los Estados Unidos, cada uno a estudiar distinta cosa; pero también se iban como veinte muchachas y, entre estas, María. Me invitaban a irme con ellos y a que te trajera; que buscaríamos universidades en las que pudiéramos conservar el grupo; que formaríamos un "team" de juegos netamente panameño, y que les daríamos agua a beber a los yanquis.

Y así se fue toda la tarde, hasta las tres, cuando regresaron los capitalinos. Yo me vine con Pablo y, para que no diera esa vuelta tan larga por la colina, abrí un portillo en la cerca del potrero del llano y allí nos despedimos. Imagínate lo contento que se puso al ver que se quitaba una hora de camino y que quedaba al pie de su casa, más cerca que yo de la mía. Qué terquedad la de papá al no querer concederle al viejo Núñez esa servidumbre que tanto necesita...

Pero no es eso lo que quiero contarte, sino que yo venía resuelto a pedirle a papá que me mandara contigo a los Estados Unidos y ya ves cómo se han desarrollado los acontecimientos. Me siento, pues, feliz...

—Y yo también. Estudiaremos mucho. Nos haremos útiles a nuestros padres y educaremos a nuestros hermanitos... Si pudiéramos conseguir que papá no pensara más en pleitos, ni en tierras, qué felices podríamos ser todos...

—Eso lo lograremos, ya lo verás, Julita. Yo estudiaré Agronomía, Veterinaria, Avicultura, Mecánica, Electricidad, todo, todo lo que es necesario para saber manejar una hacienda moderna, y cuando mi padre vea, como me dijo Joaquín Lozano, que no es asunto de extensión sino de ciencia para cultivar los terrenos; cuando vea que una hectárea bien servida rinde más que cien mal trabajadas, entonces se convencerá de que se ha agriado la vida sin objeto, durante muchos años...

—Entonces, ¿desde mañana empezamos a trabajar en nuestro viaje?

—Sí, desde mañana. Prepara una lista de nuestras amistades para despedirnos y ve qué se te ocurre hacer para darles el adiós a todos los trabajadores de la hacienda...

—Hasta mañana, pues, Andresito —dijo su hermana, dándole un beso en la mejilla...

—Hasta mañana, Julita —contestó Andresito, correspondiéndole el beso.

Y se separaron dirigiéndose cada cual a su habitación.

CAPÍTULO III

EL HATO CHICO

Pablo Núñez había heredado de sus abuelos una pequeña hacienda denominada "Hato Chico", colindante con la "Hacienda de San Pedro". Sus terrenos, muy fértiles y extensos a pesar del nombre, producían toda clase de frutos. Sus pastos, muy ricos, daban alimento a dos millares de reses de ganado vacuno y caballar; y los negocios adicionales de crías de cerdo y aves de corral, y el cultivo de cereales y caña de azúcar, ofrecían a su dueño cuanto era necesario para la vida holgada que llevaba.

La familia Núñez se componía de su esposa, Emilia, hermosa e inteligente compañera que desde muy joven compartía con su esposo tristezas y alegrías, y de los tres jóvenes a quienes hemos presentado en el capítulo anterior.

El carácter de Núñez hacía contraste con el de Picota. Desde niños fueron amigos, desde entonces riñeron siempre, debido a que Picota quiso dominar en todos los casos.

Cuando ambos, con pocos años de diferencia, entraron a ejercer el dominio de sus respectivas heredades, sus relaciones no eran pacíficas. Por el contrario, tuvieron altercados y estuvieron a punto de irse a las manos, cuando alguna vez se encontraron construyendo cercas o midiendo terrenos. Pero solo tomaron la forma grave de ahora al iniciar Picota las demandas de venta del Hato que Núñez no le aceptaba. Y fue gravísima la tensión en sus relaciones, al darse cuenta Núñez de que Picota se proponía encerrar su propiedad en los vastos límites de su hacienda, sin dejarle salida al camino real.

Entonces Núñez consultó con abogados y entabló la acción de servidumbre que se viene ventilando, mientras que otra demanda de desocupación, interpuesta por Picota contra su vecino, se adelanta en los mismos tribunales.

Pero, a pesar de las contrariedades que padece, Núñez no se altera, ni gruñe, ni pierde la tranquilidad. Reposado siempre, severo sin petulancia, amable, campechano, y enérgico cuando era necesario, hacía notar al más sencillo de los moradores la diferencia que existía entre el díscolo señor Picota y el suave señor Núñez.

Y era por eso, como por otras muchas cualidades que adornaban a Núñez, por lo que este siempre conseguía todo el personal indispensable a sus trabajos cuando tenía que recurrir a gentes de los contornos, pues, en lo general, contaba con las de su propia hacienda, ya que había concedido permiso para vivir en ella, y aun mantener pequeñas parcelas de cultivo, a cuantos le requerían esa gracia.

De esto resultaba que era el "Hato Chico" una hacienda que poseía numerosos habitantes, muchos de los cuales habían construido sus ranchos alrededor de la casa de los dueños, ofreciendo la idea de una pequeña población, aunque modesta en estructura.

CAPÍTULO IV

EN EL MONTE

Desde hacía un mes, Picota había emprendido la tarea de derribar una gran extensión del monte situado al sur de su hacienda, precisamente al norte del monte del "Hato Chico". Según le había dicho a Jacinto, su mayordomo, se proponía convertir esa montaña en inmensos potreros donde pudiera cebar centenares de novillos, y aunque Jacinto hacía juiciosas reflexiones resultantes de su experiencia en esos trabajos, Picota insistía en ellos y su empleado no tuvo otro remedio que cumplir con sus deberes de servidor obediente.

Los terrenos que se proponía limpiar de árboles y obstáculos para sembrarlos de yerba, comprendían una enorme zona inexplorada, cruzada por ríos y quebradas y un tanto accidentada, pues eran numerosas las colinas y se tropezaba constantemente con despeñaderos y depresiones profundas.

La obra de las hachas y machetes, por consiguiente, no podía realizarse con la comodidad que brinda la planicie prolongada del terreno, y los peligros que corrían los trabajadores eran mayores que los comunes. Desde luego que los árboles al caer y los barrancos al encontrarse de improviso podían causar desgracias.

Convencido de esto y aun contrariando las órdenes de Picota, Jacinto distribuyó el trabajo en forma que disminuyeran los peligros y, al efecto, dispuso que una cuadrilla numerosa, armada de machetes, marchara adelante abriendo el camino por el sistema de socuela, con la advertencia de gritar tan pronto se descubriera un abismo o se tropezara con obstáculos infranqueables de cualquier naturaleza.

Tras de esa cuadrilla marchaba, a distancia prudente, la de hacheros, que tenía el encargo de derribar los árboles corpulentos y, finalmente, la cuadrilla encargada de destrozar los troncos caídos y convertirlos en pequeños trozos.

Así, con este sistema de trabajo, muy humano y un tanto científico, la labor de los hombres de Jacinto fue adelantando, aunque no con la rapidez que se proponía Picota. Este había ideado hacer un desmonte que estuviese concluido en marzo para quemarlo, pero ello, según cálculos de Jacinto, sería imposible. Y le preocupaba mucho que Picota pretendiera tal cosa, sobre todo sabiendo que otros lugares de la hacienda requerían atención preferente, pues era necesario limpiar potreros, maizales, arrozales y hacer otros trabajos que demandaban muchos brazos.

Un día, entrado ya el mes de marzo, se presentó Picota, acompañado de Andresito, en el lugar del monte. Para llegar a él habían recorrido una dilatada extensión de terreno donde los troncos y malezas amontonados en trozos esperaban al fuego que habría de destruirlos para que el campo recibiera luego la semilla de la yerba.

Era la hora del almuerzo cuando los viajeros llegaron al primer grupo de hombres, es decir, el último del trabajo organizado por Jacinto. Cerca de veinte jornaleros abandonaban en ese instante la labor y se dirigían al sitio donde se suministraba el "guacho".

—¿Qué pasa aquí? —dijo Picota, al más cercano de los hombres—. ¿Ustedes no piensan en otra cosa que en comer?

—No tanto, ño Picota; después de aguantarnos sol hasta las doce, es justo comer *argo, manque* sea malo...

—¡Malo, malo! ¡Vamos a ver qué tiene de malo!

Picota y su hijo se desmontaron, dejando las cabalgaduras a la sombra y se dirigieron al lugar del fogón.

En un pequeño bosquecillo, de los que expresamente se había dejado sin destruir con ese objeto, se levantaban diversos grupos de piedras entre las cuales habían arrojado leña que ardía bulliciosa, y sobre las piedras estaban colocadas grandes ollas de hierro en las que se cocinaba el "guacho": sopa de arroz con frijoles, yuca y ñame, aderezada con carne de marrano y de vaca. Esta sopa hogareña del pueblo panameño, sustanciosa y agradable, resulta malísima cuando se abusa del agua o escasean los elementos que entran en composición.

Picota vio cómo iban sirviendo en los platos de madera a cada uno de los trabajadores, hombres, mujeres y niños, y se acercó más para ver la calidad de la sopa, pensando que, al ser muy buena, le causaba un gravamen exagerado.

—¿Qué tal la comida? —preguntó.

—Muy mala —se atrevió a contestar alguno.

—¿Y por qué? Yo veo que les agrada, y me parece que tiene mucha carne.

—Pues se equivoca, patrón —gruñó otro—. Si estuviera fría no serviría ni *pa'* los puercos.

—Pues en tu casa no la comes mejor.

—Eso no es verdad —gritó un mozo joven—. Si estuviéramos cerca del rancho no comeríamos aquí. Pero por suerte ya no habrá que *jacé* más viajes...

—¿Qué quieres decir?

—Que ya no podemos *resistí* el *tené* que *caminá* cuatro horas todos los días *pa vení* a *trabajá* y *golver* a la casa, por una miserable comida de agua caliente y un jornal de *sei* reales...

—Si no trabajas, ¿entonces de qué vivirás?

—Trabajo no *farta*, señor —dijo otro—. Ya ño Núñez va a *limpiá* los potreros, a *cosechá* la postrera y a *sembrá* los granos. Y ese hombre sí sabe *pagá* y *dal* de *comel*...

—Pues, pueden irse cuando quieran, que no hacen falta hombres...

—¿Que no hacen *farta*? —replicó alguno—. Ya veremos...

Picota se proponía añadir algo, pero Andresito, interviniendo, le dijo por lo bajo:

—¿No crees, papá, que se les podría mejorar la alimentación? Si deseas que ese trabajo concluya a tu gusto, me parece que harías bien procurando tener contenta a esa gente...

—¿Qué diablos vamos a mejorar? Lo que se les da es excelente. Tú mismo puedes verlo...

—Por esto te lo digo, papá. A mí me parece que ese "guacho" no corresponde a la faena que realizan. Mamá me lo ha dicho también.

—Sí, mamá, mamá. Ella siempre me canta lo mismo. Pero es que tu madre cree que todos estos holgazanes son hijos nuestros.

—En cierto sentido sí, papá. Ellos, con su trabajo, dan valor a tus cosas. Hacen producir tus terrenos y hasta fomentar ese empeño tuyo de poseer cuanto abarca tu mirada.

—Pues no haré nada de lo que se te ocurre. Ya Jacinto me desobedece bastante para tenerme disgustado, y ahora vienes tú con sus mismas cantaletas.

—No las volverás a oír muy pronto. Dos meses más y estaré lejos de ti. Ojalá, cuando vuelvas por estos montes, te acuerdes de que te he suplicado que trates mejor a esos pobres hombres...

—Dejémonos de historietas y sigamos el recorrido.

Y volviendo a montar se internaron en el monte.

Al caer la tarde, Picota y su hijo, acompañados de Jacinto, salían nuevamente del bosque con dirección a la casa. En los distintos campamentos recibieron ambos las mismas o parecidas impresiones. Picota, convencido de que sus obreros no rendían lo suficiente y comían más de lo necesario y de buena calidad, y Andresito, de que los pobres hombres sufrían una labor recargada y se alimentaban mal.

Desde el llano contemplaron cómo la "boca del monte" iba vomitando seres humanos que, lentamente, se dirigían en grupos diversos hacia el rancho donde, por lo menos, encontraban el ambiente risueño de lo propio, de lo que se ama.

Andresito, deteniendo un instante a su padre, le llamó la atención sobre la escena y le dijo:

—¿No te parece, padre, que estos seres que han creado con su sudor la primera humedad en estas tierras que son tuyas, tienen derecho a que se consideren como hijos?

—Bien dicho, Andresito —dijo Jacinto.

Y Picota, fijando la vista en dirección a la boca del monte, levantándola luego sobre las copas de los árboles y frunciendo el ceño al mirar la colina más lejana repuso:

—Si allá no estuviese Núñez, todo sería mío... Pero esta vez lo será...

Andresito y Jacinto se cruzaron miradas, sorprendidos ante la expresión de dureza que tomó el rostro de Picota al pronunciar esas palabras... Y se hicieron esta pregunta íntima: "¿Qué pensará mi padre?" "¿Qué pensará el patrón?"

Picota, vuelto en sí, hincó las espuelas en los ijares de su caballo y, seguido de sus acompañantes, se dirigió, en plena carrera, a la casa de la hacienda...

CAPÍTULO V

Visión del futuro

Al llegar a la casa, Jacinto se desmontó y ayudó a Picota a hacer lo mismo. Entretanto, Andresito se alejaba un poco de la escena esperando la oportunidad de hablar con el primero, cosa que logró un instante después.

—Mañana iré contigo al monte. Quiero que hablemos sobre cosas de la hacienda, y aunque podría hacerlo más tarde, deseo aprovechar el tiempo porque con motivo del viaje de Julia y mío vamos a estar atareados en otras cosas. Procura, pues, que me despierten temprano...

—Conforme, Andresito. Usted dejará dicho que se ausenta a fin de no alarmar a su mamá.

—Pierde cuidado.

Al subir la escalinata que daba acceso al amplio portal de la casa, Andresito fue detenido por Julia.

—Ya sé que proyectas algo con Jacinto. Te oí cuando le decía que te despertara temprano.

—Es verdad. Voy con él al campo. Hoy estuvimos allá con papá, pero tú sabes que con él no se hace un recorrido a gusto.

—No me vengas con mentiras, Andresito. ¿No será al pueblo donde vas?

—Te lo juro, Julita. Y voy a decirte la verdad. Quiero hablar a solas con Jacinto sobre los asuntos de papá. No puedes imaginarte cómo me ha preocupado oír a muchos jornaleros replicando hoy a mi padre. Noto que no lo quieren,

27

que comparan su modo de ser con el de Núñez. Y tanto me ha alarmado la actitud casi hostil de los peones cuando hablan de la comida que se les sirve y del salario que se les paga, que por un momento he pensado que no debería irme a los Estados Unidos.

—No digas eso, Andresito. Es la gran ilusión de mamá y la realización de un sueño tuyo. Y luego, ¿con quién me iría yo? Porque no me voy sin ti...

—Bueno, te prometo que mañana resolveré en definitiva lo de mi viaje. Procura, pues, levantarte temprano y le das cuenta a mamá de que me fui a dar un largo paseo y que volveré por la noche. No mortifiques a mamá con mi confidencia y guárdame una buena comida...

A la madrugada del siguiente día, Andresito y Jacinto viajaban hacia el monte, después de haber apurado un excelente desayuno que Julia les había preparado, sorprendiéndolos cuando montaban.

—Como lo que tenemos que hablar es largo, lo mejor será que una vez que arregles tus peonadas nos retiremos a la orilla de la quebrada.

—Convenido. Vamos andando, para llegar primero.

Antes de las siete de la mañana se desmontaban a la entrada del monte, en donde se aprestaba Jacinto a inscribir en una libreta el nombre de los jornaleros a medida que iban llegando.

Momentos después, otros apuntadores se unieron a Jacinto y minutos antes de las ocho de la mañana, los trabajos se reanudaban en los distintos puntos del monte.

—Estoy listo, Andresito —dijo Jacinto, acercándose.

—Muy bien, vamos, pues.

Montaron en sus cabalgaduras y se dirigieron hacia el corazón de la montaña.

—Vamos por aquí. Tomaré nota de lo que están haciendo todos los grupos y cuando lleguemos a los trocadores nos apartaremos para charlar.

El recorrido duró más de una hora. Todos los grupos fueron inspeccionados y, al revisar el último, se dirigieron a una mansa quebrada que invitaba al descanso.

—Ahora sí, Jacinto —dijo el muchacho, desmontándose.

Luego de arrojar el poncho sobre unas piedras para sentarse, el joven inició la conversación.

—Vamos a hablar seriamente sobre todos los asuntos de papá. Vivo preocupado desde hace tiempo, pero mucho desde ayer. ¿Puedes decirme qué se propone con este enorme desmonte?

—Nunca he podido comprenderlo bien. Al principio pensé que tenía la idea de sitiar aquí un ramo de ganado y alguna vez se lo pregunté, pero me dijo que no era eso lo que pensaba. "Esto es para agrandar la Hacienda", fueron sus palabras. Me eché a reír y le dije: "¿Piensa venderle los potreros hechos al señor Núñez?". Y él se quedó callado, mordiendo el cigarro, como hace siempre que se quiere tragar las palabras... En otra ocasión, hace apenas dos semana, le dije: "Patrón, yo creo que no vamos a acabar el trabajo en este verano y tal vez ni en el otro. La gente está muy remisa para coger jornal en esta hacienda. Se queja del guacho, se queja del salario y se queja de que le queda muy lejos...". "Tenemos que topar las cercas de Núñez en este verano, aunque haya necesidad de contratar a todos los hombres de la comarca". "Sería inútil", me atreví a contestarle, "porque es mucho el monte que hay de por medio".

—¿Y tú qué piensas de todo esto, Jacinto?

—No me atrevo a pensar nada. Yo sé que el patrón no tiene necesidad de trabajo de monte ahora. Los potreros están buenos y las siembras no dejan que desear. Me parece que es un capricho, nada más, del patrón, pero un capricho peligroso.

Era evidente que Jacinto ocultaba su pensamiento. Que Andresito lo adivinaba y que este no se atrevía a darlo a conocer. Ambos se quedaron un momento pensativos y preocupados...

—Dime, Jacinto, ¿tú crees que si mamá se empeña podemos hacer desistir a papá de sus propósitos?

—Inténtelo usted, Andresito. Yo ya lo hice y su mamá le habló de ello alguna vez; pero el patrón le contestó que esas eran ideas mías y que yo me estaba metiendo en muchas cosas. Esto me duele, pero no hago caso. Yo me meto porque aquí nací y porque mi padre fue el mayordomo del viejo patrón. Desde muchacho heredé el puesto; esta hacienda la quiero como si fuese mía y su dueño no es para mí un patrón, sino un hermano.

Cuando éramos muchachos, su papá y yo pasábamos los días juntos y muchas veces con Núñez, recorriendo los montes y hablando de su engrandecimiento... Esos eran otros tiempos...

Se pasó por los ojos la manga de la camisa en un gesto que parecía querer apartar un pensamiento o secar una lágrima...

—Pues voy a intentarlo, ¡qué caramba! Lo intentaré, sí, ayudado de mi madre y de Julita. No es posible que esto continúe por mucho tiempo. Si Dios me ayudara y dejara caer un buen aguacero...

—Esa es mi gran esperanza. Con eso se acaba todo por ahora. Mi mujer tiene alumbrada a la Candelaria para que llueva pronto. Yo le he dicho que necesitamos aguas temprano.

—¿Y no has observado cómo papá resolvió lo del viaje mío, sin dificultad alguna? Mamá quedó sorprendida y yo no salgo de la sorpresa. Figúrate que tenía preparado un discurso para convencerlo. Mis condiscípulos me habían ilustrado para aducirle argumentos y yo creía que la batalla iba a ser dura, pero que al fin triunfaría con mi discurso, cuando resultó que a la primera embestida, dijo que me preparara. Solo añadió que le gustaría más que fuese abogado... También se sorprendió Julita y todavía no comprendo qué es lo que ha determinado a papá a dar su consentimiento para mi viaje. Esta actitud, que al principio me causó honda alegría, me desconcierta ahora y casi que estoy arrepentido de hacer el viaje. Me parece que papá desea quedarse solo, sin nadie que lo contraríe.

—Perdone, Andresito, pero yo había pensado lo mismo y así se lo dije a su mamá. Y guárdeme el secreto, su mamá no me dijo nada, pero comprendí que ella había pensado como yo.

—¿Y qué crees que debo hacer yo?

—Es muy duro contestar esa pregunta. Usted será el dueño de todo esto cuando Dios llame a su padre. Los tiempos son otros. Ya no se puede manejar una hacienda como se hacía cuando el Istmo era departamento colombiano. Ahora hay carreteras, barcos rápidos, mucha gente. Los negocios son más peligrosos. El ganado que era una riqueza enorme antes, requiere ahora mejor talla y buen peso para competir con el extranjero. En la Zona del Canal se prefiere el ganado más pesado y de mayor tamaño, y es necesario mejorar la raza en la hacienda. Los títulos ahora, son mejor revisados y las controversias constantes. Y en cuanto al cultivo de granos, ya no se hace como antes, a poco costo. Hoy vale más esa labor y se necesita rodear al jornalero de muchas comodidades para que trabaje a gusto y rinda provecho. Hay competencia de brazos y urgen máquinas de unas que dicen que, en el exterior, derriban árboles, limpian el monte y luego arrojan la semilla. El arroz chino y el indio se venden más barato que el criollo; con el maíz sucede lo propio y la cría de puercos exige conocimientos. Hasta las gallinas reclaman otro trato para que sea negocio la cría; hay máquinas para sacar pollos y ya no se utilizan las cluecas. Hasta hay gallinas que no necesitan gallo para poner huevos.

El otro día, en el pueblo, oí que un señor Arias, en Panamá, tenía una cría de puercos en una casa como si fuera para familia, con salas, dormitorios, baños, y que los puercos están tan limpios que la gente se mete entre ellos sin ensuciarse… Por eso, yo creo que usted tiene que ir y aprender todas esas cosas, a ver con sus propios ojos cómo es que hacen todo eso los gringos para venir a enseñarnos a los demás.

Y por otro lado, Andresito, me parece que usted se necesita aquí. Que su presencia puede influir a última hora en el ánimo de su papá para hacerle desistir de cualquier cosa, porque, sea dicha la verdad, el patrón adora en usted y lo demás son mentiras...

Andrés escuchó la ingenua pero contundente exposición de Jacinto. Había recordado sus sueños de progreso, sus planes por realizar en la bella hacienda, que pasaría a sus manos, como jefe lógico de la familia, dentro de algunos años. Se vio en esos minutos de concentración espiritual, dirigiendo personalmente las múltiples labores de la extensa heredad: unas veces, desbordando sobre las tierras cálidas y secas el agua de las montañas; otras, construyendo represas y levantando puentes; luego, haciendo rodar por los valles potentes arados y contemplando más tarde el verdor de los campos que le devolvían con creces la semilla que les regara. Y como la más grande de sus obras, se veía dirigiendo el soberbio aserrío donde convertirá en materiales de construcción los ricos bosques de su hacienda.

Pero no olvidaba Andrés en sus pensamientos a los hombres que compartían ahora con su padre la rudeza del trabajo y soñaba para ellos unos días mejores. Ya no quería verlos todo el día agachados, sudorosos y rendidos, con las manos ensangrentadas, socolando los montes; ni quería verlos regresar a sus ranchos en dura jornada de largas horas; ni tampoco sumidos en la humedad de sus rústicas habitaciones, con sus hijos enfermos de anemia y paludismo...

Andresito se imaginaba una gran población de labriegos contentos que habitaban casitas blancas, rodeadas de jardines, con niños robustos y felices que concurrían a la escuela. Y le parecía que, en medio de todo ese panorama surgía él, bendecido y querido por todo el mundo; y que su hacienda, la Hacienda de San Pedro, tan criticada ahora por los métodos de su padre, se convertía en un paraíso por la dicha que de ella emanaba...

Mas, ¿cómo realizar todos esos pensamientos de nobles aspiraciones si no alcanzaba la instrucción necesaria? De seguir al lado de su padre continuaría la rutina transmitida de generación en generación y llegaría un día de que él pensaría lo mismo que su padre y se convertiría en un nuevo tirano de la Hacienda. Por otra parte, si se alejaba del hogar y su padre insistía en llevar adelante ese desmonte innecesario e imprudente, cuyo fin sospechaba, le torturaba el corazón y el cerebro, o continuaba los pleitos con Núñez y seguía expulsando de sus terrenos a los pocos labriegos que quedaban dentro de sus linderos, ¿no exponía a su madre y hermanos a grandes angustias y dolores?

Una lucha desesperada tenía lugar en el corazón y en la mente de Andresito. Jacinto guardaba respetuoso silencio esperando que le dijese algo. Poco a poco, el rostro del joven, que se había contraído, fue volviendo a su aspecto ordinario. La placidez de su mirada, que triunfaba en sus ojos pardos, la sonrisa que eternamente movía sus labios, volvieron a ocupar el sitio de costumbre; y levantando la cabeza en la postura de quien ha tomado una resolución definitiva dijo:

—Jacinto, mi querido Jacinto, estoy resuelto... Me iré a los Estados Unidos. Allí aprenderé, clavado sobre los libros, todo lo que tengo que saber para hacer la prosperidad de esta Hacienda y la felicidad de todos. Nuevas ideas, nuevos métodos, harán desaparecer las asperezas de la tierra y de los corazones. Yo seré como un conquistador pacífico que llegará de otro mundo a levantar el espíritu de los hombres, la conciencia de las multitudes y a regar para todos los beneficios de estas tierras que Dios ha puesto en nuestras manos.

La ausencia no será larga porque aprovecharé todos los minutos en aprender cuanto quieran enseñarme. Y, cuando vuelva, mi padre descansará y tú descansarás y entonces tus hijos y yo mandaremos aquí; y nuestros vecinos serán nuestros amigos. Núñez hará las paces con mi padre y los hijos de Núñez y yo arreglaremos las diferencias, ¡nos partiremos los montes, arrancaremos las cercas que dividen nuestros predios!

Y exaltándose cada vez más, añadió:

—Los campesinos todos, volverán a esparcirse en nuestras tierras y cada familia tendrá su parcela para habitación y su hectárea para los cultivos. Les daremos semillas, les prestaremos nuestro arados, y todos, todos trabajarán en nuestras tierras como si fuesen de ellos; y sus hijos se educarán y crecerán sanos y fuertes, ¡para que un día los hijos de mis hijos se confundan con los hijos de los tuyos como dueños y señores de esta tierra de Dios!

Jacinto no pudo contener las lágrimas y sobre sus mejillas tostadas por el sol, rodaron abundantes y agradecidas.

—Qué feliz me hace, Andresito. Nunca había oído hablar así a nadie. En las novelas que de vez en cuando caen en manos de mis hijos he leído cosas parecidas, pero yo creía que todo era mentira... ¿Conque sí es verdad que un amo puede hacer la felicidad de las gentes que viven y trabajan para él?

—Pues claro que sí, Jacinto. Tal vez antes no se podía realizar, pero ahora que la humanidad ha alcanzado tanto progreso no es cosa difícil. ¿No sabes tú que muchos hombres grandes que han hecho bienes sin cuento a la sociedad humana o han sido los jefes de los países más poderosos del mundo, han salido de las esferas humildes de esa sociedad? Ello se debe a que han logrado instruirse y educarse. Luego han trabajado por elevar el nivel de los suyos hasta formar una aristocracia que vale más que todas, la de la cultura. De ahí han surgido nuevas ideas, nuevos sistemas, y las instituciones de gobierno como las particulares han ido cambiando para mejorar a todos los hombres, a fin de que se logre la felicidad común que intuitivamente nos deseamos cada uno, y se convierta en el estado natural de todos los habitantes del universo...

Aquí, como tú lo comprenderás, tiene que llegar algún día ese estado de cosas... El Istmo de Panamá se halla en el centro del mundo y tal vez por esa circunstancia nos llegará más pronto que a otros países porque aquí convergen todas las civilizaciones; y es claro que primero se sentirán en Panamá y en Colón esos beneficios que en esta montaña donde se vive aún rudimentariamente.

Pero ya observarás que son numerosos los jóvenes del pueblo que han ido a educarse a Panamá; que mi hermana y yo también nos educamos; que los hijos de Núñez hicieron lo mismo y que, poco a poco, los campesinos van perdiendo el miedo a mandar a sus hijos a la escuela del campo; que de unos pocos alumnos que había en el pueblo se ha formado ahora una escuela con más de ciento, y que ya no es privilegio de las familias acomodadas saber leer y escribir. A la época en que tú y mi padre aprendían las letras enseñadas por mi abuela en la tierra del piso, ha sucedido esta obra en que un maestro, pagado por el gobierno, enseña a tus hijos cuanto es necesario para prepararlos para estudios superiores si pueden hacerlo. Tus hijos no han querido salir de la hacienda, pero ellos saben lo que necesitan saber.

Los hijos de Núñez, mi hermana y yo, hemos podido o querido ir a la capital y continuado los estudios. Ahora sabemos cuánto se puede enseñar allá y queremos profundizar los conocimientos en la ciencia o las artes de nuestras aficiones. Y lo mismo sucede en los demás distritos de la República.

Cuando la educación se haya difundido bien, entonces los frutos no se harán esperar. Y, así como todos los habitantes de la República somos iguales ante la ley, así lo seremos en todos los órdenes de la vida, pero triunfarán solamente los que se hayan educado e instruido y sepan usar esas admirables armas del progreso.

Te agradezco mucho la emoción que has sentido con mis palabras. Eres hombre de alma templada y tus lágrimas valen más que las de los hombres débiles. Te las agradezco y te aseguro que no las derramaste en vano. Aquí te encontraré cuando regrese y serás testigo de lo que haga para implantar mis ideas y mejorar la vida de mis semejantes. Pero, ahora que estaré ausente, necesita mi padre de alguien que me reemplace. Y ese eres tú. Casi su hermano, puedes lograr lo que tal vez no consiga mi madre. Esta, en la bondad y sencillez de su corazón, no alcanza, quizá, a medir todos los pensamientos de mi padre; pero tú que jugaste con él, que le reñiste y que lo has acompañado desde la infancia, sí puedes, seguramente, dominar sus violencias y enderezarle el pensamiento errado.

Ya sabes que él no es malo; que, por el contrario, tiene un gran corazón. Pero es ambicioso, valeroso y honrado en el sentido elemental del término. Él cree que es el hombre más honrado de la Tierra porque no es capaz de arrebatar un centavo a nadie. Es el tipo de hombre de educación sencilla que piensa que allí, en ese centavo, comienza y termina la rectitud de la vida. En cambio, a su afán de poseer tierras y dominar ríos y caminos, le hace faltar mil veces la verdadera honradez.

En ese empeño acaba de mentir, y ¿puede encontrarse mayor falta de esa virtud que la mentira? Sin embargo, mi padre cree, estoy seguro, que esa no es falta y, dejándose guiar por la obsesión que le domina de encerrar cuanto terreno alcanza a abarcar su mirada, no se para en medios, sobre todo cuando no le falta quien le estimule esos apetitos desenfrenados de poderío, como el Dr. Pérez que le prepara las cosas.

Hombres así, como papá, son peligrosos cuando se les deja sin control; pero, quien desee controlarlos debe saberlo hacer, porque una resistencia tenaz o violenta puede producir el efecto contrario del que se persigue. Se le debe sobrellevar y dársele a entender si no son acertadas; y así tú puedes ser, ayudado por mamá, el mejor elemento para encauzarlo durante mi ausencia. También pueden aprovechar a los chicos. Tú comprenderás que una vez que Julia y yo nos marchemos tan lejos necesitará mi padre de alguno en quien depositar su cariño paternal y tal vez su autoridad. Pues deben utilizar a mis hermanitos. Francisco y Teresita pueden desempeñar un papel importantísimo, dirigidos por ti y por mamá.

Hay que hacer que se le peguen, que quieran salir con él a todas partes y que le distraigan; y que, cuando vayan a la escuela o vuelvan de ella, muestren interés en que los acompañe papá. Entre tanto, como él seguirá con sus planes de derribar el monte, y esto hay que impedírselo a toda costa mientras yo me halle ausente, tú procurarás que la cosa marche lentamente.

Lo que es este año, no avanzará mucho y allí hay monte para cuatro o cinco o más si tú sabes dirigir la maniobra. Yo no quiero pensar cuál es el propósito de papá. Rechazo de mi cerebro toda idea de pecado en ese sentido. Solo sé que el trabajo es innecesario y debemos impedirlo. Y me parece, casi estoy seguro de ello, que si tú y mamá saben desarrollar los planes, pronto conseguiremos lo que propongo.

De más está decirte que escribirás con frecuencia y me darás detalles de cuanto ocurra. A mamá le haré el mismo encargo, pero como esta podría ocultarme algo, tus cartas serán muy valiosas. Y si algún día mi presencia es necesaria, entonces me lo dirás por carta, o por cablegrama, y yo volaré hasta acá. Ya sabes que, cuando es necesario, también el hombre vuela.

Esos aparatos que pasan sobre nuestras cabezas casi todos los días y son piloteados por aviadores norteamericanos, sirven para conducir pasajeros... y uno de ellos llegará aquí si me necesitas. De Nueva York a la hacienda en tres o cuatro días... Pero no habrá necesidad de ello. Yo confío en que todo marchará bien; y por tu parte, cuando hables con Núñez, cosa que debes procurar hacer, dile lo que pienso, dile que siga siendo siempre el hombre tranquilo y ecuánime que ha sido hasta ahora... Sí tú supieras, Jacinto, que yo estimo mucho a Núñez...

—¿Solo a él, Andresito?

—No, a su familia también —contestó el joven rápidamente, rehuyendo detalles—. Todos son muy buenos. Pero tenemos otros puntos graves que mencionar ahora. Los pleitos de papá no se limitan a los que sostiene con Núñez. Varias familias discuten y yo quería saber cuál es el estado en que se hallan las controversias.

—El Dr. Pérez dice que todos los asuntos van bien y que el patrón logrará sacar a esas gentes de los terrenos. Pero, Andresito, si eso es así se consumarán otras injusticias, y aparte de los gastos que ocasionan a su padre, tendrá otros su buena mamá...

—¿Cómo es eso? ¿Qué gastos pueden ser?

—¡Ah! Es que usted no sabe, Andresito, lo que hace su mamá cuando alguna familia es expulsada de los terrenos. Inmediatamente me llama. Me pregunta cuánto valdría la cosecha en caso de haberse hecho; cuánto los árboles frutales que quedan en el sitio; cuánto el rancho y cuánto todo, todo, lo que abandonan estas gentes, y le hago un cálculo modesto y ella me da el dinero que cubre el daño. Entonces voy a donde la gente y le entrego lo que me ha dado su mamá.

Algunos se muestran airados y hasta ofensivos; otros aceptan con gusto la reparación, pero todos dicen que eso no representa para su alma la tierra perdida. Ahora bien, el nombre de su mamá es bendecido y, tal vez, en algunos de esos corazones sencillos, se perdona al patrón. Yo les exijo un recibo de lo que les entrego. Los que pueden firmarlo con su nombre, porque aprendieron a dibujarlo para las elecciones, lo hacen; otros ponen una cruz y así voy guardando, sin que su mamá lo sepa, esos papeles que representan la reparación que su buena madre otorgó a los que sufren daños de su papá...

Pero, como esto sigue por lo largo y mi comadre va consumiendo el ramito de ganado y las economías que hace en la casa, yo le he dicho que pare la mano y más bien trabaje con el patrón para que no saque a los que quedan.

—Pobre madre, ¡tan buena y tan noble!

—Y luego, ¿no sabe usted que, cuando caen enfermos, no les faltan alimentos y medicinas? Pues muchas veces me he encontrado a su mamá y a la señorita Julia metidas en los ranchos. Y una vez se encontraron con la esposa de Núñez y con la hija que andaban en lo mismo. Y supe que estuvieron conversando contentísimas todas...

—Tal vez esta costumbre de mamá nos sirva para nuestros planes. Por ejemplo, que con ella estudies la manera de conseguir que los peones disminuyan en los trabajos de papá, los del desmonte, y, en compensación, se les ayude para sus trabajos propios.

—Buena idea, pero tal vez no sea oportuna, porque es grande la disminución de jornaleros. El trabajo ha entrado mucho en la montaña y la distancia que tienen que hacer de camino resulta pesadísima. Ahora buscan ocupación más cercana y no falta por los alrededores. Además, casi todos tienen sus montecitos en los terrenos de Núñez y están preparándolos para la quema. Así, pues, yo creo que en la otra semana no tendremos ni veinte hombres diarios y si el patrón no ordena la quema en tiempo, se habrá perdido lo que hemos hecho. Él está advertido, pero si su afán ha sido seguir el desmonte...

—Mejor; Dios quiera que este año no haya quema. Sería un punto ganado en mis planes.

Y sobre los mismos temas siguieron conversando hasta que un sonido de campana, arrancado a un trozo de hierro, les dio a comprender que la hora del almuerzo había llegado, y Jacinto dijo:

—Si usted quiere, Andresito, vamos a hacerles compañía a los mozos. Comeremos con ellos y después echará una siestecita...

—Maravilloso, Jacinto. Recuerdo que, cuando niño, muchas veces comí el guacho con los chiquillos de los jornaleros. Ahora me encantará hacerlo quizás con los mismos, convertidos en hombres. Vamos, pues.

Montaron en sus cabalgaduras y a pasitrote se dirigieron al sitio donde humeaba el fogón, que ya se veía rodeado de una veintena de hombres, mujeres y niños.

—Salud, amigos, dijo Andresito, desmontándose. ¿No hay un puestecito para mí?

—Cómo no, don Andresito —contestó la cocinera— y no *farta* un plato *enlozao*, pues yo siempre tengo *precausió* de traer uno por si le toca *almorzá* con nosotros a ño Jacinto.

Un momento después, sentado sobre una piedra y entre el grupo de jornaleros sudorosos y cansados, el hijo del patrón, uno de los herederos de las tierras de la Hacienda de San Pedro, apuraba el guacho que se les servía a los peones.

Y pudo ver cómo devoraban las mezquinas viandas para arrojarse luego sobre el suelo, a la sombra de un arbusto que los defendía del ardiente sol del medio día, y esperar dormitando la llamada de la campana para reanudar la faena...

CAPÍTULO VI

Corazones al descubierto

El regreso de Andresito coincidió con la hora de la comida. Sus padres y hermanos se hallaban en la mesa cuando hizo su entrada acompañado de Jacinto. Este tenía por costumbre informar al patrón de lo ocurrido en el día y estaba autorizado para hacerlo aunque fuera durante la comida.

—¡Buenas noches!

—¡Buenas, hijo mío! Buenas, Jacinto

—He pasado un día delicioso —dijo Andresito—. Pero siéntate Jacinto, cena con nosotros. Hoy almorcé contigo y es justo que te pague el "peón"...

—Gracias, Andresito. A mí también me esperan en mi casa. Otro día será que me lo pague. Nada nuevo tengo que contarle hoy, patrón. Los trabajos van poco a poco porque el monte es duro y la gente disminuye. Veremos hasta dónde alcanzamos. Andresito le dará cualquier otro informe; todo el día estuvimos juntos y se enteró de cuanto ocurre.

Dio las buenas noches y se retiró dejando, según lo convenido con Andresito, la conversación a punto de seguirla este.

—Efectivamente —dijo Andresito, abandonando la cuchara en el plato de sancocho—, Jacinto y yo hemos recorrido el monte. Qué espesura tiene y qué valioso resulta. Las maderas finas abundan de una manera prodigiosa. Manchas enormes de caoba, cedro, cocobolo, altísimos y gruesos, convidan a respetarlos y, te digo, papá, que es tal la cantidad de esas maderas que venía dispuesto a conseguir de ti que suspendieras los trabajos para que a mi regreso de Estados Unidos emprendamos una intensa explotación de los bosques. Tú sabes cómo la madera fina ha alcanzado magníficos precios en Panamá, donde se fabrican muebles de primera calidad y es muy posible que poseamos en esa montaña un gran tesoro...

Las palabras del muchacho, cuidadosamente pensadas, eran señal de la batalla y esta estalló emocionante...

—¡Nunca! Ese trabajo no se suspenderá. Si en vez de ser caoba y cedro, fueran árboles de oro mismo, también serían derribados. El monte debe convertirse en cenizas...

—¿Y para qué, padre mío?

—Ya lo sabes. Para sembrarlo de yerba y cebar en él todos los ganados de la comarca...

—Pero, Andrés —interrumpió suave e inteligentemente su esposa— si todos los ganados de la comarca no son tuyos...

—Pero lo serán cuando las cercas que los detienen hayan desaparecido...

—Papacito —exclamó Julia—, es una ilusión creer que Núñez se resuelva a venderte sus terrenos y ganados.

—Tendrá que hacerlo y lo hará...

—Pero, papá, ¿por qué ese empeño en que sea este año cuando has de terminar semejante obra, superior a los brazos con que puedes contar?... ¿Por qué no te contentas este año con lo que ya se ha hecho, que es bastante, y suspendes el trabajo de derriba para continuarlo el año próximo y seguir así, de año en año, con método, con tranquilidad, como una gran operación permanente?

—No. Yo no tendré tranquilidad hasta el día en que no vea desde el portal de esta casa una sábana verde que se pierda en el horizonte. Me mortifica pensar que haya obstáculos para llegar a la cordillera...

—Pero, Andrés, para llegar a la cordillera sería necesario pasar por terrenos ajenos.

—Eso es, eso es, precisamente, lo que hay. Tengo que hacer míos esos terrenos y los haré cuando el desmonte sea total.

—Bueno, padre, haz lo que te parezca, pero de mi visita de hoy he sacado en conclusión que no podrás avanzar mucho más de lo hecho en este verano; y si no quieres perder el dinero invertido hasta ahora, será mejor que te resuelvas a quemarlo...

—Yo sé lo que estoy haciendo.

—Lo comprendo, padre, pero a veces pienso que tal vez estás equivocado... —dijo Andresito con intención malévola para obligar a su padre a descubrirse.

—No, no lo comprendes. No puedes comprenderlo porque tú piensas distinto de lo que yo pienso. Tú no has tenido tiempo para amar, como yo, el olor de la tierra grande que es muy distinto al de un puñado. Tú no sabes cómo llena el corazón contemplar desde la cima de una colina la extensión inmensa que se pierde en el horizonte en los cuatro puntos cardinales; y tú no sabes cómo hace vivir al espíritu poder decir a gritos: "¡Esto que ven aquí y allá, a este lado, a este otro, de frente, a la espalda, ¡todo esto es mío!" Imposible que lo comprendas. Y mucho menos comprenderás el dolor que se siente cuando ante la inmensidad del paisaje, a uno de sus lados, surge de improviso una mancha de bosque, o un llano, o una casa para decir: "No, todo esto no es tuyo. Aquí estamos nosotros para impedirlo". Y esa resistencia a someterse, a franquear el paso, forma en el alma de los hombres como yo, acostumbrados a vencer obstáculos, una pasión violenta y poderosa que les domina, les tritura, les alienta a conseguir, por la buenas o las malas, lo que se han propuesto...

—Pero ese estado de ánimo es terrible, padre. No deja vivir, no deja dormir y no se justifica en ti esa inmoderada sed de terrenos...

—Ya les dije. Tú no puedes comprender esto; ni tu madre tampoco, ni tu hermana, ni tus hermanitos... Pero sí deben comprender que todo lo ambiciono para ustedes. Que serán los que gozarán de mis esfuerzos, de mis ambiciones, de mis trabajos y de mis riquezas... ¡Todo será de ustedes!

—Sí, lo comprendemos —dijo su noble compañera, posando su mano amante sobre la del marido—. Sí, lo comprendemos, pero también sabemos que tú no debes matarte en esa lucha constante y fatigosa. Que debes descansar, trabajar menos y confiar en que Jacinto ahora, y dentro de pocos años nuestro hijo, harán por la Hacienda cuanto sea necesario para su provecho... Ya sabemos, créelo, y te lo agradecemos, que has hecho por mí y por nuestros hijos cuanto era capaz de dar tu naturaleza y tu amor por nosotros. Pero ya basta: atiende a Andresito. Recuerda que pronto nos dejará para ir a estudiar y que será muy grato para él y para nosotros saber que desistes de esa empresa tan ardua de derribar ahora el monte. ¿Y aquello de la madera no te agrada?

Y con ese modo sutil y hermoso con que las mujeres buenas tratan de vencer la resistencia de los seres que aman, agregó:

—Imagínate lo que sería tener un gran aserrío en nuestra hacienda. Recuerda lo que te dijo míster Johnson aquella tarde...

—Lo recuerdo: que ese monte valía más que el Canal de Panamá... Pero no es lo mismo. Me gustan más los potreros, los ganados, las cercas, que una enorme maquinaria dedicada a convertir en tablas la madera del bosque...

—Papacito —intervino humorístico Francisco, no son tablas; son billetes norteamericanos, o balboas de plata, porque yo vi en el pueblo al señor Ayala venderle a un hombre de Panamá, cuatro tablas grandotas por un fajo de billetes...

—Yo no vi eso —agregó Teresita— pero sí un tocador como para mí que el señor Ayala había hecho con unas tablas...

—Cállense, cállense, niños —interrumpió Julia—. Los niños no toman parte en la conversación de los grandes. Acaben de comer para que vayan a acostarse...

—Pero piensa bien, padre, en que no son necesarios hoy más potreros, ni más cercas. Que lo que hoy necesitamos de verdad es lo que te hemos dicho: que descanses, que te conserves sano y feliz. Jacinto hará bien su trabajo y yo lo reemplazaré cuando regrese. Dime una cosa, papá —agregó Andresito, intentando mantener en buen ambiente la discusión— ¿Por qué no vas con nosotros a Nueva York? Sería un gran paseo.

—Era lo último que faltaba, dejar los trabajos a medio hacer para pasear. Que me meta yo en un barco y pase días y días sentado en una silla o caminando en veinte metros. Y viendo cielo y agua, nada más... Estás gracioso, Andresito...

—Pues la idea no es mala —intervino su esposa—. Piénsalo bien.

—No, no hay que pensarlo. El día en que deje el monte y me meta en el mar estoy fuera de mi elemento y me muero de tristeza...

—Ja, ja, ja —rieron todos.

—Pero el mar es muy lindo —dijo Francisco.

—Y grande, y con espuma —agregó Teresita.

—Y ustedes muy desobedientes —arguyó la madre.

Era evidente que la tempestad había pasado, pero sin sacar nada en claro acerca de los propósitos verdaderos de Picota, ni haber conseguido que desistiera de proseguir la derriba del monte.

Y deseando hacer un último esfuerzo Andresito, al dar fin a la comida y levantarse para tomar el café en el portal de la casa, dijo:

—Bueno, padre, vamos al portal y allá nos dirás si vas a ordenarle a Jacinto que abandone el monte por este año...

—Ya te lo dije: derribaremos el monte hasta que se acabe...

Por obediencia a un gesto que le hizo su madre, Andresito no continuó la discusión, pero el final de la velada fue triste y angustioso. Cuando los principales personajes de esta escena se separaban para recogerse en sus camas, cada uno de ellos llevaba ideas y pensamientos distintos...

CAPÍTULO VII

Un volcán en un cerebro

Al separarse don Andrés de sus familiares, se dirigió al cuarto que le servía de oficina. Pocas veces hacía esto, pero no causaba alarma que lo hiciera, especialmente de algún tiempo a esta parte, porque siempre tenía algo en qué trabajar, según le decía a su esposa, al despedirse de ella, en la puerta del dormitorio...

—Acuéstate, yo iré en seguida.

—Buenas noches, no trabajes mucho...

La oficina era sobria. Una mesa-escritorio sobre la cual se alzaba una lámpara de kerosín; tres o cuatro libros de contabilidad voluminosos y de gruesa pasta; un viejo diccionario de la lengua castellana; tinteros, lápices, plumas, pisapapeles, algún periódico de la capital y alguna revista extranjera. Frente a la mesa, un pequeño estante con libros y folletos. Sobre el estante, el retrato de su padre, ampliación a sepia de una vieja fotografía. En uno de los rincones, una caja de hierro donde guardaba documentos y dinero; en las paredes, planos de terrenos, cromos de temas rurales y un antiguo reloj de péndola sonora. En el piso, unas cuantas sillas de madera del país, y una prensa de mano para copiar cartas.

En ese sitio, bastante amplio y fresco, pasaba muchas horas del día don Andrés Picota, revisando libros de cuentas, escribiendo cartas, comparando planos y pensando en negocios.

En la noche a la que nos referimos, Picota entró sin plan alguno y se sentó en la poltrona acotada a su escritorio.

Aspiraba un fuerte cigarro de tabaco de Bubí y se dejó llevar por sus pensamientos.

Una lucha desesperada se libraba en su cerebro. Reconstruía en él toda la vida de trabajo, de penalidades y de triunfos. Le parecía verse al lado de su padre, jovencito primero, luego hecho hombre, recorrer las tierras de su patrimonio, cuidar de sus ganados, inspeccionar los cultivos, presenciar los desmontes, atender a las quemas, vigilar las deshierbas y las siembras, y ayudar en las cosechas de los granos...

Se veía con Jacinto, mozo como él, y con Núñez, andando de uno a otro lado, cazando, paseando, almorzando con los mozos y concurriendo los sábados en la noche a los tamboritos de los caseríos; y recordaba con cierta tristeza y reconocimiento cuando al pie de su madre, mujer buena y santa, y al lado de Jacinto y de otros muchachos de la comarca, recibía las primeras lecciones del alfabeto; más tarde aprendía a leer de corrido, a sumar y restar y a recitar de memoria la geografía y la historia de la patria.

Eran esos días tan lejanos ya que apenas los recordaba, los más agradables de su vida y los únicos en que no había sufrido contradicciones. Jacinto y sus compañeros no le replicaban nunca, le obedecían y acataban sus proyectos; era el jefe del grupo... Más tarde, su padre pensó enviarlo a la cabecera de la provincia para que ingresara en la escuela. Pero el viaje era pesado, no existían vías de comunicación y tardaban mucho los correos.

En el pueblo vecino no había escuela ni persona alguna que supiese más que su madre, y con lo que esta le enseñaba y lo que lograba leer, adquirió cierto grado de cultura que le permitió valerse en todos los órdenes de la vida.

Nunca sintió rencor porque sus padres no le hubieran mandado a la escuela. Por el contrario, creía que le enseñaron lo necesario para superar en conocimientos a Jacinto, y, especialmente a Pablo Núñez, dueño del Hato Chico, que era el rival de su hacienda.

Mientras recorría en su calenturienta imaginación todo el período de su niñez había recordado escenas interesantes.

Una vez, por ejemplo, cuando se hallaba encaramado en un árbol esperando que un venado se acercase a la orilla del río, había hecho un falso movimiento y se deslizó, con riesgo de perder la vida. Pero al oír su grito, Pablo Núñez, que se hallaba en otro árbol, se arrojó valeroso al suelo y dándole la mano lo trajo hacia arriba. Este recuerdo le hizo sonreír pero también fruncir el ceño. ¿Le debería la vida a su eterno rival?

También recordaba que alguna vez, acusado por Jacinto de haber peleado a los puños con Núñez, su buena madre lo reprendió diciéndole: "Nunca, hijo mío, te disgustes con tus vecinos. Estos son como hermanos y antes de pelear con ellos se les debe atender y querer".

Y, como un caleidoscopio, continuaban desfilando hechos, personas y tiempos por la mente de don Andrés. Así llegó a la edad de veintidós años, cuando su padre le fue cediendo poco a poco el mando de la hacienda en asocio de Jacinto, y recorría como amo y señor todas las dependencias de la propiedad. Más tarde se vio cortejando a Matilde Sarabia, la muchacha más bella del pueblo, huérfana de padre y que gozaba de la fama de ser la mejor educada del lugar. Y había tenido ocasión de hacer constantes viajes en compañía de Núñez, porque él también visitaba a su novia, Emilia de Ramos, otra linda y virtuosa muchacha del mismo pueblo.

Luego ocurrió su matrimonio, muy celebrado en la hacienda, donde se dieron cita todos los vecinos y muchas gentes del pueblo, sin exceptuar a Núñez, que fue acompañado por su novia. Días después tuvo lugar el matrimonio de su vecino, la gran fiesta nupcial a la que concurrió él con su joven esposa...

Y en el desfile interminable de sucesos, fueron marcándose ahora, sombríos, y angustiosos, los primeros raptos de grandeza y poderío que abrigaba su espíritu. Su conversación con su padre una tarde en que regresó del campo y le dio cuenta de que el viejo Álvarez no había permitido que le pasaran la cerca de un potrero por el lado de la quebrada, y recordaba a su padre diciéndole: "Él tiene razón, hijo. ¿Cómo vamos a encerrarle la quebrada para que sus ganados se mueran de sed? Ni la ley ni mi conciencia me lo permiten"...

Él replicó y no habiendo conseguido convencer a su padre se había trazado un plan. Al día siguiente fue a casa de Álvarez y le propuso la compra del terreno y después de alguna discusión convino en vendérselo. Era un triunfo, un gran triunfo que le comunicó a su padre el mismo día. Pero su padre no había hallado bien la operación porque estaba convencido de que los terrenos de la hacienda eran suficientes para cuanto se deseara obtener de ellos. Con todo, aceptó la compra, bajo promesa del hijo de no volver a comprar ni una sola pulgada de terreno.

Y recordaba, también, que su padre le decía con mucha frecuencia:

—Mira, hijo, si tú piensas que debemos poseer todas las tierras de los contornos habrá necesidad de muchos miles de pesos y de muchos pleitos porque no todos los dueños querrán vender como Álvarez. Este te vendió su propiedad porque quiere irse a Veraguas, donde tiene familia. Aquí estaba casi solo y, como se siente viejo, busca el abrigo de los suyos. Allá comprará un terrenito al lado de sus parientes y esperará la muerte. Pero hay otros que no lo harán nunca por ningún dinero.

No sigas, pues, pensando en agrandar los linderos de la hacienda y veamos mejor, cómo le sacamos todo el fruto a esas tierras que poseemos. Tu mamá me estuvo leyendo la otra noche la manera de mejorar el ganado y me informó que en la capital venden terneros de pura sangre. Compremos algunos de esos animales y tratemos de mejorar la raza del nuestro. También me leyó cosas muy interesantes para aprovechar la leche fabricando quesos de calidad distinta; y así de muchas cosas que tenemos en la hacienda. Hablaba la revista de unas máquinas que maneja el hombre para arar la tierra y decía que cuando una hacienda tiene una de esa máquinas, no es necesario estar cambiando todos los años de terrenos para sembrar el maíz y el arroz; que el mismo sitio sirve por años y años; que cuando se cansa, entonces se le echan unas sustancias que le devuelven su riqueza.

Pero estas observaciones de su padre no lograban quitarle de la cabeza sus ideas de ensanchar la propiedad y cada día era más intensa la emoción que experimentaba cuando, salido al balcón de la casa, miraba al horizonte por donde nacía o se ocultaba el sol y señalaba la línea purpurina o amarillenta y se decía: "Hasta allá quiero llevar mis propiedades"...

Después desfilaron por su mente otros hechos. El nacimiento de Andresito, que puso en peligro la vida de su esposa. El bautizo del niño fue una fiesta de gran alegría. Más tarde, la venida de Julia, tan esperada de todos por el deseo de tener una parejita; y en el transcurso de los años, dos niños más: Francisco y Teresita, que a esta hora son casi desconocidos de él, porque su vida se ha intensificado y agitado más.

Y en todo ese largo periodo de su vida, tras muchas cosas graves, la muerte de sus padres uno tras otro, con diferencia de días. Los últimos consejos de ambos que recibió cuando ya era el heredero de la hacienda y se soñaba dueño y señor de los horizontes.

Y precipitándose como un torbellino en la mente de Picota, volvió a vivir los días de las grandes ambiciones y vio, como si fuese en ese instante, sus idas y venidas del pueblo, sus conferencias con el abogado, Dr. Pérez; sus tratos con los dueños de fincas y de sitios; sus exigencias para expulsar de sus terrenos a los viejos poseedores; sus combinaciones con el juez; sus cartas a Panamá interesando a amigos y magistrados; sus constantes disgustos; sus grandes erogaciones de dinero; sus ausencias continuadas de la casa; los reclamos de su esposa y los largos recorridos por los terrenos acompañando a los ingenieros que le levantaban planos y a las autoridades que practicaban inspecciones. Y de vez, en cuando, rechazando la imagen que se le presentaba, veía llorar a ancianos y a mujeres cuando abandonaban sus tierras en éxodo de dolor y lo despedían con maldiciones...

La vorágine de su mente no cesaba un instante de dar vueltas y vueltas, y vio cuando sus hijos, Andrés y Julia, se fueron a Panamá a hacer estudios secundarios; la lectura de los informes y de las cartas que recibía. Sus entusiasmos cuando le avisaban el progreso del último mes, el último año.

Las vacaciones del verano que traían el bullicio a la casa y hacían desaparecer la monotonía de las noches. Y, después, el final de los estudios de los muchachos, sus diplomas y un gran desconsuelo: Andresito no era como él. No tenía aspiraciones de grandeza, no le importaba el horizonte ilimitado de su hacienda.

Picota, había soñado tener un hijo como él: recio, duro, ambicioso. Habría sido feliz si hubiese observado en Andresito tendencias de conquistador. Si lo hubiera visto reñir con las gentes, con los empleados, con su madre, con sus hermanos. Pero el hijo resultó con el carácter de la madre, suave, altruista, propenso a la vida de trabajo metódico y no inquieta como la suya.

Y Andresito era un peligro para sus planes finales y por eso había accedido sin discusión a que efectuara el viaje a los Estados Unidos. Estaría lejos tres años, por lo menos, tiempo suficiente para consumar sus deseos, y procuraría que no viniera a la casa durante las vacaciones.

Como le había notado disposiciones para estudiar de todo, le alentaría a que lo hiciera; "sí, que estudie cuanto quiera, que se haga 'sabio'; así demorará más su regreso y yo estaré libre". ¡Qué felicidad poder coronar su obra de conquista solo, sin la ayuda de nadie; y a pesar de la oposición de su mujer y de Andresito, de Jacinto y de todos!...

Picota se quedó como dormido; el cigarro entre los labios lanzaba espirales de humo. Las horas avanzaban. El viejo reloj dejaba oír como si fuesen quejidos, el monótono tic tac de la péndola; la lámpara consumía las últimas gotas de combustible... Un silencio profundo rodeaba el ambiente. La brisa húmeda de la madrugada empezaba a penetrar por las ventanas.

De vez en cuando, llegaba hasta el recinto, el ruido de las corrientes del río y el graznido de alguna ave nocturna. En la casa todo era quietud, todo dormía con el sueño plácido del descanso merecido y Picota soñaba.

Se hallaba en el monte, un monte espeso y profundo. Miles de hombres regaban kerosín sobre los troncos y las ramas; y otros miles prendían fuego al bosque. Las llamas se levantaban como si quisieran alcanzar el cielo, se extendían por todos lados, corrían por el suelo. Un ruido ensordecedor dominaba el ambiente. El humo ensombrecía los contornos y los hombres cantaban, gritaban y reían moviéndose de uno a otro lado, entre el humo y las llamas, como si fueran fantasmas. Los venados y conejos saltaban sobre los troncos encendidos o carbonizados, huyendo de las llamas. Picota se hallaba en el centro del monte, desde donde dirigía la obra destructora... Por aquí, por aquí; más allá, más acá, gritaba y gritaba y se secaba el sudor que llenaba su frente...

Pero, de pronto, es rodeado por el fuego... Se dirige a un lado y no puede pasar; va hacia otro y tampoco; quiere atravesar una línea de llamas y no alcanza a llegar a ella... El humo lo ahoga, lo estrangula, lo sofoca; el olor nauseabundo de reptiles y bestias quemadas lo asfixia... Entonces grita desesperadamente. Nadie lo oye. Las llamas lo cercan cada vez más, lo aprisionan y se siente morir quemado vivo...

—Padre, padre, despierta. Tienes una pesadilla terrible.

—¿Qué me ha pasado? Era horrible lo que estaba soñando...

—¿Qué soñabas, padre? Sentí que te quejabas y me levanté a verte. Encontré que hablabas y en el rostro pintada la angustia y el dolor. Te he despertado sin hacer ruido para que mamá no se mortifique. ¿Por qué te has pasado aquí en vez de acostarte? Son las dos de la mañana. Ve a tu cuarto.

—Ya pasó —dijo Picota, reponiéndose; y como si completara un pensamiento interrumpido dijo: —Hay que levantarse temprano y apurar los trabajos del monte. Gracias, hijo mío. Vamos a acostarnos.

CAPÍTULO VIII

Conciencias tranquilas

Mientras ocurría lo que hemos relatado, en el Hato Chico también se vivía una vida de movimiento.

Pablo Núñez, a quien nuestros lectores ya conocen, se halla en estos momentos interesado en dos asuntos, para él de suma gravedad. La continuación de los estudios de sus hijos y la construcción de una pequeña represa en uno de los ríos para dar agua a los terrenos que tiene destinados al cultivo del arroz. Pero es evidente que presta mayor atención al viaje de los muchachos.

Una tarde, serena y fresca, muy propicia a los debates hogareños, Núñez, su esposa Emilia y sus hijos graduados, Pablito y María, hacen corro en el patio que da frente a la parte principal de la casa.

Son los últimos días de verano y se han ido reuniendo en espera de la hora de la comida. Durante el día, Núñez ha estado como de costumbre, a caballo, recorriendo los terrenos.

Pablito ha regresado del pueblo, de practicar algunas diligencias, y María, acompañada de tres chiquillos, hijos de sirvientes de la familia, tomaba asiento después de haber pasado dos horas de pie al frente de su escuela. Para completar el grupo solo faltaba Juan, el menor, que se hallaba de vacaciones al lado de sus padres y, en este momento, de paseo con otros amiguitos, por el río Tuira.

María, la última en formar el grupo, fue la primera en hablar. Era muy locuaz e inteligente y el alma de la casa.

Amaba entrañablemente a sus padres y hermanos y era para todos los niños de la región la "señorita querida". Tan pronto como concluyó sus estudios de maestra en la Escuela Normal había pensado dedicarse a la obra civilizadora de servir al apostolado de la enseñanza, educando en forma gratuita a los niños que habitaban en la comarca donde se asienta la hacienda, y ya llevaba un año largo de haber emprendido la humanitaria tarea.

Su padre le hizo construir una cómoda barraca de techo de zinc, de amplios corredores, y le tenía destinada media hectárea de terreno para patio y granja de la escuela. Con maderas del predio construyó mesas, bancas y pizarrones y llevó de Panamá un globo terráqueo y un surtido de pequeños utensilios de enseñanza. Con sus libros de estudio y otros más de recreo presentaba una selecta y completa biblioteca escolar. Desde que abrió la escuela concurrían numerosos niños de la hacienda y de las cercanías, pero pronto hubo de organizarla en forma tal que el mayor número posible pudiera recibir las luces de la instrucción dividiendo los cursos en dos: uno de invierno, que comprendía seis meses, y otro de verano que abarcaba el mismo tiempo.

Eso se debía a que en la época de las grandes lluvias no le era posible a la generalidad de los niños asistir a la escuela, porque las quebradas y los ríos crecidos, además de los malos caminos, les impedía viajar. Así resultaba que, durante esos meses de lluvias, solo concurrían unos treinta muchachos de los que habitaban la hacienda; y en los de sequía, como sesenta procedentes de otros lugares.

María, pues, se hallaba ocupada, desde hacía más de un año, dos horas por la mañana y dos por la tarde, excepto los domingos y días de fiestas patrias, impartiendo educación e instrucción a cerca de un centenar de niños de ambos sexos, mayores de siete años y menores de trece. Y, siempre, contenta y satisfecha de su obra, volvía por las tardes a su escuela, distante a unos cinco minutos de la casa, al fondo de un llano que se hallaba rodeado de ranchos.

Al llegar, pues, esa tarde, al lado de sus padres, dijo a los niños que la acompañaban que se fueran al interior de la casa y, besando a sus progenitores y sentándose entre ellos, dio rienda suelta a su simpática lengüita.

—¡Qué contenta estoy!... Este curso de verano es más agradable que el del invierno. Los niños viven felices y aunque es mayor el número que en el otro curso, trabajo lo mismo. En invierno, los pobrecitos, no obstante habitar cerca de la escuela, siempre están distraídos, viendo llover o asustados por la tempestad. Se puede decir que las lecciones de la tarde se pierden totalmente porque la lluvia no deja trabajar a gusto. En cambio, en el verano, se hace de todo y bien. Para mañana les tengo ofrecida una excursión a la orilla del río. Allí, en la arena, les daré una clase objetiva de geografía. Yo misma les formaré golfos y bahías, montañas y ríos. Les alzaré ciudades de piedrecitas y el río será el mar... ¡Qué bello es el mar, papacito! ¡Cómo gozarías viéndolo, mamacita!

Cuando estaba en la Normal, salíamos las internas a dar un paseo por los alrededores y a mí me encantaba sentarme en uno de los muros del Hospital Santo Tomás para ver reventar las olas a mis pies. A lo lejos, casi siempre, se veía uno o más barcos que se dirigía al Canal o salían de él y sentía los deseos más grandes de viajar en ellos. Una vez conocí con mis compañeras del quinto un bello barco norteamericano que pasaba el Canal. En él recorrimos toda esa obra maravillosa de ingeniería y pude darme cuenta de lo bien que se viaja por el mar.

Ahora recuerdo —agregó interrumpiéndose— que mañana debo hacerles a los niños un Canal y haré pasar por él buquecitos de papel. Si estuviera aquí Juancito lo pondría a trabajar; pero en todo caso cuento con que él y algunos muchachos grandes y muchachas de la casa, me ayudarán a cuidar los chiquillos. ¿Verdad, papacitos?

—Claro que sí, María...

—Por supuesto, hijita...

—Ya lo sabía. Son tan buenos conmigo. Y tú, ¿por qué no hablas? —dijo, dirigiéndose a Pablito...

—Porque no das tiempo a nadie para hablar cuando tomas la palabra. Estaba esperando que dijeras algo del ferrocarril que cae mejor a tus aficiones de habladora...

—¡Ja, ja, ja! —rieron todos.

—Verdad que sí. El Canal tiene el defecto de no dejar de andar rápidamente a los barcos, mientras que el ferrocarril es una delicia porque se traga los vientos.

—Ya ves, y sin embargo, a los chicos no piensas decirles nada de ferrocarriles.

—¿Y has creído acaso que en un día debo enseñarles todo?

—Como hablas del Canal...

—Bueno, pues también les haré un ferrocarril y tú deberías venir mañana conmigo para que me ayudes. Ya que piensas estudiar para ingeniero —dijo con sorna— podrías ir practicando en la construcción de vías férreas, ja, ja ja.

—No creas que me corro. Allá iré y les montaré en la arena el trencito de Juan.

—Me están dando deseos de ir con ustedes —intervino don Pablo.

—Y a mí también —exclamó doña Emilia...

—Pues a satisfacer esos deseos, papacitos. Será una dicha para mí; y como estaremos hasta después del mediodía, podríamos almorzar allá con los niños.

—¿Y cómo te arreglarás para que todos los chicos almuercen?...

—La cosa está hecha ya. Cada uno de ellos trae un bollo, una totuma de arroz con carne, y yo pensaba llevar de aquí un garrafón de leche y raspaduras. Ahora, si a ustedes les parece escaso el "menú", como dicen en Panamá, o la lista, como digo yo, no me opongo a que lo mejoren por su cuenta...

—Claro que sí habrá que mejorar la lista de viandas, si los señores de la casa van a hacer el honor de asistir a la lección objetiva de Geografía —dijo Pablito...

Un vocero juvenil interrumpió la conversación. Se acercaban al grupo Juancito y sus amigos, que venían cargados de robalos y otros pescados; de palomas, un conejo pintado, loros y patos; y seguidos por dos hermosos perros de caza.

—Aquí estamos. Esto se llama cacería —dijo Juancito, tirando su carga al suelo.

Los demás muchachos saludaron e hicieron lo mismo con sus mochilas y motetes.

—Pues a descansar un rato —dijo la señora— ¿Quieren tomar algún refresco?

—Muchas gracias, doña Emilia —contestó alguno—. Vamos a repartir el botín para seguir hasta nuestras casas. Se va haciendo tarde y los viejos van a alarmarse de nuestra demora.

—Bien hecho, hijitos. Hagan, pues, su reparto.

Y mientras los muchachos se iban adjudicando honorablemente las piezas cobradas o pescadas, María dijo a Pablito:

—Me parece que el menú o la lista está completa...

—Ya lo creo y mi candidato a plato ya está a la vista.

—No, no es cuestión de quitarle a Juancito cuanto ha traído —dijo doña Emilia—. Recuerden que a él le gusta mucho comerse lo que caza.

—Pero si se come todo lo que le toca hoy, se va a morir de indigestión.

—O se pasará todas las vacaciones sin volver a cazar...

—Se le tomará algo —dijo Núñez— especialmente lo que no pueda conservarse muchos días.

En este momento los muchachos volvían a cargar sus mochilas y se despedían. Juancito entregaba su parte a uno de los mozos de la hacienda y colocando la escopeta y demás enseres de cacería en el sitio acostumbrado, en el portal de la casa, dijo:

—Voy a bañarme. Tengo garrapatas hasta en la cabeza y las coloradillas me están comiendo las piernas.

Doña Emilia se levantó enseguida y se fue tras de su hijo. Estaba segura de que la necesitaría para suministrar el alcohol, la toalla, la ropa limpia, y cuanto solo una madre es capaz de prever qué le urge a un muchacho como Juancito, nervioso e inteligente.

—Y nosotros acerquémonos al comedor, porque si no se olvidan de que tenemos que comer —dijo María.

—Cómo se ve que es verdad aquello de que "tengo más hambre que un maestro de escuela" —comentó Pablito.

—Es verdad, ¡pero es porque los maestros somos las personas que más trabajamos en el mundo!

—Muy bien dicho, hijita. Estos ingenieros son unos holgazanes —dijo riéndose Núñez; y levantándose de la silla, agregó: —Vamos, pues, hacia adentro...

Momentos después, toda la familia se hallaba reunida en el comedor, amplio, fresco y oloroso a marañón debido a que numerosas frutas de esa especie se hallaban esparcidas en las tablillas adheridas a las paredes y sobre el tinajero.

Don Pablo inició ahora una conversación más seria. Le interesaron algunas frases de María y, mientras todos hablaban en el patio él estuvo escuchando y pensando.

—¿Cuándo debe ser tu viaje a los Estados Unidos? —preguntó a Pablito.

—Según los datos que recogí en el pueblo, mi salida debe ser el mes entrante, es decir, abril, para que pueda aprovechad algo de la primavera y todo el verano, tanto para aclimatarme fácilmente como para hacer un curso preparatorio de inglés a fin de hallarme en buenas condiciones en septiembre. Además, sería muy bueno que el viaje lo hiciera con otros muchachos que ya han estado allá y con nuevos condiscípulos.

—Y de estos contornos, ¿quiénes más van a estudiar?

—Del pueblo, sé que van los hijos de Padorni; el de Rodríguez; la hija de Velasco; y de las haciendas, creo que Andresito y Julita. De otros distritos deben ir muchos más.

—¿De manera que te gustaría ir con ellos?

—Claro que sí, papá.

—¿Y con María?

—¿Con mi hermana?

—Pues, claro. ¿Cuál podría ser?

—Encantado, papá.

—¿Qué has dicho, papá? —preguntó María.

—Que tú también irás a los Estados Unidos y realizarás ese viaje que tanto has soñado.

María no pudo contenerse y se levantó a besar y abrazar a su padre. Doña Emilia hizo lo mismo y Pablito tiró la servilleta en alto, gritando:

—¡Viva el mejor papá del mundo!

—¡Viva! —exclamó Juancito y agregó— ¡Pero cuando me llegue el turno no me vayan a formar líos!

Una carcajada en coro de todos los presentes, dio tiempo a los amantes padres a secarse las lágrimas; y don Pablo reanudó la conversación.

—Pues bien, hijos míos, deben prepararse para viajar y estudiar. Ello significa un buen sacrificio en estos momentos, pero cuento con el negocio de ganado que irá muy bien todo el año y con el arroz, que será una bendición muy pronto, cuando riegue el llano. Además, contamos con algunas reservas en el banco de Panamá y, sobre todo, quedamos aquí Emilia y yo, y nada podrá faltarles. Dime, pues, María, ¿qué piensas estudiar?

—No sé, papá. Todo, todo lo que pueda. Déjame pensar. Esta noticia me ha caído tan de sorpresa que todavía me parece que estoy soñando. Yo que tanto deseaba ir a estudiar y no me había atrevido a decírselo mientras Pablito tuviera que hacerlo. Ahora no sé qué es lo que quisiera estudiar.

—Pero cuánta dificultad para resolverlo —dijo Juancito. ¿No te gusta el magisterio? Pues a perfeccionar los conocimientos en pedagogía. Eso he pensado hacer yo. En Panamá hacen falta buenos pedagogos...

—Efectivamente. No había caído en la cuenta a causa de la sorpresa. Sí, papá. Estudiaré pedagogía, organización de escuelas y me especializaré en algunas de sus ramas. Ya está resuelto: seré pedagoga graduada en los Estados Unidos.

—Cómo te echarán de menos los chiquillos —intervino doña Emilia.

—Y los padres, sobre todo, agregó don Pablo.

—Yo siento tristeza en dejar mi escuela; créanmelo. Esa es obra mía y pensaba que sería algo muy importante en pocos años. Pero, ¿no sería posible contratar a precio barato alguna maestrita del pueblo? Tal vez sabiendo que aquí tiene alimentación y casa, lavado y planchado, aceptaría un pequeño sueldo. Pero no, quizás ella no haría lo que yo hago. Se necesita vocación, interés, desprendimiento y mucho amor a los niños...

—Bueno, eso lo verán nuestros padres cuando sea tiempo. Lo que importa ahora —dijo Pablito— es saber que realizas tus aspiraciones y que vas a tener el honor de ir a Nueva York acompañada de tu hermano...

—¡Bien creído que eres! El que se honra eres tú al ir con una linda muchacha como yo, salvo que haya otra... mejor.

Las mejillas de Pablito se sonrojaron y todos le miraron el rostro, pero él, reponiéndose, contestó:

—Francamente, me doy por vencido. Ninguno de mis condiscípulos podrá ir tan bien acompañado como yo, pero tienes que convenir también en que ninguna de las muchachas llevará mejor hermano que tú... salvo opinión contraria de ti misma.

Había devuelto la pulla con gran finura y solo Pablito se dio cuenta del rubor de María, quien rápidamente contestó:

—Cierto, ciertísimo...

La comida, entre tanto, adelantaba, y don Pablo, aunque no participaba activamente en la conversación, seguía pensando en sus asuntos sin perder por eso el interés en lo que hablaban.

—Según lo dicho, en el mes entrante deben embarcarse —dijo don Pablo apurando un sorbo de café—. En ese caso debemos saber con certeza la fecha de salida del barco de Cristóbal, a fin de que se hallen listos. Tú debes averiguar todo eso —dijo dirigiéndose a Pablito— así como lo que deba comprarse para llevar hasta el día del desembarque. María, por su parte, tendrá que hacer grandes preparativos y, por lo tanto, desde mañana se verá obligada a abandonar a sus niños...

—¡Quién hubiera creído que mi paseo de mañana iba a ser la despedida de mis chiquillos! Si a alguno se le hubiera ocurrido decírmelo, me habría echado a reír...

—Así es la vida, hija mía —dijo doña Emilia—. Muchas veces la realización de un deseo, de una aspiración, se encuentra más cerca de lo que a uno le parece y las cosas más difíciles en apariencia, resultan las más fáciles.

—En contradicción —repuso don Pablo— lo que parece más fácil resulta más difícil. A mí me ha sucedido, por ejemplo, que lo que he creído más sencillo de arreglar, mis diferencias con Picota, me ha resultado la cosa más trabajosa del mundo. Y ni mis mejores propósitos, ni mi paciencia, ni la voluntad expresa de ceder siempre en mis pretensiones, que nunca fueron excesivas; ni la intervención de amigos de ambos; ni los consejos de las personas que nos estiman; ni el reconocimiento que han hecho de mis derechos, tribunales y autoridades, han valido nada ante la terquedad de Andrés para poseer estas tierras que, a pesar de los años que tienen de constituir nuestro patrimonio, no han aumentado ni una pulgada. Una cosa fácil, pues, de arreglar, no ha podido ser. Y con todo y que nuestras relaciones tan antiguas, de niños, de casi hermanos, de compañeros en travesuras, parecía que fuesen los mejores argumentos. A pesar de que siempre me he mantenido en un plan de sinceridad y conservando por su padre y, especialmente, por su santa madre, los más gratos recuerdos, no he logrado conseguir que Picota desista de sus planes de abarcarlo todo.

Cuando todavía no pensaba en mí para sus ataques y se dio a comprar los terrenos de los campesinos, a expulsarlos valiéndose de medios poco honestos, le llamé la atención, le di consejos, y esto fue el principio de su acción contra mí.

Hace ya cerca de quince años que nuestras relaciones se han roto por culpa de él. Durante ese tiempo ha controvertido conmigo por bebederos, sesteaderos, servidumbres y, por suerte, a manera de compensación por los perjuicios que me causa, las circunstancias han aumentado mis trabajos y negocios. La gente expulsada de su hacienda ha pasado a vivir a la nuestra y siempre he podido contar con los peones necesarios para todas las faenas. Mis cultivos han crecido y mis ganados progresan admirablemente, gracias a Dios y a ellos. Pero, con todo ese favor indirecto que me ha hecho, yo siento el abuso cometido contra esas gentes porque hay algo que duele mucho: que se le arrebate a uno la tierra que es suya, que ha recibido el sudor de la propia frente y que constituye, en las más de las veces, lo único que se posee. Ya ven, pues, cómo una cosa fácil de arreglar no siempre se puede y, por eso, no debe sorprender a María que aquello que parecía difícil resulte, cuando menos se espera, de fácil realización. Estos son contrastes comunes en las cosas de la vida.

—Y, a propósito, papá —dijo Pablito— ¿no será posible que la paz se haga entre tú y don Andrés?

—Yo siempre la he querido, y cuando me entero de que ustedes han paseado o tenido reuniones con sus hijos, me agrada mucho, porque quizás la influencia benéfica de esos inocentes logre el milagro de suavizar el carácter indomable de Picota. Cuando me contaste que Andresito abrió el otro día una cerca para que hicieras el viaje sin dar el rodeo de la colina, comprendí que aquel muchacho era como su abuelo, y pensé que ustedes no serán nunca enemigos...

—Así lo creo yo también —dijo Pablito, un tanto alegre—. Andresito es muy bueno y su mamá y su hermana lo mismo.

María aprovechó el silencio que se produjo después de las palabras de su hermano, para torcer la conversación.

—Mamá, hasta ahora no hemos hecho nada acerca del menú del paseo y como aquí está Juancito, bueno sería saber a qué atenernos con respecto a su contribución. Pero, quiero declarar que, tratándose de un futuro pedagogo, es lo más acertado que sea amplio y generoso, pues eso lo recomiendan los tratadistas, sobre todo tomando en cuenta que será mi última lección objetiva a mis alumnos...

—Acepto por adelantada la contribución que me impongan. ¿Cuál es?

—Toda la caza de hoy, incluyendo el conejo.

—¡Está dicho! ¡No me reservo nada! Lástima de conejo, eso sí —dijo, riendo.

Y un instante después, la mesa, antes tan alegre, se tornó silenciosa con la separación de cada uno de los comensales, que se retiraron para volver al patio, donde la luz que la Luna derramaba parecía de sol mañanero por lo brillante, y la brisa de la montaña refrescaba el ambiente.

CAPÍTULO IX

TRISTEZAS Y... TRISTEZAS

Cuando en los hogares de Andrés Picota y Pablo Núñez se deslizaban los días con los contrastes que hemos descrito, otra era la vida en centenares de hogares humildes. En estos no existía tal lucha de intereses en pugna, ni se marcaban indomables la ambición de poderío, ni los sueños de grandeza, ni se pensaba en rencillas, ni se deseaba lo ajeno.

La vida era distinta: sencilla en algunos, miserable en otros y, en lo general, muy pobre. Para casi todos existía algo que los unía entre sí: el recuerdo de lo perdido, de la tierra que fue de sus mayores, donde se levantaron todos y donde cada piedra, cada árbol, cada quebrada, guardaba el secreto de algo amado.

Es verdad que algunos de esos hogares hicieron cambio favorable al trasladar su rancho y sus míseros haberes a los terrenos de Pablo Núñez. Ese cambio les aseguraba trabajo para los meses en que se hallaban descansando de sus labores propias, pero aun estos sentían la nostalgia de lo que fue suyo, porque hay algo en el corazón del campesino que lo une a la tierra en que vio la luz, que el hombre *civilizado* no siente, ni puede sentir, y es su tendencia espiritual de amar toda la tierra como si fuese la suya propia.

En los días que corren, según las fechas de nuestro relato, ya cercana la temporada de lluvias, en cada hogar de humildes campesinos se comentaban las cosas que pasaban, y a la luz de la luna, o del fogón de piedras que iluminaba el patiecito del rancho, los grupos formados casi siempre por los padres y los hijos y algún anciano abuelo, se mantenían conversaciones como esta:

—Será mejor no *golver* al monte de ño André. Cuando menos se crea cae el agua...

—Muy cierto. La *chigarra* ya canta y el viento se está cambiando...

—Pero tal ve sería *güeno* ganar un poquito *máj*, que *güena farta* hace...

—*Pa* lo que paga ño Andrés, casi no vale la pena...

—Siempre es *argo*. Ya los niños no tienen camisa *pa* ir a la escuela de la Señorita María y *toavía* quedan dos meses *pa* lo de *nojotro*.

—Es *verdá*. Y si se quedan bruto como nosotros van a sufrir lo *mesmo*.

—Si no nos hubiera *echao* ño Picota de lo nuestro, la escuela nos serviría en el invierno. Pero quién va a pasar la Quebrada *Jonda* en junio. Ni que fuera *pescao*. Cuando me acuerdo de mi tierra, me dan gana de sacarme el clavo...

—No *pensés* nada malo que bastante mal tenemos *pa* aumentarlo...

—Sí, pero que le quiten a uno lo que trabajaron *pa* uno, es cosa que da en el *arma*...

—Ya teníamos *ma* de *tre* cuartillos *sembrao* y *er* monte del *espardal* como nuevo...

—Y la cerca de fajina y *to*, pero buena por la madera...

—Me acuerdo de la pollera que te compré *pa* la Candelaria. Diez pesos, como quien dice *na,* y las chucherías que trajimos *pal* rancho.

—Se acabó ese tiempo y no *golverá*...

—¡Quien sabe! Solo Dios y la Virgen...

***

En otros ranchos la conversación giraba sobre asuntos parecidos, pero en tonos más fuertes.

—Ya le dije a ño Jacinto que no me apunte *má*. Estoy *cansao* de caminar medio día *pa* ganar una miseria.

—Bien hecho. Lo mismito va a *jacé* el compadre Joaquín. Y esa comida *pa* puerco que lo que hace es dar *gómitos*.

—Que vaya ño Andrés a *quemá* su monte. ¿No quería que no viviéramos allá?... Pué que se dé gusto.

—Ese monte no quemará. Verán que caen las aguas sin quemarlo, porque ese viejo tiene la locura de tumbar *too*...

—Como si juera un cuartillo de monte y no *too* el *Ismo*. ¡Viejo glotón!

—*Pa* él hace. Dios se encargará de vengarnos. *Pa* eso nos echó de lo nuestro...

***

Otros grupos interpretaban las cosas así:

—Si no juera por ño Jacinto, ya habría *mandao ar* diablo a ño Picota...

—Y por la niña Matilde que nos mandó la plata derr monte…

—Y por ño Andresito, que sí quiere al campusano.

—Pero dicen que se va; que *pa* ver el monte fue el otro día y que le dijo a ño Jacinto que se iba *pa* Nueva *Yol*...

—Y que le dijo que esperara que viniera él *pa* acabar el monte.

—Y también se va la señorita Julia...

—Y la niña Matilda se va a morir de esplín...

***

Otro grupo hablaba de esta manera:

—En el pueblo dicen que el *dotor* Pérez está sacando testigos *farsos pa* quitarle los bebederos a ño Pablo. Y lo *pior* es que esos bebederos no sirven al *ganao* de ño Pablo sino a las vaquitas de Petra, de Marciano y el Congo. *Dende* el año pasado ño Pablo dijo que cogieran ese bebedero *pa* esos tres que había *echao* ño Andrés...

—Pero ño Pablo está *peliando* los bebederos y tiene mucho testigo que dicen la *verdá*...

—Sí, pero ese *dotor* es un pícaro, que por plata se come una vaca paría y se queda *hambreao*...

—No importa, ño Pablo también es grande y la justicia es *pa* los grandes. Si la pelea fuera con nosotros ya la habíamos *perdío*...

—Y dicen que tiene *comprao* al *arcarde* y al *jue*.

—Yo no creo que estén *compraos* sino que le tienen miedo.

—Pero ahora ha *llegao* un *licenciao* de Panamá que tiene oficina *montá* y coge *too* los pleitos contra el *dotor* Pérez...

—Que se sostenga duro el *licenciao* con ese viejo zorro...

***

En otro rancho, el grupo de campesinos sostenían esta charla:

—No hay mal que por bien no venga. Si nos echaron de la Hacienda aquí en el Hato *estamo mejó*. Lo que hay que *jacé* es prepararse a *defendé* el Hato, porque ño André quiere cogérselo también. Y si lo logra nos echa otra vez...

—Eso no lo *aguantamo*. Bastante hemos *sufrío*. Allá la tierra era de nosotros y aquí es de ño Pablo. No cobra *na*, *verdá,* pero es de él...

—Dicen que el *licenciao* Tovar se hace cargo del defender a la gente pobre. El domingo *pasao* estaba en la puerta de su casa y decía a la gente que las tierras eran de ellos. Que nadie tenía derecho de quitársela. Que la ley da diez hectáreas a los padres de familia.

—Eso ya lo sabemos, pero después ño André lo obliga a uno a vendérsela.

—Bueno, eso *e* lo que dice el *licenciao*: que los campesinos *semos* unos brutos que *vendemo* lo que no debe *vendé*.

—Y si no vende los echan a la *juerza*. Tan siquiera la niña Matilde se conduele y le manda a uno la plata.

—Pues yo voy el otro domingo al pueblo, porque el licenciao dijo que quería hacerles conferencia los campesinos. Voy a ver qué es eso...

—Ya estoy *cansao* de oír licenciaos. A lo *mejor* quiere ser *diputao* o *concejar* y está trabajándose los votos. Hay que *abrí* el ojo con esa gente de la *capitá*...

***

Otro grupo se extendía en consideraciones de este orden:

—La cosa no es tan cualquier cosa como parece. Cuando ño André se propone tumbar *too* ese monte es por *argo*. Queda arriba el Hato y si las calles no son bien anchas y no se cuidan bien, la candela se pasa *pa* acá y Dios nos guarde...

—Se puede quemar *too* el Hato.

—Pero aquí estamos *toos pa apagá* la candela...

—Si tenemos tiempo. Que *er viento* no avisa ni pide *pelmiso*...

—¿Será capaz ño Andrés de hacernos *ma* males?

—¿Quién lo duda?... El otro día me contó Justino, que le había oído *decil*: "Todo este contorno será mío". Que Ño Jacinto le respondió: "Patrón, es mucho querer". Y él dijo: "Pues lo quiero, lo cojo"...

—Buena tenemos, pues. Procura sacarle a Justino *too* lo que sepa. Yo se lo contaré a ño Pablo.

—Ya se lo dijeron, pero no lo creyó. Pero recomendó que cuando sepamos *argo* se lo *digamo*.

—Pues yo he sabido eso y se lo voy a contá, *pa* que vea que *too*s estamos dispuesto a ayudarlo a sofocar la candela...

***

Y en otro rancho, los contertulios hablaban de otras cosas...

—Mira, Pancho. El invierno *va a* ser malo *pa nojotro*. No queda *ma* que un poquito de reales que no alcanzarán *pa na*. Aunque pague mal ño André hay que ir a trabajar *pa* guardar *argo*.

—No *fartará* trabajo aquí cerca. Ño Pablo va a comenzá la acequia y podemos ganar *too*s, sin caminar cuatro horas. Esa acequia echará agua al arroz. Dice que así se hace en Nueva *Yol pa* que produzca *mejol* grano y más abundante.

—Pero la cosa va larga y no comienza...

—Porque no ha *llegao* la máquina que trae un gringo de esos que pasan por el aire en aeroplanos...

—Ya lo sé. De los *mesmos* que rompieron el Canal y vinieron *pa* las votaciones una vez...

—Y que están haciendo la carretera *pa* los pueblos.

—Y que se meten en carreta de cuatro ruedas, sin buey ni caballo y corre atropellando gente y *ganao, jaciendo* un ruido que lo pone *soldo* a uno...

—Debe ser *güeno* meterse en una carreta *desas*...

—Sí, y darse la cabeza contra un *álbor*...

—Bueno, eso *e* la civilización. El otro día *oyí* a ño Pablito y a la señorita María que hacían referencia de que paseaba por *too* Panamá en un suspiro y que si fuera a pata gastaría días y días...

—No te desconsueles que *argún* día irás a Panamá a dar una *pasiada* en carreta de cuatro ruedas, sin bueyes y con bulla...

***

Así corría la vida de los labriegos, todos arrojados de sus viejos predios y que, gracias a Pablo Núñez, vivían menos mal, y gracias a doña Matilde, manifestaban menos rencor.

Pero conviene que demos, a los que nos han seguido hasta ahora, algunos datos de la existencia campesina de esos seres, víctimas de la codicia, de las ambiciones y de las injusticias.

Englobando a todos, cerca de un millar de campesinos de ambos sexos y de todas las edades, los intereses de las familias y de la colectividad que forman, son los mismos en términos generales.

Nacidos, en su mayoría, en campos que fueron de sus padres, de sus abuelos y aun de varias generaciones anteriores, se acostumbraron a mirar como propios los pequeños predios que formaban su heredad. Y allí, donde sus antepasados sembraron el maíz y el arroz y cultivaron el ñame, el otoe, las cebollas, los frijoles y muchas frutas como la naranja, el aguacate, el mango, la toronja, el plátano, confiaron en el criterio de la propiedad inviolable.

Y levantaron familias y señalaron límites a sus terrenos utilizando, casi siempre, los aspectos naturales del terreno. Unas veces los ríos, otras las quebradas; en ocasiones las colinas; con frecuencia árboles frondosos y centenarios; y, de común acuerdo, se concedieron servidumbres, se adjudicaron bebederos, saladeros y sesteaderos.

Cada año, al comenzar la estación seca, en el mes de diciembre, se reunían por grupos y, por el sistema de fajina, derribaban los montes que cada cual se asignaba. Distribuían el tiempo entre esta faena y la de la cosecha de frutas mayores y algunos tubérculos, y cuando llegaba marzo prendían fuego a los rastrojos y montes derribados, esperando la entrada de las primeras lluvias para regar las semillas de los productos de sus aficiones o necesidades.

Luego cuidaban de sus sementeras hasta la hora de la cosecha, tres o cuatro meses más tardes, y finalizaban el año arrancando a la tierra cuanto había querido ofrecerles, para comenzar de nuevo la misma tarea.

Las familias se hallaban diseminadas en una extensa porción de tierras. Los ranchos de cada una se levantaban distantes entre sí. No llevaban vida común en ese aspecto, pero sí mantenían relaciones íntimas de afecto que se demostraban uniéndose con vínculos espirituales como el de padrinazgo de sus hijos, o de matrimonio. Al celebrarse uno de estos, los nuevos desposados formaban hogar aparte y adquirían, casi siempre, un predio propio en los terrenos de sus padres o suegros. Raras parejas de recién casados abandonaban el lugar, aunque no faltaban ocasiones en que, siendo el novio de otros campos, volviera acompañado de su mujer.

Pero la vida hogareña no era, como podrá suponerse, simple trabajo campestre y mucha felicidad. Quizás era lo contrario. El clima ardiente de la región consumía energías demasiado pronto. El paludismo endémico y la anemia tropical, aparte de otras enfermedades agudas, mantenían en estado de deficiente desarrollo a los niños, cuya mortalidad alcanzaba cifras enormes. De vez en cuando alguna autoridad distribuía quinina y quinopodio y algo se contenían los males, pero hecho este servicio sin plan y con ligereza, pasado algún tiempo, volvían a sufrir las mismas afecciones y con igual o mayor intensidad.

Solamente la viruela era prevenida con toda eficacia por medio de la vacuna que se practicaba todos los años.

El trabajo resultaba, además, rudo. Sin otros instrumentos que hachas de mala calidad y machetes de hierro flojo, luchaban desesperadamente para tumbar un monte y socolarlo. Después, las siembras deficientemente guardadas con cercas de maderas amontonadas, reclamaban un cuidado excesivo para evitar que los ganados se introdujeran en los predios y destruyeran toda la labor.

Luego, la cosecha, mediante la defectuosa forma primitiva en que la llevan a cabo, haciendo la del arroz, espiga por espiga: la del maíz, mazorca por mazorca, en lucha constante y dolorosa, sufriendo sol y sereno para evitar que las lluvias, los ganados en soltura, los venados y conejos, destruyeran, en un instante, su obra de muchos meses.

Casi todos poseían una o dos vacas, sin faltar los dueños de "ramitos" de diez o más. Los puercos constituían también una reserva económica y alguna pareja de ganado cabrío y muchas gallinas u otras aves domésticas como patos, pavos, palomas, etc., completaban el haber general de cada familia.

Sus costumbres hogareñas eran muy pocas y modestas. La higiene, desconocida. El baño se hacía por placer, no por necesidad, y sus ambiciones se reducían a conservar la propiedad como lo más amado, como lo único digno de conservarse. Los casados llevaban la vida marital primitivamente.

Creced y multiplicaos, les había dicho el cura del pueblo en nombre de Dios, y cada año un nuevo vástago daba la prueba de que se cumplía el mandato divino. Lástima grande que pocos de esos vástagos llegaran a los doce años de edad, pues el mayor número moría prematuramente.

Jamás pensaban en la necesidad de una escuela. Quizás la consideraban cosa mala. Leer y escribir no significaba nada para ellos. Se transmitían, de generación en generación, consejas e historietas de propios y extraños; y escuchaban con agrado a los que les referían cosas oídas en el pueblo o en la capital.

Solo tenían una pasión; la de sus predios; y una sola idea; conservarlos a toda costa. Y, a pesar de los sinsabores de la vida que soportaban pacientemente, se sentían felices con ese criterio ingenuo de la felicidad.

Era costumbre ya antigua que los productos de sus finquitas servían para sostenerse y el pequeño remanente se llevaba al pueblo, donde lo vendían al precio que les daban los acaparadores. Con el dinero que adquirían a cambio de sus productos, compraban ropa, utensilios de casa, escopetas, anzuelos, etc., y si algo les quedaba, lo guardaban para otros menesteres, en los que no faltaban las medicinas de patente, alguna efigie de la Virgen o de un santo; o para aplicarlo al pago de alguna manda o a misas por el alma de algún pariente, sin olvidar las fiestas, pues cada vez que se celebraba la del Patrono del Pueblo, la Semana Santa, San Juan y la Nochebuena, concurrían los mozos y las mozas a divertirse y con ellos muchos viejos a echar una cana al aire.

Si alguno hubiera preguntado a cualquiera de estos campesinos si se sentía feliz, habría oído que le contestaba sin ambages: "¡Muy feliz!... ¡No necesitamos nada, todo lo tenemos!".

Pero un día, los pobladores de la Hacienda de San Pedro fueron sorprendidos con la noticia de que don Andrés

Picota deseaba comprar los terrenos que estaban ocupados por los campesinos. Aquello era para ellos incomprensible. ¿Para qué quería ño Picota comprarles sus tierras? ¿No era dueño, acaso, de toda la hacienda grande? ¿Para qué le servirían esos montecitos, o rastrojos, o sitios que cada uno de ellos tenía encerrados?

Por agua no podía ser, porque el Tuira y otros ríos pasaban por sus tierras. Por sesteaderos, menos, porque todas las matas tupidas las tenía él. Por saladeros, tampoco, porque los "ojos" de los "salaos" los tenía él. Por sabanas, mucho menos, porque las más grandes estaban en su hacienda. Por servidumbre, imposible, porque si algún día necesitaba otras, ellos se las darían sin "alegatos"...

La noticia que les llevó, primero a unos, y después a otros, el propio Jacinto, acerca del deseo de su patrón de comprarles los terrenos consternó a todos, porque ellos sabían por "decires" de la gente de otras provincias, que cuando un dueño de hacienda mandaba a proponer compra de los "sitios" o de los "hatillos" eso quería decir que, o vendía o se iban. Nada contestaron a Jacinto la primera vez y solo fue en la segunda ocasión cuando algunos le dijeron:

—Dígale a ño Andrés que vamos a *tomá* "conocimiento" al pueblo y después *resolvemo*.

Y no fueron pocos los que rotundamente dijeron:

—¡Yo no vendo mi "sitio" ni por *toa* la plata *der* mundo!...

O los que, amenazantes, desde el primer día repusieron:

—Mucha saliva tiene que *gastá* ño Picota *pa* que *salgamo* de aquí... Tal vez muerto nos *iremo*...

Pero, desde entonces, no faltó día en que alguno de los campesinos fuese citado el pueblo, por orden del Alcalde o del Juez Municipal, para que contestase una demanda. Picota les declaró la guerra, contratando los servicios del mejor abogado, el doctor Pérez, que a más de sagacidad y pericia, tenía gran influencia con las autoridades. Y se trabó la lucha que fue larga, tenaz, desesperante y ruinosa para los campesinos.

Primero, sin abogado, creyendo poder defender solos su causa, atendieron los llamamientos, llevaron testigos, costearon inspecciones oculares. Luego, persuadidos de que no podían manejar bien sus propios asuntos, ocurrieron a los tinterillos del lugar, ex jueces, ex secretarios de la Alcaldía y juzgado, ex personeros y aun a personas de buen criterio de la localidad, sin olvidar al cura, al maestro y al boticario. Y los pleitos seguían una rutina larga y cansada, mientras los haberes de los campesinos disminuían vertiginosamente y los trabajos de los montes se desatendían para ir al pueblo.

De res en res fueron entregando sus ganados a los tinterillos y a las autoridades. De saco en saco, o de motete en motete, fueron dejando en las casas de sus defensores o de sus jueces quintales de arroz y de maíz; cientos de yucas y ñames; las aves de corral se consumieron; y los venados y conejos que constituían la principal riqueza alimenticia del hogar, pasaron también al pueblo, a las casas de sus explotadores.

Una racha de desgracias cayó sobre los hogares campesinos: abandonados los cultivos por el temor de perder sus frutos, exaltados sus espíritus por la injusticia de los hombres, empezó para todos una vida de angustias y de necesidades. Carentes de recursos para proporcionarse la abundante alimentación a que estaban acostumbrados, fueron perdiendo la salud y vieron perder la de sus hijos ya crecidos.

Ideas criminales asomaron a sus mentes primitivas. Muchos pensaron en romper las cercas de los cultivos de Picota para que sus propios ganados la destruyesen. Otros creyeron más eficaz prender fuego a los montes y destruir la obra tesonera del malhadado terrateniente y, tal vez, en algunos, pasó como ráfaga el pensamiento de asestarle una puñalada o descerrajarle un tiro de escopeta...

Mas la reflexión oportuna de un amigo, el consejo generoso del cura o del compadre del pueblo, la noble intervención de la señora de Picota, y sobre todo, los juiciosos razonamientos de Jacinto, contenían los desbordes de las pasiones en efervescencia.

Pero, la desgracia era inmensa: un centenar de ranchos habitados por sendas familias llevaban años de sufrir miserias sin cuento y los pleitos no se fallaban. Sus derechos defendidos por abogadillos sin conciencia no lograban el milagro del amparo legal, y desde que faltaron los recursos para pagar papel sellado, citaciones e inspecciones y para darle "algo" por adelantado al abogado, los juicios se durmieron y Picota triunfaba fácilmente...

Fue entonces cuando Jacinto, a nombre de doña Matilde, visitaba los ranchos, y rogándoles a sus dueños guardar el secreto, les proponía recibir el precio de sus haberes restantes. Los primeros en aceptar buscaron otros sitios para comenzar de nuevo, y cuando don Pablo Núñez se dio cuenta de que los pobladores de la Hacienda de San Pedro estaban dispuestos a dejarla, les ofreció sus terrenos. Así, durante varios años, se fue realizando el éxodo doloroso de centenares de campesinos que dejaban lo suyo, lo de sus padres, lo que les había costado parte de su vida, para ir a otro predio ajeno cuya tierra no era para ellos la misma tierra amasada con sus manos...

Y al dejar para siempre los árboles que les dieron sus frutos y su sombra, que perfumaron el ambiente de su existencia; al abandonar el rancho malherido ya por las escaseces de los últimos tiempos, pero amado siempre, olvidaban el favor secreto de doña Matilde y maldecían a su marido. Porque está visto, que el rencor es más dominante en las almas primitivas que el sentimiento de la gratitud.

Solo continuaron viviendo en los terrenos de la hacienda unas cuantas familias que, en mejor posición económica, había logrado defenderse y sabido alegar sus derechos de ocupación de muchos años. Contra estas tenía emplazadas todas sus baterías don Andrés Picota y esperaba triunfar en breve tiempo. Pero la vida que llevaban era de zozobra y de angustia, encerrados por las cercas de la Hacienda que iban limitando llanos y quebradas, quitando sesteaderos, bebederos y caminos para salir al pueblo.

Con el tiempo, los trabajos de la Hacienda de San Pedro se fueron intensificando y Picota hubo de ocurrir a sus antiguos colonos para conseguir jornaleros. Al principio se negaron a trabajar, pero, luego, la necesidad les obligó a aceptarlo y allá acudieron en busca de un ínfimo salario y de un guacho mal sazonado, hasta que, emprendida por Picota la hora de tumbar el monte grande, se veían forzados a hacer un largo recorrido que, en este momento del relato, tenía ya casi agotada su resistencia física.

Así vivían, entre tristezas y tristezas, por su miseria y desamparo, las familias de humildes campesinos que habían sido arrojadas de sus casas sin ninguna consideración.

CAPÍTULO X

En las orillas del Tuira

Desde la madrugada, la familia Núñez estaba en pie. Era el día del paseo de los alumnos de María y todo el mundo se preparaba a participar en la fiesta, ya que, por inesperadas circunstancias, se había convertido en el último que pasaría con sus muchachos la "querida" señorita.

El menú, que tanto preocupaba a Pablito, está confeccionado admirablemente. Toda la caza cobrada por Juancito, y otras viandas tomadas del almacén de la hacienda, eran acomodadas en cajas y sacos y colocadas en una carreta que debería preceder a la familia en el viaje hacia el río. Otras carretas rodaban hacia la escuela, en donde esperarían a los niños para conducirlos hacia el lugar escogido.

En estas últimas irían María y sus hermanos y algunos de los muchachos crecidos del servicio de la casa. Don Pablo y doña Emilia viajaban a caballo. Cuando eran las cinco de la mañana, el patio de la casa estaba vacío: todos habían partido a su destino.

Las orillas del Tuira son un bello regalo que la naturaleza le ha hecho al Istmo. Este río, navegable en invierno por buques mayores a lo largo de varios kilómetros, puede ser remontado por pequeñas embarcaciones hasta muy arriba. A uno y otro lado se levantan majestuosos, corpulentos árboles, y en la época de verano o estación seca, entre diciembre y abril, cuando el volumen de las aguas es menor, se forman extensas y amplias playas de arena reluciente, blanda y fresca.

Allí, en un sitio de esos, se iba a efectuar el gran paseo de la "Señorita". Un ancho remanso formado por una curva del cauce, que apenas presentaba dos pies de profundidad en la parte más honda, serviría para que los niños gozaran de un largo baño; y el bosque vecino, limpio de malezas, daría abrigo a la chiquillería cuando estuviese cansada.

El río en este lugar, durante la estación seca, no tiene más de cien metros de ancho y solo en el centro mantiene alguna profundidad. Se atraviesa a caballo o a nado o en pequeñas canoas manejadas con remos o palancas. Como durante el invierno, la corriente es muy fuerte, se han alejado de estos lugares los lagartos y solo por rareza se encuentra alguno de tamaño pequeño. Así, pues, no existe el menor peligro en acercarse a sus orillas. Se hallan, sí, con frecuencia, reses de ganado vacuno y caballar que descienden hasta las playas a apagar la sed; y en las tardes y noches de luna, venados y otros animales de monte que abundan en las cercanías.

A las ocho de la mañana la playa era una colmena. Niños de ambos sexos correteaban y gritaban. En la orilla del río, así como la entrada del bosque se habían apostado muchachos vigilantes. María iba de un extremo a otro del sitio organizando, ayudada por Pablito y Juancito, la gran lección objetiva. Don Pablo y doña Emilia dirigían los trabajos de cocina o prestaban su apoyo donde era necesario; algunas madres de unos cuantos niños ayudaban en otros menesteres... Una hora después, la "Señorita" tenía levantada la gran ciudad, con puertos, muelle, ferrocarriles, automóviles, que se unía a otra muy grande también, por medio de un canal hecho de cañaza y cuyos nudos servían de esclusas. Numerosos barcos de papel pasaban de un lado a otro y se había formado un río que suministraba el agua necesaria. El mar estaba representado por el Tuira al extremo de cada ciudad. Cuando todo estuvo listo, María hizo sonar el silbato y todos los niños acudieron a su lado. Los colocó en rueda, dando a los más pequeños el primer término y situando a los otros, a sus espaldas. Una vez hecho esto, María, tomando el aspecto de maestra buena, pero que imponía la disciplina, les dijo:

—Ahora, silencio. Cuando alguno quiera preguntar algo, levanta la mano. Pero no debe hablar hasta que no le dé permiso.

Y comenzó o exponer una clara y sugestiva clase de geografía, cuyo interés mantuvo a los niños pendientes de sus labios y de las demostraciones objetivas. Todos supieron contestar luego a las preguntas que les hacía la maestra y a algunas maliciosas que le hizo de vez en cuando Juanito, apuntado por Pablito, o de su propia cuenta. Y cuando la "Señorita" les preguntó si serían capaces de repetir todo ello en sus casas le contestaron que sí, que iban a enseñar a sus padres todo lo que aprendieron.

—Ahora —les dijo al final María con lágrimas en los ojos— les vengo a dar una noticia. Desde mañana queda cerrada la escuela, porque me voy para Nueva York. Yo también tengo que aprender muchas cosas que necesito saber para enseñárselas a ustedes. Me da mucha pena dejarlos, pero no hay más remedio. Volveré pronto y entonces les daré nuevas lecciones. Ya habrán crecido mucho, pero no importa. Todavía podrán venir a la escuela con otros chiquillos nuevos. Así, pues, ustedes dirán a sus padres que no los manden desde mañana.

Y queriendo dar fin a la emoción, agregó, dándole tono de alegría a sus palabras:

—Vamos, ahora, a bañarnos. El agua está sabrosísima, pero ninguno debe alejarse de la orilla. Mucho juicio, porque si no, me disgusto.

Y como una bandada de pajaritos se disolvieron los chiquillos y empezaron a quitarse la ropa que arrojaban al suelo para introducirse luego en las frescas aguas de la orilla.

Hasta mediodía duró el chapoteo de los muchachos entre un gran escándalo de gritos y unos cuantos amagos de boxeo de los más grandes. A esta hora, el silbato de María les hizo dejar el río para dirigirse al bosquecillo a tomar el almuerzo. Organizada la fila como si estuviesen en la escuela; llamados a lista, a la que todos contestaron, fueron llegando, y una vez al frente de sus puestos, donde les esperaba un suculento sancocho de gallina, a una orden de María rezaron el Padre Nuestro y se sentaron a comer.

La maestra aprovechó la oportunidad para darles lecciones de urbanidad, corrigiéndoles la manera de manejar la cuchara, o limpiarse los labios, o tomar las presas del plato. Un fonógrafo que había llevado Juancito, llenaba el ambiente de música alegre, mientras los muchachos comían.

Formando grupo aparte, Pablito y su padre, con humeantes platos en las manos, comentaban las escenas que tenían a la vista.

—Yo creí que no vendrías —decía el muchacho.

—No podía dejar de hacerlo. Esta fiestecita tenía para mí muchos atractivos, y también me brindaba un merecido descanso. La semana última he estado recargado de trabajo.

—Muy bien hecho, papá. María te está agradecidísima y llevará este recuerdo con mucha satisfacción.

Colocados a la orilla del río podían ver cuanto pasara en la opuesta ribera y así fue como, observando don Pablo, le dijo al hijo:

—Por allá vienen hacia el río unos jinetes. ¿Quiénes son?

Pablito se colocó la mano sobre la frente y dijo:

—Qué buenos ojos tienes, papá. Es una pareja, pero no distingo sus facciones. Tal vez vaqueros de Picota.

—O él mismo. Nada tendría de raro que quisiera ser dueño también de la fiesta de María —dijo, riendo.

Pablito también rio de buena gana y siguió mirando hacia la corriente. Un momento después la pareja era fácil de reconocer, y dijo:

—Son los dos hijos de Picota: Andresito y Julita.

—Buenos muchachos, excelentes; no parecen hijos de Andrés, aunque físicamente tienen toda la prestancia de su abuelo, y también de su padre, que pasaba por ser muy elegante cuando estábamos jóvenes.

—¡Qué tiempos aquellos, padre! Entre ustedes no había disgustos y cuando éramos niños nosotros, todavía no se habían recrudecido las controversias.

—¿Te parece bien que invitemos a los muchachos a pasar a este lado? No estaría mal que tú y María lo hicieran. A tu madre y a mí nos corresponderá mostrarnos complacidos...

—Una gran idea, papá... María, María, ven acá!

La muchacha salió corriendo en dirección del grupo.

—¿Para qué me llaman? ¿No les ha gustado el sancocho de gallina?

—Muy bueno, hijita. Pero a Pablito y a mí se nos ha ocurrido que pueden invitar a los hijos de Picota que están allá en la otra orilla...

María dio vuelta y, mirando en la dirección que su padre indicaba, observó que la pareja llegaba a la playa.

—Enseguida, papá. ¡Vamos, Pablo!

Se acercaron a la orilla y desde allí, con las manos sobre las bocas, empezaron a gritar:

—¡Andrés! ¡Julia! Vengan acá. Tenemos fiesta. El río está seco... Échense a caballo...

Los jinetes se habían detenido y reconociendo a sus vecinos, a los que ya sospechaban en fiesta, pues vieron los grupos de niños y oyeron unas cuantas notas del fonógrafo, llevadas por el viento...

—¡Gracias! ¡Gracias! Vamos allá —respondieron.

Y espoleando a las cabalgaduras se dirigieron por el más seco lugar del río hacia la otra orilla. A los pocos minutos, los dos jóvenes se desmontaban y saludaban afectuosos a sus visitantes.

Don Pablo y su esposa se acercaron al grupo, les dieron la bienvenida y tras las comunes preguntas sobre la salud de las familias, pasaron a presenciar el desarrollo de la fiesta infantil. María les sirvió sus platos de sancocho y pronto se generalizó la conversación entre los jóvenes, mientras doña Emilia reemplazaba a su hija en la vigilancia de los niños y don Pablo escuchaba.

—Una gran sorpresa ha sido esta —dijo Julia—. Andresito y yo íbamos de paso por aquí, porque estábamos dando los últimos paseos por la hacienda, pues nos vamos a mediados del mes entrante, cuando oímos música. Paramos las orejas y comprendimos que salía del río, entonces nos acercamos. Creímos que era la gente del pueblo. Desde el cerrito vimos muchos chiquillos y comprendimos que eras tú y tus alumnos.

—Vaya, hay otra sorpresa más grande —dijo María—. Yo también me voy con Pablito para Nueva York...

—Vaya, ¡qué dicha! ¿Y cuándo te resolviste?...

—Yo estoy resuelta hace un siglo, pero papá adivinó la cosa anoche y me dijo que me preparara.

—Entonces, ¿esta fiesta es de despedida? —interrogó Andresito...

—A última hora se convirtió en despedida. La tenía pensada desde hace un mes. Pero así son las cosas. Y me da pena dejar a los niños...

—Entonces, ¿preferirías quedarte?

—Tanto como eso no.

—Lo que sucede es que si tomas el mismo barco que tenía pensado tomar... Pablo —dijo Andrés— entonces tendría muy mala compañía...

—Yo no sé qué barco iba a tomar mi hermano —dijo, mohína, María...

—Pues el mismo en que nos vamos...

—¡Ah!... No, Julita es siempre una buena compañía...

—¿Y yo?...

—Por supuesto que también. ¿Y cuál es ese barco?

—Según las últimas noticias, el "Pastores", de la Compañía Frutera. Sale el 15 de abril, hace escala en La Habana y llega el 22 a Nueva York...

—Dicen que es muy buen barco —intervino Julita.

—Muy grande y muy cómodo —agregó Pablito.

—¿Y quiénes más irán con nosotros?

—Una cantidad enorme. Tanto que hay que reservar los camarotes con tiempo. Yo voy mañana al pueblo a poner telegramas. Si tu papá quiere, puedo reservar los de ustedes.

—Muchas gracias. También Pablito se prepara a ir mañana al pueblo a buscar informes. Podrían irse juntos y arreglar las cosas al mismo tiempo.

—Bueno, nos encontraremos a las siete en... aquella cerca –dijo Andresito a Pablito—. ¿Convenido?

—Convenido.

—¿Y qué vas a estudiar, María? —preguntó Andresito.

—Pues, no es trabajoso comprenderlo. Mira hacia allá —dijo, señalando al grupo de niños...

—Ah... pedagogía... Bien hecho. Es una linda profesión: muy noble, muy santa y quizás la más necesaria en Panamá, donde todavía se mantiene una gran masa ignorante.

—Y tú, ¿qué estudiarás?

—Ingeniería civil. Me atrae esa profesión porque es tan vasta que puede hacer de los campos nacionales emporios de riqueza. Tú sabes que los estudios profundos de la materia, tal cual los deseo hacer, comprenden extensísimas actividades; carreteras, puentes, riego, represas, explotación de maderas, cultivos... Y no sé qué cosas más...

—Te felicito. Si mis servicios te son necesarios algún día, ya sabes que puedes contar con un agrónomo en legal forma —dijo humorístico Pablito—. Y nos pagaremos el peón. Tú me arreglas las vías y yo te seleccionaré semillas y abonaré tus terrenos.

—Aceptado. Ya puedes contar con que los mejores caminos de la comarca serán los del hato...

—Y Julita, ¿qué va a estudiar? —preguntó Pablito...

—Yo ni sé. Admiro a María con su vocación al magisterio. Pero yo no podría entenderme con tantos niños. Me gustaría más que todo lo que se refiere a la casa: música, canto, cocina, y leer mucho y escribir cuanto pueda para pulir mi mente y mi espíritu... Tal vez haga un curso de economía doméstica. La niña Marina me decía que yo tenía buenas aptitudes para ama de casa...

—Bueno —dijo María—, podrías dedicarte al profesorado. Hacen falta profesoras de economía doméstica.

—Por lo visto —intervino Pablo—, las dos piensan aprender todo lo que hace falta.

—Ustedes no han escogido profesión de las que abundan —contestó la interpelada.

—Lo mejor de todo es —dijo don Pablo— que todos han pensado muy bien. Necesitamos ingenieros, agrónomos, maestros y profesores. Ya los viejos no tenemos tiempo para aprender. Nos sobra la experiencia, que es madre sabia y generosa, pero el mundo avanza; la República crece en habitantes y en necesidades; se desarrolla rápidamente y son indispensables las luces de todos sus hijos para encauzarla por las vía del progreso moral y material.

A los jóvenes como ustedes les corresponde esa tarea. Ya los viejos hemos cumplido o estamos cumpliendo la nuestra. Ahora vienen los jóvenes, bien preparados para la vida. La nuestra ha sido dura, pero nos consuela que los hijos gocen de lo que nosotros hemos trabajado. Esa ha sido nuestra aspiración. Solo es conveniente advertirles que cuiden su salud, porque una vez perdida es trabajoso recuperarla; y se consagren al estudio con fe, con mucha fe, y con gran entusiasmo. Así triunfarán pronto y al volver a su patria podrán dedicarse al cumplimiento de sus deberes como miembros de la gran sociedad que forma la humanidad.

Todos los ciudadanos, y en este término incluyo a las mujeres, tienen el deber de preocuparse por la patria; y una de las formas más simples de hacerlo es la de ser dignos hijos de ella...

—Muy bien —exclamaron todos—. Gracias, muchas gracias don Pablo —agregaron Andresito y Julita.

El vocerío infantil interrumpía la conversación. La "querida señorita" era reclamada por sus muchachos, y María se levantó para dirigirse a ellos.

—¿Ya acabaron?... ¡Qué pronto!... ¿Y les gustó la comida?

—Sí, señorita —contestaron, a coro los muchachos.

—Bueno, pues. ¡Atención!... De pie... A santiguarse... Muy bien. Padre Nuestro que estás en los cielos...

El coro de voces infantiles en tono casi musical dejó oír la oración hasta terminarse.

—Otra vez a santiguarse. Muy bien: ahora en fila hasta la playa. Allí pueden hacer todo lo que quieran, menos acercarse al río.

Los niños formaron fila y marcharon. Al toque del silbato la disolvieron y se echaron sobre la arena...

Mientras que los mozos y mozas que habían venido de la hacienda arreglaban las cosas, y los carreteros preparaban los vehículos, visitantes y anfitriones formaban un grupo aparte y continuaban departiendo amigablemente.

La tarde se acercaba entre tanto y, a las tres, María dio orden de que los niños subieran a las carretas, llamados por lista. Y hecho esto, se inició el regreso a los hogares, precedido por Juancito y varios muchachos. Cerraban el desfile, a caballo, don Pablo, su señora y sus hijos, y Andresito y Julita que quisieron acompañarlos hasta la entrada del llano.

Al llegar a este sitio se despidieron y volvieron a cruzar el río para regresar a la hacienda, no sin recordar antes Andresito a Pablito que la cita era para las siete de la mañana en la cerca del portillo.

A las seis de la tarde hacían su entrada en el patio del Hato todos sus dueños, contentos y felices de un día bien trabajado en que hicieron la felicidad de un centenar de niños.

CAPÍTULO XI

Hacia el mar

Por fin llegó el día de la partida de los jóvenes estudiantes, y tanto en la Hacienda de San Pedro como en el Hato Chico, se notaba movimiento inusitado. A las mismas horas, los jóvenes de ambas familias se despedían de sus padres, amigos y sirvientes y, acompañados de los mozos que conducían los equipajes, emprendieron la marcha.

Era una mañana abrileña, muy tibia, que hacía pensar en el calor que se sufriría durante las horas avanzadas. Pero en los pechos de los viajeros vibraba el contento de quienes marchan en persecución de un ideal. Desde que se vieron en el pueblo, Pablito y Andresito habían convenido en que el viaje lo harían juntos, encontrándose en la cerca del portillo, y habiendo sido los primeros en llegar a ese lugar, Andresito y su hermana, dieron orden a sus mozos de continuar el viaje y se desmontaron a esperar a sus amigos.

En sus casas, en cambio, otra era la situación. Don Andrés y su esposa, rodeados de Jacinto, sus hijos pequeños y la servidumbre, permanecían silenciosos. Para doña Matilde, el paso dado era la culminación de una aspiración muy íntima, aunque le destrozaba el alma ver alejarse a sus hijos poniendo el mar de por medio. Para Picota era la libertad, aunque dolorosa en su conquista, porque le separaba de sus hijos queridos.

Los niños lloraban la partida de sus hermanos, pero envidiosos de no ser ellos quienes se fueran. Les parecía un viaje de aventuras y se decían que debería ser muy bello ir a países lejanos. Jacinto concentraba su imaginación en lo que haría ahora don Andrés, sin la influencia de Andresito.

Pero él estaba resuelto a seguir las instrucciones del joven, y Dios y doña Matilde le ayudarían a impedir que el monte se quemara.

La casa del Hato ofrecía otro aspecto. Don Pablo y doña Emilia, abrazados a Juancito, lloraban la despedida de sus hijos con fe en su porvenir. "Son tan buenos", se repetían. Los niños de la escuela de María habían concurrido a despedirla acompañados de sus padres y cargados de flores silvestres, bellas y olorosas, que arrojaban a los pies de su "querida señorita".

Una hora más tarde de la partida, todavía permanecían padres y niños en el patio. Muchas frases de consuelo, muchos votos por la felicidad de todos, y triunfando en generosos impulsos, Juancito, alegre y feliz, exclamaba:

—Yo quisiera ver cómo se pone el Hato cuando yo me vaya. ¡Ese será el gran acontecimiento de la época!...

***

Minutos después de llegar a la cerca Pablito y su hermana, prosiguieron las dos parejas el camino hacia el pueblo donde pernoctarían para continuar el día siguiente al puerto, donde los esperaba un pequeño motovelero que los llevaría a la capital. Tantas veces habían hecho este camino que se lo sabían de memoria, al decir de Pablito, que fue el primero en soltar la lengua.

En el pueblo encontraron otros condiscípulos que se les unieron y al siguiente día en la tarde, la pequeña embarcación puso rumbo a Panamá.

Una noche y parte del día invertía el barco en cubrir la distancia y fue, pues, al siguiente, como a las dos de la tarde, cuando vieron las torres de la Catedral y de San Francisco, indicadoras de que se hallaban al final de la jornada. A las tres desembarcaron en el muelle del Mercado, donde fueron recibidos por muchas de sus amistades.

—Lo primero que hay que hacer —dijo María— es ponerles telegramas a nuestros padres.

Y, ocupando varios automóviles, se dirigieron a la oficina central de telégrafos, donde cayeron como bandada de pájaros sobre las mesitas del servicio público.

Luego se alojaron en distintas pensiones de familia, quedando, como puede suponerse, las dos parejas de nuestra historia, en una misma.

Dos días de compras, dos noches de cine, unas cuantas horas en despedirse de profesores y amigos y, por fin, el tren que los condujo a Colón y el "Pastores", elegante y majestuoso, que arrancó de los muelles de Cristóbal, a la una de la tarde de un lunes, a mediados de abril. Los pañuelos se agitaron mientras fue posible adivinar las siluetas del barco o de los muelles; y el mar Caribe, con su engañosa tranquilidad de siempre, encerró la nave entre sus ondas en un horizonte de cielo esplendoroso y alegre.

CAPÍTULO XII

EN EL MAR

El viaje de unos estudiantes que gozan de comodidades pecuniarias y usan un barco para atravesar el mar, tiene sugestivos y particulares atractivos. El hombre de negocios, el simple turista o cualquier otra clase de personas, se señalan desde el primer día un programa de vida marítima, consistente en pasar unas horas leyendo, otras escribiendo, otras descansando y sin faltar las que dedican a la cantina o a los juegos de cubierta, pero especialmente, a dar largas caminatas de uno a otro extremo de la embarcación... Se recogen temprano y pocas veces concurren a los bailes que se organizan después de comida en alguna de las salas o en los anchos corredores.

Los estudiantes son otra clase de pasajeros. Para ellos no hay programa propuesto. Cada día y cada hora son distintos, de ocasión; pero donde quiera que se hallen se hacen dueños de todo e imponen sus gustos. Para muchos de los compañeros de viaje son una carga pesada, antipática. Para otros, espectáculo divertido y agradable.

A ellos no les importa nada con los que les rodea. No les preocupa saber si son agradables o desagradables a los demás. Forman su mundo aparte y viven en él como deben, pues no es posible quitarles el derecho que les concede su juventud y el gozarla es ya el ejercicio de ese derecho.

Los muchachos panameños, cuando son estudiantes, nada tienen que envidiarles a los de los otros países, pero, probablemente, sí pueden enseñarles a muchos a ser traviesos, deportivos, alegres y, sobre todo, caballerosos.

Así pues, al embarcarse en el "Pastores" una veintena de muchachos de ambos sexos que se dirigían a estudiar a los Estados Unidos, los pasajeros que no eran estudiantes pensaron: "He aquí los dueños del barco. Habrá que someterse a su tiranía". Y ellos, al zarpar el barco, pudieron exclamar a coro: "Qué hermosa es nuestra casa! ¡A tomar posesión de ella!"...

Y así fue. Perdidas en el horizonte las últimas manchas de la tierra istmeña, se apartaron de la borda y fueron a revisar sus camarotes y a prepararse para la primera comida en el mar. Pronto supieron dónde se hallaban las sillas de cubierta, descubrieron los sitios más frescos del barco, invadieron el salón de lectura, visitaron la cantina, hicieron sus primeros despachos radiográficos, dieron constantes traspiés por el movimiento del navío, golpearon a unos cuantos pasajeros... y se marearon. Esa tarde, pocos resistieron al terrible mareo y de nuestros amigos, las dos muchachas fueron las más prudentes, pues prefirieron recogerse temprano.

Al siguiente día, las cosas marcharon satisfactoriamente. La mayoría de los pasajeros pudo concurrir al comedor y, al caer la tarde del tercero, nadie faltaba en cubierta.

Como es de suponerse, nuestros conocidos habían instalado sus sillas unas al lado de las otras y en el comedor se proporcionaron una mesita para los cuatro. Los camarotes vecinos facilitaban las atenciones y prestaban comodidad a todos. Llevaban, pues, una vida de intimidad, de protección y de confianza.

Sin sustraerse a los otros compañeros, estos cuatro pasaban las horas en charlas amables y en diversiones en que casi siempre solo ellos participaban, y en ocasiones, por turno, leyendo para los demás. Uno del grupo seguía las lecturas comenzada de novelas o revistas. De esa manera de proceder nació entre sus compañeros la idea de bautizarlos como "las dos parejas de novios."

Al llegar a La Habana, donde permanecerían unas horas, todos los estudiantes desembarcaron, remitieron cablegramas a sus familias, visitaron librerías, refresquerías, almacenes y dieron un largo paseo en automóvil. En la noche regresaron al barco a continuar al viaje. El mar siempre fue bueno y las relaciones de nuestros cuatro amigos más íntimas y más sinceras. Sus conversaciones tomaron poco a poco más seriedad. Ya se ocupaban de sus próximos estudios y discutían detalles y establecimientos, intensidad de los cursos y aplicación de profesionales.

—Me parece —decía Andresito— que en la Universidad de Columbia podemos ingresar todos.

—Pero tal vez resulte más caro —contestaba María—. Dicen que las universidades situadas lejos de Nueva York son más baratas.

—La diferencia es pequeña —intervenía Julia— y, en cambio, se está más cerca de la familia.

—Además —replicaba Andresito—, las pensiones para estudiantes son baratas, especialmente si se logran contratar desde ahora, cuando no hay exceso de solicitudes.

—Pero yo no sé —arguyó Pablito— si en Columbia, puedo conseguir que me habiliten cursos. Dicen que es muy exigente.

—No lo creas —contestó María—. Los yanquis no son como nosotros; como nuestros profesores, que les encanta tener a sus alumnos atrasados y no les estimulan al trabajo...

—Habló la pedagoga y bien —dijo su hermano.

—Pues a mí me encantaría que los cuatro pudiéramos seguir y concluir estudios juntos —dijo Julia.

—Tanto como concluirlos juntos, no es fácil —contestó Andresito— porque Pablo y yo seguimos carreras más extensas que ustedes.

—No veo la razón —replicó su hermana—. Las "ingenierías" que ustedes van a estudiar, no son mayores que las "pedagogías" y las "economías" de nosotras. En pedagogía hay temas para toda la vida, porque si uno quiere especializarse en varias ramas, no acabaría nunca, y, en economía doméstica, se puede ir tan lejos que Julia se podría estar "economizando" y "domesticando" toda la vida sin acabar de aprender.

—Es verdad —repuso Pablito—. Ese sistema de las especializaciones, que acabará por formar la casta de los "técnicos", así como acorta estudios los prolonga según sean las aficiones, los talentos y los dineros del estudiante.

—Por lo tanto —dijo María—, vamos a cerrar un trato serio y sin recurso de revisión ni cambio de "itinerario".

—Muy bien, María; habla —dijo Andresito.

—Lo primero es que los hombres del grupo tomen sus carteras y vayan anotando las conclusiones a las que llegaremos. Cuando sean bien discutidas y aceptadas se sacan en limpio, en papel sellado del barco y haremos cuatro ejemplares de un mismo tenor que todos firmaremos y cada uno de nosotros guardará su ejemplar.

—¡Aprobado! —gritaron todos.

—Pero vamos al salón. Este viento de cubierta molesta mucho.

Trasladados al saloncito que se hallaba visitado por algunos viejos, se posesionaron de una de las mesitas, acercaron sillas y comenzaron su tarea con los primeros puntos propuestos por María. Una animada discusión se suscitó alrededor de cada punto hasta que completaron diez, muy cuidadosamente arreglados.

—Esta tarde —dijo María— sacaremos en limpio el documento que tendrá como nombre ante el mundo "Los diez puntos del Pastores". Ahora vamos al comedor porque ya me tiene loca la campana y no debe demorar el viejito de costumbre a tirarnos de las orejas...

Por la tarde, sin embargo, no dieron fin al documento. Nuevos argumentos y nuevos detalles se les había ocurrido a todos y la reunión terminó sin que se hubieran puesto de acuerdo.

—Hay un punto —decía Andresito— que no está muy claro. Aquello de que todos los domingos, días festivos y de vacaciones tenemos que reunirnos desde las siete de la mañana... Yo acepto lo de la reunión, pero lo de la hora, me es muy duro. En el verano quizá no, pero en invierno debe ser horroroso. Me da frío solo pensar en la nieve...

—Ah... Entonces, ¿cómo piensas hacer para estudiar en invierno?

—Pero no se trata de estudiar los domingos y días festivos, sino de reunirnos a la hora en que debemos sacarle más jugo a la cama para compensar las "madrugadas" de los días de trabajo.

—Yo ya sabía que en las vacaciones te levantabas tardecito; algo así como a la hora del almuerzo...

—Es verdad; yo creo que un ingeniero en potencia puede darse el lujo de levantarse tarde, porque cuando cargue el diploma en el bolsillo, tendrá que hacerlo muy temprano o se pierde el salario...

—¿Y en qué quedamos con el punto?... ¿Reunión a las siete?

—Bueno, propongo que se estudie mi modificación: que sea a las nueve.

—Aceptemos, María; tal vez sea que mi hermano no quiere estar con nosotros tanto tiempo...

—Eso no: en tal caso, submodifico: reunión a las cinco de la mañana...

Los muchachos rieron buen rato y continuaron discutiendo, sin llegar a ponerse de acuerdo en todos los puntos. La verdad es que habían logrado un tema divertido para distraer buenas horas y las discusiones las suspendían para hacer otra cosa.

Así se acercó la noche víspera de la llegada a Nueva York, cuya velada fue más prolongada, pues hubo un gran baile que ofreció el Capitán a los pasajeros.

Las horas pasaban rápidas y deliciosas y por convenio de los cuatro resolvieron poner fin a la adopción de "Los diez puntos del Pastores"; así, pues, se encaminaron al saloncito de marras y, solemnemente, con sendas botellas de refrescos, tostadas y café, sacaron en limpio todos los puntos, prepararon los ejemplares convenidos, extendieron sus firmas y dieron un grito de:

—¡Vivan "Los diez puntos del Pastores"!...
El documento contenía lo siguiente:

1. Los firmantes se comprometen a guardarse mutuas
   consideraciones durante el tiempo que duren los
   estudios.
2. A hacer tales estudios en un mismo establecimiento.
3. A reunirse los domingos, días de fiesta y de vacaciones
   cortas, a las siete de la mañana, en la esquina más
   próxima a la pensión de las muchachas.
4. A practicar los deberes religiosos.
5. A participarse todo lo que les ocurra en el colegio, en
   la pensión y fuera de ellos.
6. A escribir, por lo menos, una carta semanal a sus
   padres.
7. A estudiar sin perder tiempo y no contraer relaciones
   estrechas con ninguna persona ajena al grupo.
8. A concurrir en grupo a las diversiones, teatros y cines.
9. A asistirse en enfermedades, y
10. A regresar todos, el mismo día, en el mismo barco, a
    Panamá.

Cumplidas todas las formalidades, cada uno tomó su
hoja de papel y, tras despedirse, citándose para muy temprano
en la cubierta, a fin de contemplar a Nueva York desde la
bahía, se retiraron a sus camarotes.

El sueño de esa noche fue más agradable para todos.
Algo como una sensación de grata alegría no experimentada
antes dominaba el espíritu de los cuatro jóvenes. A cada uno
le parecía que el documento firmado le concedía derechos y le
creaba obligaciones amables y sagradas. Con la terminación
del viaje de mar se iniciaba para ellos otra vida y cada cual, en
su juvenil corazón, se hacía los mejores propósitos de alcanzar
triunfos hermosos en sus nobles carreras...

Como estaba dispuesto, muy temprano se hallaban
juntos en la borda del barco. La ciudad se perfilaba en el
horizonte entre espesa niebla. Numerosas embarcaciones de

toda clase y a diversas distancias semejaban mensajeros de buena voluntad y, aunque el andar del "Pastores" disminuía, cada vez era más clara la silueta de la ciudad hasta que, ya muy cerca, al extremo de que la Estatua de la Libertad dominaba el paisaje, enfiló directamente, conducido por el remolcador, hacia un punto donde hubo de detenerse para recibir a los oficiales de inmigración.

Pasada la visita, la nave reanudó la marcha y minutos después atracaba a uno de los muelles del río Hudson.

El cónsul de Panamá esperaba a los estudiantes. Ya les tenía preparado alojamiento y les condujo a su destino. Convinieron en que al día siguiente empezarían sus gestiones para la instalación en la universidad.

Cuando el cónsul se hubo retirado, María dijo a sus compañeros:

—Un día de estos tenemos que invitar al señor Geenzier a cenar con nosotros. Es un gran cónsul y nos ha atendido admirablemente.

—Y un gran poeta, sobre todo —agregó Andresito.

***

Ahora, nosotros, amigo lector, dejamos a nuestros muchachos en la gran urbe. Quedan llenos de fe y de buenos propósitos. Son jóvenes y van a batirse en las lides de la ciencia. Sus diez puntos constituyen el programa de su vida hasta la coronación de sus esfuerzos. ¿Lo cumplirán?

CAPÍTULO XIII

EMPEÑOS Y RESISTENCIAS

Pocos días después de partir los muchachos, don Andrés llamó a su oficina a Jacinto. Quería enterarse del estado en que se hallaban los trabajos y tomar las finales determinaciones. Deseosa doña Matilde de participar en las conversaciones para cumplir así con la final promesa hecha a sus hijos y ayudar a Jacinto en los momentos en que estuviera vacilante o en dificultades, procuró hallarse al lado de su marido a la hora de la entrevista.

Al entrar el mayordomo, los esposos conversaban de sus hijos.

—Ya deben estar lejos de la costa, pero viajando bien.

—Su telegrama de Colón decía que el tiempo se presentaba magnífico. ¡Qué Dios los acompañe en todo el viaje!

—Por otra parte, es conveniente que los muchachos se acostumbren a sufrir un poco. Los golpes, las contrariedades, forman espíritus fuertes. Si yo no hubiera tenido tantos tropiezos en la vida no sería lo que soy, no estaría hecho a saber sufrir dificultades para vencerlas y seguir adelante.

Y, luego, solo se ama aquello que cuesta trabajo y luchas. Por eso amo yo estas tierras, que me han proporcionado las más serias mortificaciones de la vida. Lo que me dejó mi padre, hoy representa apenas una décima parte. Si volviera a ver lo que yo he hecho se quedaría asombrado…

—¿Y no crees que él haría el balance de tus mortificaciones con las hectáreas de la propiedad y sacaría, en conclusión, que sobran aquellas y que no pueden compensarse con cercas de terrenos?

—Seguramente sí, porque mi padre no tenía ambiciones. Se contentaba con poco, con lo necesario para vivir. No acumulaba ni tierras ni dinero. Sus ideas eran muy raras y viejas.

—Me parece que te equivocas, Andrés. La práctica de la acumulación de riquezas es vieja y tu padre, por el contrario, en forma intuitiva, realizaba en él mismo la acción social que algún día se impondrá en los hombres: la de que cada uno posea exactamente lo que necesita para crearse la felicidad dentro del ambiente en que se agita.

—Pero eso es absurdo, o por lo menos, indicativo de pobreza de espíritu. El hombre que no tiene aspiraciones no adelantará nunca, no progresará, no gozará las satisfacciones que se experimentan al ver crecer y desarrollar la obra de su trabajo...

—Eso depende de lo que se entienda por ver crecer la obra. Si tú, por ejemplo, en vez de extender los linderos de la hacienda en forma que nunca podrás sacarle fruto a la tierra que encierras, haces lo que tu padre te recomendaba, de intensificar los cultivos en las que poseías, entonces tu obra habría crecido en tu propio bien y sin dañar a los demás. Así me explicaba Andresito lo que podría hacerse en todos los montes que poseemos sin aspirar a tener más y más...

—Andresito está influido por ideas raras. Él tiene cosas que alarman. Se olvida de él, de nosotros, de todos, porque cree que la humanidad, esa es la palabra que usa siempre, se merece todo. ¿Y qué es la humanidad? Pues la reunión de todos los hombres y nada más. Que se proporcione cada uno su felicidad y ya está hecha la de la humanidad. Por mi parte, yo cumplo con la obligación de conseguirme la mía.

—Pero ahí está tu error, Andrés. Nuestro hijo lo explica todo muy claramente. La humanidad, ese conjunto de hombres que tú dices, merece y tiene derecho a la felicidad aunque un hombre, tú o yo o nuestros hijos, no la alcancen; y si nosotros somos felices o podemos serlo con ciertos medios, no debemos olvidar que el resto de los seres humanos que viven cerca de nosotros, por lo menos, deben ser también felices y, en ningún caso, privarles de los medios de serlo.

Eso no es malo, Andrés, y aunque mi instrucción no me permite expresar esas ideas como lo hace nuestro hijo, yo las comprendo y me parece que puedo realizarlas sin esfuerzo alguno.

—Yo me las sé de memoria. Mi padre las cantaba siempre y después las he leído en las revistas. Pero si uno sigue todo lo que oye y todo lo que lee no avanzará nunca. ¿Recuerdas lo que leímos en la Revista Agrícola el otro día?... Allí dicen que una hectárea de terreno puede enriquecer a una familia; que una pareja de cerdos puede convertirse en una fortuna; que sembrando tantos cientos de granos de maíz se cosechan tantos cientos de sacos; que una vaquita enriquece a cualquiera; y si uno creyera todo esto, no habría hacendados, ni habría fincas y la riqueza no sería más que una "idea"...

—En ello está otro gran error tuyo. Yo he comprendido que la revista lo que quería decir es que una hectárea de terreno bien cultivada es bastante para hacer la riqueza de cualquiera. Piensa tú y calcula si es verdad eso a la vista de nuestros cultivos.

En muchos montes de los sembrados hay manchitas de menos de una "cuartilla" y son varias las hectáreas cultivadas. Y de una a otra mancha hay terreno extenso por recorrer. Si en vez de limitarse a lo que la naturaleza nos brinda, usamos elementos nuevos de labranza, no tenemos por qué estar buscando "manchitas" de monte y en una hectárea haríamos lo que tenemos diseminado en muchas. Así como este son los ejemplos de la Revista Agrícola. ¿Por qué no ensayas otros sistemas? Andresito, en Nueva York, podría servirte para comprar las máquinas...

—No me hables de máquinas: en sueldos de maquinistas y en gasolina se van las ganancias...

—Buenas tardes, patrones —dijo Jacinto—. No había querido interrumpirles, pero ahora que hablan de máquinas, quiero decirle, patrón, que me contaron en el pueblo que unos gringos que viven en Chiriquí han traído unas que se llaman arranca-cepas, que agarran un tronco y lo sacan de raíz. Que con esa máquina limpian el monte, que es un gusto.

—No hablemos ahora de máquinas. Siéntate y dime cómo van los trabajos. Ese aguacero del domingo, ¿habrá mojado mucho el rastrojo?...

—Bastante, patrón. Como está tan tupido y la maleza es tan grande, no creo que se seque pronto.

—Pero, ¿siguen tumbando monte? ¿Cuántos hombres van ahora?

—Pues, ni veinte. La gente dice que está muy lejos y esos veinte no rinden porque el monte es duro. ¡Qué cantidad de cedro y caoba! Da gusto ver esos troncos.

—Pero es necesario acabar ese derrumbe antes de que llueva firme. ¿Crees tú que se podrá?

—Hago lo que puedo y hasta me he atrevido a ofrecer mejor salario. Sin embargo, no consigo gente.

—Entonces, ¿crees tú que sería mejor quemar ahora lo que está tumbado y dejar para el otro año el resto?

Jacinto no sabía qué responder enseguida, temeroso de no acertar en el pensamiento de don Andrés, pero doña Matilde vino en su ayuda.

—Y a ti, ¿qué te parece mejor, Andrés?

—A mí lo que me parece mejor es tumbar todo el monte y meterle candela... Desde el primer día eso es lo que he querido.

—Pero, no pudiéndolo tumbar todo, como dice Jacinto, tal vez sería mejor dejarlo sin quemar ahora, suspender el trabajo, ya que no se puede concluir y dedicarse con más empeño a los potreros y cultivos de acá cerca...

—Eso va a ser un desastre. Ese monte tumbado se pondrá duro para el otro verano; el dinero se habrá perdido y la gente va a reírse de mí —dijo, alterado.

—¿Por qué van a reírse de ti?... ¿Acaso es la primera vez que no se quema un monte?... Y a la gente, ¿qué le importa, se queme o no?...

Don Andrés guardaba silencio. Volvía a sus costumbres de concentrar la mente en las cuestiones de intereses. Su cerebro, después de una corta temporada de quietud, pasada entre los preparativos del viaje de sus hijos, entre la esperanza de una libertad que soñaba, volvía a ser el volcán de siempre. Los sueños de grandeza y de poderío surgían de nuevo. Se veía dueño del mundo, de un mundo suyo encerrado entre cercas que no alcanzaban a verse desde el balcón de su casa. Veía el desfile de los últimos labriegos que se resistían a sus demandas y contemplaba el Hato Chico sumándose a sus tierras cuando el fuego del monte obligara a Núñez a rendirse ante sus pretensiones.

De vez en cuando sus ojos brillaban, fruncía el ceño o dejaba escapar una sonrisa enigmática.

Doña Matilde y Jacinto se cruzaban miradas de honda preocupación. Ya sabían que cuando don Andrés se sumía en sus pensamientos no resultaba nada bueno. Que sus actos impulsivos, sus resoluciones rápidas no siempre eran malas, pero la experiencia les indicaba que cuando guardaba silencio y pensaba, de ello salía sin remedio una determinación violenta, una resolución alarmante. Doña Matilde quiso arrancarlo de ese estado y le habló:

—No pienses más en esto y resuélvete a suspender el desmonte. Es lo más cuerdo, aparte de que Jacinto está distrayendo todo su tiempo en esos trabajos cuando es necesario que se ocupe de otros de mayor urgencia. No olvides que en mayo debemos mandar la saca de ganado a Panamá y que no se ha hecho la selección.

—Ya está resuelto. Lo de la saca también lo tengo pensado. Me encargaré de eso y Jacinto se irá para el monte...

—Pero, ¿no crees que resultan muy pesados para Jacinto esos dos viajes diarios de más de dos horas? Sería tal vez mejor, si te empeñas en quemar el monte, que encargaras a alguno de los mozos de confianza.

Era el último esfuerzo que hacía doña Matilde para impedir la quema. Una especie de tabla de salvación, pues comprendía que cualquier mozo sería fácil de conquistar para torcer los propósitos de don Andrés, sin que fuera Jacinto la víctima del mal carácter del patrón...

—¿Un mozo?... ¿Cuál? Ninguno sirve para nada. Lo que podría hacer Jacinto sería hacerse construir allá, en el monte, un rancho y pasar los días que faltan al pie del trabajo; le servirán como de veraneo...

Doña Matilde y Jacinto no habían pensado en esta salida de don Andrés. Les tomó de sorpresa y sin argumentos presentables en contra; pero, para una mujer amorosa no es difícil descubrirlos...

—Pobre Jacinto, y pobre la comadre Cheva y los chiquillos; estar separados tantos días, no habiendo urgencia.

—¿Y qué pretendes? ¿Que Jacinto se vuelva un tonto ahora que se está poniendo viejo?... Si él quiere, y a la comadre le agrada, podría irse con la familia. Allí tienen todas las carretas que necesite y el rancho puede hacerlo bien cómodo...

—Gracias, patrón. La verdad es que se puede hacer todo eso, pero Cheva no iría dejando la casa y las siembras, menos cuando está preparando a Pedrito y Chevita para mandarlos a la escuela del pueblo al fin de este mes.

—Entonces ¿no se te ocurre algo para vencer las dificultades?

—Lo que ha dicho mi comadre es lo mejor —se aventuró a decir Jacinto.

—Pero es inaceptable. O tú o yo al monte.

—En ese caso —dijo rápidamente doña Matilde—, que vaya Jacinto, ya que tú puedes hacer lo de la saca.

—Pues, entonces, convenido. Tú te arreglarás para pasarla mejor allá. Desde mañana tomarás tus determinaciones finales. Ya el invierno va a entrar y hay que resolverse a lo que sea, aunque mejor es seguir tumbando para quemarlo todo.

Una ráfaga de viento húmedo penetró por la ventana de la oficina. Doña Matilde se levantó a correr la cortina, no sin dirigir una mirada expresiva a Jacinto.

—Parece —dijo volviendo a su silla— que esta vez el invierno va a ser crudo... Estos vientos sureños no engañan.

—¿Crees que son vientos de agua? —preguntó don Andrés.

—No hay dudas. Este verano ha sido más largo. En diciembre ya no llovía.

—¿Qué dice el Almanaque Bristol?

—Que habrá grandes tormentas y aguaceros muy fuertes en el Istmo y en Costa Rica —contestó Jacinto.

—Bristol no falla. Entonces hay que apurarse. Adiós, pues, Jacinto, saluda a la comadre.

Jacinto se puso de pie y se despidió.

—¿No tiene nada que mandar para algún lado comadre?

—Sí. Espérame un instante afuera.

—¿Quieres que haga servir la comida, Andrés?

—Sí; ya es hora. Y dime ¿es verdad que Francisco quiere acompañarme en mis correrías por los potreros?

—Claro que sí. Yo se lo prometí si se portaba bien y me está reclamando. Sería muy bueno que te lo llevaras mañana. El rocillo está mansísimo y así se va acostumbrando a la vida de hacendado.

—Bueno, alístalo para que madruguemos mañana. Cuando esté servida la comida me avisas.

Doña Matilde salió de la oficina y se le oyó decir:

—Lucrecia, sirve la comida.

Luego, acercándose al lugar donde la esperaba Jacinto, le dijo:

—¡Dios nos ayuda! Este viento es de agua. Veremos quién gana. Esta noche les escribiré a los muchachos anunciándoles los aguaceros.

—Que así sea —repuso Jacinto—. Yo veré cómo me arreglo para lo demás. A Cheva le diré que no acepte lo del viaje al monte, aunque ella desde hace un mes...

—Sí, Jacinto. Ayúdame en esta enorme tarea que me dejaron mis hijos. Ya hemos comenzado. Acabemos la obra...

Jacinto se despidió y Doña Matilde se sentó a la mesa a esperar a su marido y a sus hijos.

CAPÍTULO XIV

LUCHAS Y ESPERANZAS

En la casa del Hato Chico se nota otra vez inusitado movimiento. Don Pablo, doña Emilia y Juancito se hallan en el patio formando un grupo que va siendo rodeado de empleados y vecinos.

Es una mañana de domingo de fines de abril y se hacen los últimos preparativos para el viaje de Juancito, que debe hallarse en la capital el dos de mayo, fecha de iniciación de las labores escolares. Todo el mundo concurre a despedirse y, acompañado de numerosa cabalgata de chicos, cubrirá la mayor parte del camino.

Todo está listo ya. El muchacho abraza a sus padres y los besa. El doloroso, "adiós, papá", "adiós, mamá", "adiós, hijo mío", "que te cuides mucho y que estudies y que escribas cada semana y pongas telegramas si algo grave te sucede", son las frases del corazón que van saliendo de los labios del amoroso hijo y de los amantes padres.

El muchacho parte rodeado de los compañeros de la hacienda, y pocos minutos después, la cabalgata se pierde a la vuelta de la colina del llano.

Núñez y su esposa se quedan contemplando el muro que les quitó la vista de su hijo...

—Si no fuera porque Picota nos niega la servidumbre del llano, todavía podríamos verlo —dijo don Pablo.

—Parece mentira semejante terquedad, ¿pero no durará más nuestra pena prolongando su vista por más tiempo?...

—Vamos, pues, hacia adentro. Que Dios lo conduzca sin contratiempos en el viaje y que triunfe en sus estudios. Quedamos los dos con el grato recuerdo que nos dejan todos nuestros hijos, pero sin esa presencia amada e irremplazable.

Apoyada en el brazo de don Pablo, doña Emilia siguió a su esposo a la casa, mientras las personas que los habían acompañado se dirigían a sus quehaceres.

Muy natural y lógica era la emoción que embargaba a los dueños del Hato Chico. Por primera vez se habían separado de sus hijos mayores poniendo entre ellos el Atlántico y un tiempo largo sin verlos; y, a los pocos días, veían separarse a Juancito, el más pequeño de sus hijos, tan travieso, tan inteligente, tan alegre y tan querendón con ellos...

Todo el día fue de tristeza, pero hechos a los golpes del corazón, sabían sobreponerse cuando se veían solos en la mesa o en el corredor de la casa. Mas, por la noche, cuando esperaban la hora de recogerse en sus camas, don Pablo se sentía otro hombre.

—Desde mañana, nosotros llevaremos otra vida. Seremos al mismo tiempo padres, esposos e hijos y dedicaremos todas nuestras energías a la lucha final de nuestro programa de vida. Estamos en la etapa que cierra toda una existencia de trabajo fecundo y honrado. Debemos arrancarles a nuestras tierras todo lo que su generosidad puede darnos para coronar la educación de nuestros hijos. Debemos prepararles a ellos cuanto sea necesario para su felicidad, y debemos prepararnos nosotros para pasar con ellos y con sus hijos los últimos años de nuestra existencia, viéndolos trabajar. Es justo, también, que nosotros pensemos en descansar, y la hora para iniciar ese descanso será la que indique el regreso de Pablito y María.

—Sí, Pablo, piensas muy bien. Nuestros hijos son buenos: han heredado tus virtudes y mis sentimientos y solo me temo que cuando lleguen no hayan concluido los pleitos de Picota.

—Tal vez sí. Pero en todo caso, si algo falta por hacer no será mucho. Yo no tengo pretensiones descabelladas, sino las justas. Los bebederos y sesteaderos del llano y la

servidumbre de la colina porque son indispensables; y aún
cedería derechos si esto contribuyera a la paz entre nosotros.
Creo, además, que no son estas cosas las que más preocupan
a Andrés. Me temo que haya otros planes de su parte a los que
concede mayor importancia.

Por lo que me han contado algunos mozos de los
que han trabajado en el monte norte, Picota pretende quemar
esa inmensa extensión de terrenos y yo no me explico qué
persigue. Muchas veces he meditado en ello y he advertido, en
conclusión, que no puede ser para potreros porque no habría
ganado en todo el país que consumiera esa yerba. Tampoco
puede ser arroz o maíz porque no habría gente en dos años
para cosecharlos; ni puede ser caña porque faltarían pailas en
todo Panamá para cocer la miel que produjera...

—¿No será que quiere hacer potreros de llano?...

—También pensé en ello, pero eso sería perfectamente
inútil porque a Andrés le sobran llanos, ya ves que el que
estamos peleando sirve con exceso para ambos.

—Entonces, ¿qué puede ser?...

—Eso es lo que me preocupa. Como no puede ser
para nada de lo que hemos dicho, me temo que algún mal
pensamiento guíe el cerebro ambicioso de Picota y pretenda,
me horroriza pensarlo —esto lo dijo bajando la voz como para
que el aire no se llevase ninguna de sus palabras—, obligarnos
a abandonar nuestro Hato valiéndose del fuego...

Fíjate que ese monte está al norte de nuestra
propiedad y forma un círculo que cubre la mayor parte de
nuestros terrenos; que al pie de sus cercas se hallan nuestros
ganados y los mejores potreros; que las fincas de nuestros
colonos que fueron de él, están diseminadas en esa región y
que no tenemos por allá ni río ni quebrada capaz de contener
la candela que venga ayudada por los vientos... Un instante
bastaría para dejarnos sumidos en la miseria...

—¿Sería capaz, por Dios, de semejante crimen?
—preguntó, temblando, doña Emilia.

—No, yo no lo creo. Se me hace duro creerlo. Pero,
¿no lo hemos visto arrojar de las tierras de sus antepasados,

sin pena, sin conciencia, a más de cien familias?... ¿No lo hemos visto seguir los consejos criminales de Pérez para forjar declaraciones falsas?... ¿Y no sabemos que se ha valido de todos los medios reprobables para hacer triunfar sus pretensiones y ambiciones desmedidas?

—¡Esto es horroroso! Y si crees que pueden ser esas sus intenciones, ¿qué piensas hacer para defenderte, para defender lo nuestro, lo de nuestros hijos?

—Eso es lo que estoy ideando. Por lo pronto, voy a abrir trabajos de limpieza ahora mismo. Ya he avisado a la gente y así haré disminuir los jornaleros de la Hacienda San Pedro. Todos me preferirán porque están más cerca de sus casas. Así dejarán de ir a San Pedro y no podrán efectuar la derriba total de este año, por lo menos. En el entrante, tomaré otras precauciones. Todo el verano mantendré una gran cantidad de mozos en la construcción de la represa y si es necesario emprenderé otras labores y así me iré defendiendo hasta que lleguen nuestros hijos.

—Pero, con todo, puede suceder que haya peligro este año, si no en toda la región del bosque, en parte, especialmente, por los lados de la boca del monte, desde donde será muy fácil que se propague el fuego si se atreve a quemar en estos días.

—Muy buen razonamiento, Emilia. Hoy mismo ordenaré que se hagan unas trochas muy anchas y calles muy limpias en el lindero, y sin darles a conocer mis sospechas a los vecinos, les diré que estén atentos porque por un descuido, puede haber fuego.

—Especialmente de noche. Deberían hacer turnos de vigilancia y convenir en un toque de cuerno.

—Yo mismo voy a organizar eso. Debemos tener cuidado, eso sí, de que nadie se entere de nuestras sospechas. Y, ahora, vamos a acostarnos. Soñemos con nuestras esperanzas de felicidad y nuestros propósitos de luchar siempre para hacer la dicha de nuestros hijos.

Minutos después, esos seres tan buenos se entregaban al sueño reparador de energías que era siempre para ellos tranquilo y que lo fue esa noche a pesar de sus temores.

Al día siguiente, muy temprano, don Pablo esperaba sobre su caballo que se unieran algunos mozos. Cuando estos llegaron se puso en viaje hacia terrenos del norte. Por el camino avisaba a los labriegos que desde el día siguiente los necesitaba para las faenas de deshierba y limpieza y para quemar algunas pequeñas matas en distintos puntos.

Según se hallaban situados los ranchos en relación con los diversos trabajos, les asignaba el punto a donde deberían dirigirse, procurándoles el más cercano, y les indicaba el mozo que actuaría de jefe de la partida.

Cerca del mediodía llegó a los linderos de sus terrenos situados en la boca del monte y pudo observar cómo había sido tumbada la montaña; pero fue sorprendido al ver que una calle anchísima y muy limpia de malezas se extendía al otro lado de los linderos. Su noble corazón sintió vergüenza de haber pensado mal de Picota. "No — se dijo—, no ha tenido la intención de hacerme daño... Pero, por qué, entonces, ha iniciado este trabajo? ¿Qué va a hacer?"

Pensando en esto, siguió por sus cercas hasta alcanzar a un grupo de pocos hombres que trabajaban en las calles. Entre ellos se hallaba Jacinto, quien, al conocerlo, se dirigió a él, afectuoso, para saludarlo.

—¡Cuánto gusto de verlo, don Pablo!

—Mil gracias, Jacinto. Yo también siento gusto en verte. ¿Cómo van los trabajos?... ¿Cómo están en tu casa?

—Pues en la casa bien, gracias a Dios. En los trabajos, la cosa lenta, porque don Andrés ha querido hacer este desmonte a la carrera.

—¿Y ha pensado quemarlo este año?

—Sí, esa es su idea, pero yo le he dicho que es inútil y lo mismo piensa mi comadre Matilde.

—Entonces, ¿por qué estás haciendo esa calle?

Jacinto estaba prevenido desde que vio a don Pablo para contestarle:

—Ha sido idea de mi comadre Matilde. Ella dice que si acaso se quema el monte, bueno es estar prevenidos y, sobretodo, dice que es mejor evitar que por algún descuido se queme solo y se pase la candela...

Don Pablo comprendió todo lo que ocurría y en rápido pensamiento dio en la clave de lo que pasaba. Doña Matilde, siempre noble, generosa y buena, trataba de contener los impulsos de su marido y salvar lo que podía de las garras de sus pasiones.

—Ah, Matilde, qué buena es. Hace tiempo que no la veo, pero estuve con sus hijos pocos días antes de seguir a los Estados Unidos. ¡Qué muchachos tan buenos son Andresito y Julita!

—Son una riqueza de bondad y ellos les quieren mucho a usted y a toda la familia. Son los primeros en lamentar cuanto ocurre entre su papá y usted.

—Y dime, Jacinto, ¿no hallará mal Picota la hechura de esta calle?...

—Supongo que no. Es la costumbre observada y yo, como encargado del desmonte tengo la obligación de hacerla, tanto más desde que él me ha manifestado que piensa quemar el monte.

—Muy correcto, Jacinto. Así se ha vivido siempre desde en vida de nuestros abuelos. Siempre atentos a evitar perjuicios a los vecinos y siempre listos a ayudarnos los unos a los otros.

—¡Qué lástima que en estos años, que ya van largos, hayan ocurrido esas diferencias entre usted y mi patrón.

—Yo siempre he querido evitarlas, tú lo sabes; y he hecho algo más: he cedido cuando he visto que el perjuicio que sufro no es de los irreparables. Ahora sostenemos el pleito de la servidumbre y de los bebederos y a pesar de que la ley me favorece y de que necesito lo que defiendo, estaría listo a cederlo todo con tal de que la paz reinase entre nosotros.

¿Cómo es posible, Jacinto, que una amistad nacida en las cunas, fomentada en la niñez, desarrollada en las rodillas de la santa madre de Andrés, aprendiendo ambos las primeras letras, intimada en la primera juventud, estimulada luego por los hijos de ambos y por nuestras mujeres que son buenas, se vaya a perder por unos metros o unas hectáreas más o menos de terrenos que a ambos nos sobran?

Pero Andrés no piensa en ello. Ha encerrado su alma en el malsano pensamiento de poseerlo todo, de dominarlo todo y perdóname, Jacinto, esta declaración que hago ante un hombre de conciencia como tú, que fuiste el amigo de la niñez de los dos... Andrés quiere arrasarlo todo, cueste lo que cueste, para ser dueño de lo que en derecho le pertenece y de lo que es mío también en derecho... Y eso no podrá ser. No; ¡no podrá ser nunca!...

El espíritu de mi padre se opone a ello; y mis hijos, para quienes he trabajado, como tú sabes con privaciones y angustias, no pueden quedar, ¡no quedarán jamás en la miseria!...

Don Pablo se exaltaba. El convencimiento de hallarse en lo cierto al pensar en los planes nefastos de don Andrés le turbaban el corazón y no se encontraba cerca de él su ángel tutelar, doña Emilia, quien pudiera suavizar sus palabras. Pero esa exaltación era justificada; él veía de cerca la hora del descanso, la hora en que su mujer y él formarían el nido solitario de las aves ancianas que ya no cantan, que ya no vuelan y que, asentadas en las ramas más fuertes del árbol, miran complacidas a las parejas jóvenes revolotear bulliciosas y construir los nuevos nidos...

Y al imaginarse que pudiera ser destruida toda la obra de los años pasados sentía, por primera vez en su vida, una pasión que no conocía antes: la del odio...

Jacinto, entre tanto, no sabía qué contestar. Su lealtad, su adhesión a don Andrés, le impedían confiar a don Pablo sus temores, y tampoco se hallaba autorizado para despreocuparlo. Esto podría ser fatal para él. Quizás convendría más que siguiera creyendo lo que creía y se preparara para la defensa.

—Don Pablo, todo se arreglará, si Dios quiere. Don Andrés tiene metido entre ceja y ceja que este monte debe ser quemado para hacer inmensos potreros, pero mi comadre Matilde y yo, y también Andresito y Julita, formamos una muralla de resistencia que probablemente no será dominada.

Por lo pronto, para evitar un fuego casual, estoy haciendo esta ancha calle. Usted nos puede ayudar haciendo otra allá adentro y tendremos más de veinte brazas de terreno limpio que no dejarán pasar el fuego. Además, siguiendo las instrucciones de mi comadre, yo demoraré cuanto pueda los trabajos hasta ver si las aguas nos impiden la quema. Vea el cielo: parece que llegan ya y con esto ganamos un año.

Don Pablo había vuelto a su estado normal. Las juiciosas y nobles palabras de Jacinto lo restablecieron y era ahora el mismo hombre de siempre, dispuesto a toda acción altruista y honorable.

—Ya tenía pensado lo de las calles y a eso vine hoy. Tengo notificados a todos los colonos y desde mañana principiarán los trabajos. Trataré de dirigirlos personalmente y con tu bondadosa cooperación saldrá bien todo. Ahora sigo mi camino. Hazme el favor de presentarle mis respetos a doña Matilde y decirle que, por cartas de mis hijos, sé que Andresito y Julia progresan mucho en el curso de inglés en que todos se han matriculado para aprovechar el verano. Que su salud es buena. Dame un abrazo, Jacinto, y salúdame a tu mujer y a los muchachos.

Don Pablo continuó su correría por las cercas colindantes hasta llegar al punto donde los trabajos de desmonte se terminaban. Estudiando bien el problema de la quema, quedó convencido de que, abiertas las calles, el peligro de incendio en sus potreros disminuiría grandemente, pero que era necesario mantener vigilancia para evitar el fuego "casual" que tanto él como Jacinto temían.

Al entrar la tarde, don Pablo estaba de regreso en su casa y refería a su esposa cuanto había visto y oído sin aumentar ni quitar una coma.

—Confía en Dios y en los buenos corazones que nos rodean —dijo su esposa—. Todo saldrá bien. Matilde y sus hijos son nuestros aliados. Sigamos luchando y vivamos con la esperanza de que el final será venturoso.

CAPÍTULO XV

EL LICENCIADO TOVAR

En el pueblo, cabecera del distrito donde se están desarrollando los sucesos que relatamos, venían llamando la atención de todas las gentes las actividades desplegadas por un joven capitalino que había montado una Agencia Judicial.

Con su certificado de Bachiller, elevado a la categoría de Licenciado, o de Doctor, según costumbre pueblerina para designar a quien ejerce la abogacía, con su juventud, su verbosidad y sus ideales políticos un tanto radicales, Carlos Tovar se creó desde el primer momento simpatizantes y adversarios. Pero, amable con todos, respetuoso de las ideas de los demás y sincero y franco en la exposición de sus principios, no podía tachársele de mal sujeto, como habría sido lo deseable de parte de sus enemigos, especialmente del Dr. Pérez, viejo tinterillo, acostumbrado a ganar todos los pleitos por buenas o malas artes, y quien, a los pocos meses de establecido en el pueblo el licenciado Tovar, ya sentía el peso de su competencia.

Desde la llegada, pues, de Tovar, al pueblo cabecera, se habían notado ciertas actividades que antes no se conocían. Como había traído la representación de los diarios de la capital, cada semana salía una crónica referente al pueblo. Unas veces indicaba obras de mejoramiento material; otras criticaba actos de las autoridades locales, y otras, arremetía contra las altas autoridades nacionales por el abandono en que mantenían al distrito.

Y como esa campaña, en todo caso, beneficiaba a la comunidad y en nada particular a él, la generalidad de los habitantes fueron tomándole simpatía y cooperando con su obra, con noticias e informaciones que luego transmitía a los diarios.

En Panamá, como es natural, se puso alguna atención a las críticas de Tovar y no faltaron órdenes del secretario de Gobierno y de algún otro para que se hicieran investigaciones que corrigieron muchas veces los vicios denunciados.

Dos cuestiones resultaron las más interesantes para Tovar. La construcción de escuelas con el aumento del personal docente y el reparto de las tierras nacionales. Según Tovar, y según el sector público que lo apoyaba, era imperdonable que los niños concurrieran a lugares insalubres para recibir la instrucción que el Estado tenía la obligación de brindarles.

Los edificios destinados a escuelas no eran tales edificios. Unas barracas mal construidas, de techo pajizo y paredes de quincha, sin portales amplios, sin patios adecuados, sin servicio sanitario, lo cual obligaba a los niños a satisfacer sus necesidades fisiológicas en montecillos vecinos y en sucia promiscuidad, constituían los locales que pomposamente se denominaban *escuelas*, adonde concurrían cerca de doscientos niños de ambos sexos, miserablemente vestidos, atacados de uncinariasis, deficientemente alimentados y atendidos por tres maestros improvisados, de escasa preparación, sin sentido pedagógico y carentes de elementos de enseñanza.

La campaña emprendida por Tovar para hacer cambiar ese estado de cosas en las escuelas del lugar era firme y resuelta. No había correo que no llevara a la capital un artículo sobre ese tema y se ocupaba, además, en fomentar entre los vecinos una acción común que no solo respaldara su cruzada sino que contribuyera en forma tangible a ayudar al Gobierno en su obra educativa. Pensaba, por ejemplo, en que los vecinos del pueblo, por cooperación personal, podrían levantar uno, por lo menos, de los edificios necesarios, y el proyecto fue acogido con entusiasmo.

Otro aspecto de la misma cuestión era el personal docente. Disculpaba a los dos jóvenes y a la señorita que tenían a su cargo la enseñanza. Ellos daban lo que podían y transmitían sus conocimientos de buena fe, mas el perjuicio que estaban recibiendo los niños era muy grande y, para corregirlo, se hacía indispensable que los reemplazaran con maestros graduados.

Sin embargo, ninguno de los asuntos en que se había empeñado Tovar le preocupaba tanto como el de la distribución de tierras. Era esta campaña contra las injusticias, los atropellos y las violencias, lo que mantenía más exaltado el ánimo del fogoso joven. Había estudiado cuidadosamente en todos sus detalles el gravísimo problema y estaba convencido de que la ley era burlada por las autoridades; de que los derechos de los campesinos eran vulnerados sin conciencia y de que, carentes de recursos pecuniarios y de apoyo oficial y aún social, los pobres labriegos, dueños naturales de la tierra y legítimos sucesores de los viejos ocupantes eran víctimas de todas las injusticias.

Por esto, al poco tiempo de abrir la oficina y hacerse cargo de algunas controversias, no se contentó con la defensa de sus clientes ante las autoridades, sino que levantó tribuna personal en el pueblo y comenzó a escribir para los diarios de la capital interesantes artículos y sensacionales denuncias de las depredaciones que se cometían.

Esta actitud viril y entusiasta le atrajo la simpatía de todos los campesinos. Cual más, cual menos, era víctima de algún abuso y los que poblaban las tierras de la Hacienda de San Pedro y no habían querido acceder a la acción de don Andrés Picota, concurrieron a otorgarle poder para sostener sus derechos.

Poco a poco fue poniéndose al tanto de todas las circunstancias, y a la hora en que se desarrollan los sucesos que relatamos, el licenciado Tovar es apoderado legal de más de veinte campesinos que se mantienen renuentes a desocupar sus tierras, así como apoderado especial de don Pablo Núñez para defender sus derechos sobre los sesteaderos, bebederos y servidumbre del Llano de la Colina.

La personalidad, pues, de Tovar, es simpática en lo general. Tiene enemigos, y enemigos peligrosos, pero es joven; su espíritu cultivado le ha creado ideales que exalta esa misma juventud. Cree en la justicia, en el amor entre los hombres y odia a los ambiciosos desmedidos, a los abusivos y a los que atropellan a las clases desvalidas. Se ha propuesto triunfar en la vida y, a su manera, conduce sus actos porque tiene fe.

No le arredra nada; luce el valor de sus convicciones y es honrado por temperamento. Cree que la juventud tiene el derecho de encauzar el país por sendas más armónicas con la hora que se vive y se considera, en el ejército juvenil, como uno de los buenos o de los mejores. Y así va, con el rostro hacia el sol, por el camino que se ha trazado.

El licenciado Tovar tuvo la oportunidad de conocer a Pablo Núñez cuando este se le acercó un día a otorgarle poderes para sus asuntos; y pudo observar en el transcurso del tiempo y por estudio de las causas, que se trataba de un hombre íntegro en toda la extensión de la palabra. Su calidad de abogado valía menos para juzgarlo que su condición de hombre y cuando más tarde fue invitado por Núñez para recorrer los terrenos y exponerle con mejor claridad sus derecho, apreció también las nobles cualidades de doña Emilia. Pero quedó admirado cuando Núñez, en la última ocasión le dijera:

—No es necesario que apure usted los pleitos. Mientras menos duras sean las fricciones con Picota, es mejor. Yo creo que ni siquiera para defender unos derechos sagrados es indispensable violentar las cosas. Sea usted, licenciado Tovar, mejor elemento de transacción que de victoria. Los triunfos, cualquiera que sea el terreno en que se obtengan, dejan tras sí lágrimas o dolores; y yo no quiero que derramen ni la esposa, ni los hijos de mi adversario una sola lágrima por mi culpa, si puedo evitarlo.

—Pero así son los pleitos, señor Núñez, y mi reputación de abogado sufre con una demora que perjudique a mis clientes...

—Cuando el cliente admite el perjuicio o lo recomienda, el abogado salva su responsabilidad. Usted puede estar seguro de que yo no sería capaz de decir que usted ha demorado una acción mía. Puedo, si quiere, hacerle por escrito las observaciones que le apunté.

Esta breve conversación fue bastante para que el joven licenciado se formara el concepto tan favorable que tenía de su mejor cliente. Después lo frecuentó en familia y vio que en el hogar reinaba el mismo sentido de honradez formando en el corazón y en la mente de su familia un todo uniforme de honor y de hidalguía.

Por eso pudo explicarse fácilmente la actitud observada por Núñez con los campesinos que eran expulsados de la hacienda de Picota. Un hombre de alma tan noble, pensaba, no podía mirar indiferente la desgracia de tantas familias, y tenía por el contrario, que regocijarse al ofrecer sus tierras y su protección a los desamparados y perseguidos.

En cambio, lo que había sabido de don Andrés Picota, no por medio de Núñez, sino por lo que le referían las gentes y por lo que él mismo viera en expedientes o inspecciones de los terrenos, le formó un triste concepto del vecino de Núñez y deseaba la oportunidad de entendérselas con él en el campo de la Justicia.

—Hombres así —se decía Tovar— son los que conducen a los pueblos a las reacciones violentas; los que hacen que las revoluciones sociales no se marquen por conquistas cívicas y medios pacíficos, sino que se alcancen por la fuerza y manchando con sangre de hermanos el suelo de la patria. Si no fuera porque en contraste con estos hombres existen otros que humanizan la vida y la hacen amable, quién sabe si la existencia de los pueblos del Istmo sería otra, porque creo que, como aquí, en los demás distritos de la República, hay Picotas y Núñez y más de aquellos que de estos.

Y, con tales pensamientos, encontramos al licenciado Tovar en los días en que ocurren los sucesos que narramos.

CAPÍTULO XVI

LA TIERRA ES DE TODOS

El licenciado Tovar no había limitado su acción a la organización de la sociedad pueblerina para procurar el progreso del lugar. Contemplando el problema agrícola en la extensión que comprendía el distrito en que actuaba, se empeñó y logró llevar a cabo la formación de una asociación de campesinos que, desgraciadamente, no podía prosperar como deseaba por la falta de cultura de sus componentes.

Estos, en su totalidad analfabetos, apenas comprendían la importancia de la sociedad, y Tovar se propuso instruirlos en la mejor forma posible, por medio de conferencias, mejor dicho, de conversaciones o charlas que desarrollaban en lenguaje sencillo, sometido a un programa, cuyos temas, casi siempre se referían a casos concretos de los oyentes.

Así, poco a poco, fue inyectando en el cerebro de los campesinos, la convicción de que las tierras eran un regalo de la naturaleza y premio a los esfuerzos por hacerlas producir. Y todos los domingos, después de la misa, los labriegos concurrían a la oficina de Tovar a oír sus consejos y sus admoniciones o exponerle los reclamos que debería hacer en su beneficio.

Al principio, esta reuniones no pasaron de unos pocos campesinos, especialmente de los que estaban en pleito con Picota, pero con el tiempo fueron más numerosos, al extremo de preocupar a las autoridades, especialmente al alcalde, quien se atrevió a llamar la atención al joven abogado pretextando que sus prédicas soliviantaban las masas.

—Antes de que usted viniera —le dijo—, los campesinos eran humildes, sumisos, obedientes a los mandatos y respetuosos al principio de la autoridad. Ahora, son otra cosa. Ya no comparecen, como antes, en el término de la distancia. Dejan vencer los plazos de las citaciones y defienden sus pretendidos derechos con altanería; resisten a la órdenes del juez y a las mías y, sin miramientos de ninguna especie, discuten con Picota los derechos que dicen poseer sobre sus tierras...

—Pero, usted, señor alcalde, ha perdido de vista que ya no son los tiempos en que el hombre vivía sometido a los caprichos de amos y de autoridades arbitrarias. Que la ley está por sobre todas las cosas y que cuando el derecho ampara la acción de un ciudadano, no hay Picota que valga, ni juez que pueda hacer otra cosa que someterse a ella...

Usted no negará, señor alcalde, que durante muchos años, tal vez siglos, este conglomerado social de campesinos ha vivido la vida miserable del paria en su propia tierra. Que los latifundistas como Picota les han arrancado, primero, el sudor de sus frentes sin compensación justa, disfrutando siempre de la fuerza de su trabajo sin repararles el sacrificio y, después, cuando han querido enderezar cercas o estirarlas a su antojo, les han echado afuera, sin respetar los derechos adquiridos por herencia y sobre todo por la razón del trabajo.

Ese es el caso general de todos los absorbentes, de todos los ambiciosos y el caso especial de Picota. Usted, señor alcalde, no podrá negarlo...

—Pues, sí puede negarse, señor Tovar. Por un caso cierto de los que usted apunta, son falsos los otros. Picota, como los demás hacendados del distrito, tienen sus defectos, pero los campesinos también los tienen y en mayor cuantía.

¿Cree usted, por ejemplo, que es justo que un campesino se oponga al ensanche de una propiedad que va a producirle al Gobierno una renta, tan solo porque la habita por herencia de su padre, o porque le agrada vivir allí, o porque tiene una vaca parida?

—Claro que sí, señor alcalde. El hombre que ama la tierra heredada de sus mayores, de la cual extrae su alimento, que cultiva con amor y que engorda a su vaquita, tiene más derecho a usufructuar que el Estado a proporcionarse rentas enajenándola. El Gobierno, como institución del Estado, se encuentra obligado a amparar esos derechos aunque con ello se perjudique.

Y volviendo a su argumento, al revés, ¿cree usted, señor alcalde, que es justo o siquiera honorable que un señor cualquiera, por el solo hecho de que tiene poder por medio de sus influencias, eche de sus tierras a quienes las cultivan? ¿No está contribuyendo ese campesino en forma indirecta al sostenimiento del Estado?

—Pero es que en ello no hay capricho, ni falta de derecho. En el caso de Picota, que es el que más le interesa, la claridad de sus reclamos no admite duda. Y cuando han salido de las tierras o sitios que han retenido como propias se ha debido a que la Justicia así lo mandaba. La prueba de su reconocimiento la ofrece la aceptación de esta situación de parte de cuantos han tenido que salir de la Hacienda de San Pedro...

—Pues, está equivocado, señor alcalde. Esa conformidad que usted ha observado en los expulsados de la Hacienda de San Pedro es aparente. Se debe a otras circunstancias que no están al alcance de las personas de poco corazón y de mente no preparada para la época que vivimos. No quiero ofenderlo, señor alcalde, pero usted está engañado con esa conformidad. Si ella existe, como en verdad sucede, se debe a que tras la mano de hierro de Picota, existe la mano de seda de su esposa, que llega hasta el rancho infeliz y derrama medicinas y consuelos; y que después de eso, un hombre de corazón moderno en el sentido humano del término, el señor Núñez, cede al expulsado una parcela de sus tierras para que levante en ella una finquita y críe otra vaca que reemplace la que tuvo que vender para defender sus derechos... Pero, ¿quién les ha repuesto los árboles que sembraron sus abuelos y que gastaron años en crecer y producir? ¿Quién les ha devuelto el ambiente en que flotaba la memoria de sus antepasados y la piedra que les sirvió de niños para saltar y descansar?... ¿Quién les ha devuelto la orilla de su río, el pozo de la quebrada, los pájaros que alegraron sus mañanas, y el sol que salía por el mismo lugar todos los días, y la luna que les brillaba en las noches de verano?...

¿Cree usted, señor alcalde, que allá, en los sitios que les dio el señor Núñez, han encontrado todo lo que tuvieron que dejar en el que era suyo?... No, señor alcalde, la resignación es aparente y, en muchos no solo aparente: hay necesidad de oírlos para convencerse de que no han perdido la esperanza de volver a sus montecitos. No han sembrado árboles frutales porque no quieren "echar raíces" y confían en que algún día reconquistarán lo suyo a las buenas o a las malas...

—Pero eso es imposible, señor Tovar. Para volver a entablar una acción judicial, a más del derecho se necesita dinero y no lo tienen... Sería mejor que hombres inteligentes e instruidos como usted, trataran de convencerlos de que su proceder debe consistir en someterse a las circunstancias...

—Nada hay que hacer en ese sentido. Ellos están sometidos a esas circunstancias pero saben, también, que el tiempo es factor que les ayuda en sus esperanzas. Con ese criterio elemental de los cerebros primitivos, nuestros campesinos piensan que Picota no logrará cultivar los terrenos que ha encerrado; que le faltarán hombres en la hora que los necesite para quemar montes, o limpiar rastrojos; o que no tendrá dinero para pagar los impuestos que la Asamblea decrete algún día al gravar las tierras no cultivadas. Y esperan, esperan, y siguen esperando una oportunidad para satisfacer una venganza o una aspiración... Ellos no lo saben; lo presienten nada más. Y solo autoridades conscientes pueden evitar que lo primero resulte y conseguir que se realice por las buenas lo segundo.

—Pero, insisto, señor Tovar, en que usted debe cooperar a calmar los ánimos y a convencer a los campesinos de que vivan tranquilos.

—Con mucho gusto le ayudaré a calmar los ánimos, pero nunca a convencer a los campesinos de que se ha procedido con justicia contra ellos...

***

Al siguiente día de esta conversación era domingo y, desde muy temprano, la oficina del licenciado Tovar se fue llenado de campesinos. Como siempre, Tovar los saludaba con agrado y simpatía y conversaba con ellos. Los miembros de la directiva de la sociedad de campesinos no faltaban a estas visitas y en esta ocasión se hallaban presentes todos.

—*Queremo* su *parecé*, doctor Tovar —dijo el que actuaba de presidente—. *Usté* sabe que le escuela de la señorita María se cerró desde que se fue *pa* Nueva *Yol* y que no podemos *mandá* a los chicos hasta aquí. Y *queremo* nos diga qué *hacé pa golver* a *tené* maestra...

—La cosa no es muy fácil. La señorita María hacía eso por amor a los niños y al trabajo; y si al pueblo no le mandan maestros de Panamá menos los mandarían a un campo. Pero yo voy a escribir en los periódicos sobre ese asunto y seguiré criticando al gobierno por el abandono en que los tienen.

—Gracias, *dotor*. Otra cosa. Por decires de la gente se sabe que ño Picota quiere *jacé* una quema grande muy peligrosa pues si se pasa la candela vamos a perder hasta lo que nos ha *dao* de limosna ño Núñez y el *ganao* de este se va a *jondiar juyendo* por los montes. ¿A *usté* qué se le ocurre que hagamos?...

—Pues, ustedes deben esperar el aviso que tiene la obligación de darles el señor Picota y estar listos para defenderse del fuego. Pásense la voz entre todos y prepárense a cuidar los linderos.

—Ya ño Núñez ha *tomao* alguna providencia y ha *avisao* a la gente, pero lo que nosotros tememos es que si todo el monte del *nolte* se quema, no hay hombre en todo *er* mundo *pa* apagarlo.

—Sí, verdaderamente el peligro es inminente. Sería bueno hablarle al alcalde para que obligue a Picota a tomar precauciones y dé fianza para responder de los perjuicios. Yo haré mañana una visita muy temprano al alcalde y le comunicaré los temores de ustedes. Ayer, precisamente, estuvo aquí muy amable y conversamos largo rato sobre los problemas de ustedes. Yo no sé qué decirles, pero me parece que el alcalde no es hombre malo, sino que tiene ideas muy viejas, por falta de una persona que se las quiten de la cabeza.

—Muy bien, *dotor*. Converse mañana con el *señó arcarde pa* ve que *jacemo nosotro*. El *señó arcarde e* zorro viejo. *Usté* nos mandará a *decí* qué *jacé*... Y otra cosa, *pa terminá, dotor*. ¿*Usté* sigue creyendo que nosotros podemos recuperar la tierra que nos quitó ño Picota?

—Esto ya se los he dicho varias veces. Hasta ahora he visto que algunos de los expedientes no están terminados aunque ustedes dejaron los terrenos, y otros son defectuosos. En algunos casos, ya no hay remedio y me ocupo ahora en ver cómo promovemos una acción conjunta para evitar las molestias de juicios separados. En su mayoría, los derechos alegados por Picota son las concesiones hechas por el gobierno a las cuales ustedes no se opusieron en tiempo por falta de abogado y por consejos interesados de alguno en el pueblo. Pero creo que un pleito que todos pongan al mismo tiempo puede dar buenos resultados. Yo estoy interesando al personero para que coopere conmigo.

El joven Ortiz ha estudiado bastante para comprender las cosas y no es zorro viejo sino joven como yo, que quiere trabajar por el distrito. Él me ha ayudado mucho en mis labores a favor de la cabecera y creo que me ayudará en mis luchas a favor de ustedes... Y como mentando al rey de Roma, pronto asoma, aquí tienen ustedes al señor personero —agregó al alcanzar a ver al joven Ortiz que se presentaba a la puerta...

—Buenos días, señores. Buenos días, Tovar. ¿Cómo van esos asuntos? Veo que la concurrencia aumenta y el prestigio crece...

—Buenos días, Ortiz. Siéntese. Los asuntos bien y en cuanto al prestigio, cualquiera que esté con los débiles y los perseguidos puede conquistarlo. Precisamente, les decía a estos amigos que usted se proponía estudiar sus casos para ver si cooperaba conmigo en una demanda general por los terrenos usurpados por Picota. Me parece que las reservas municipales han sufrido un tanto y, por lo menos, sería un precedente funesto para el Municipio dejar las cosas como se hallan...

—Efectivamente, la interpretación que se ha dado a la ley de tierras es acomodaticia en la generalidad de los casos. Yo creo que cuando el legislador dijo que se podían vender las tierras nacionales también expuso que lo serían sin perjuicio de terceros y ese tercero puede ser tanto un labriego como un Municipio.

Eso de que, porque no se reclamó a tiempo y se vencieron los términos debido a que un campesino que no sabe leer, o un presidente de consejo que tampoco sabe o no quiere leer, o un personero que se halle en las mismas condiciones, venga a perderse un derecho que la misma ley concede, aparte de los que son adquiridos conforme a la Constitución de la República, es un absurdo y es necesario corregir los errores que de él emanen.

—Encantado, Ortiz, de oírlo. Veo que cumplió su ofrecimiento de estudiar la cuestión y ahora puedo asegurar que, con la intervención de usted, el éxito coronará las aspiraciones de todos estos humildes compatriotas.

—Seguramente, si quedan jueces en Berlín —dijo, sonriendo, Ortiz.

—Tienen que quedar, Ortiz. No es posible que todos los jueces de la República sean perversos. La humanidad no es mala, más bien se inclina a la bondad y aun cuando son muchos los hombres perversos, no debemos desconfiar de que la justicia habrá de imponerse sobre la perversidad.

Los campesinos habían escuchado la interesante conversación de los dos jóvenes aunque, sin digerir completamente sus palabras. Con todo, sacaban una conclusión: que el personero estaba con ellos y que volverían a sus tierras si los jueces de Panamá eran justos.

Para las almas sencillas nada mejor que esto, aunque recordaban que los ricos casi siempre tienen más derecho que los pobres... Consecuentes con estas ideas, alguno de los de la reunión se atrevió a decir:

—Pero, ¿los pobres tendrán algún día justicia?...

—Claro que sí. Poco a poco el pueblo va haciendo conquistas y alcanzando triunfos. ¿Ustedes no saben que, hasta hace pocos años, cuando algún pobre se veía envuelto en un crimen, el juzgado le nombraba un defensor que tenía que defenderlo gratis y que muchas veces no hacía nada porque no le pagaban?... Pues, ahora ya hay defensores de los pobres con sueldo que les paga el Gobierno y trabajan y defienden a los pobres como si fuesen ricos; y la justicia se aplica con honradez.

Así llegará el día en que los pobres también ganarán los pleitos contra los ricos, porque la ley los amparará para defender sus derechos y los mismos adversarios tendrán que pagar los gastos si el Estado no carga con ellos. Pero en el caso de ustedes me pagarán, si quieren, lo que puedan. Para mí será más honroso conquistar sus simpatías que obtener su dinero. Mal que bien, vivo de otros clientes y el caso de ustedes tiene valor de una acción social que me permite defender mis ideas de que las tierras son de quienes las cultivan, de quienes les arrancan cuando pueden producir, de quienes las riegan con el sudor de sus frentes y de quienes las consideran parte de su alma y de su cuerpo.

Todo lo demás, todo eso que las mismas leyes tratan de legalizar, como los encierros clandestinos y las ventas que forman los latifundios improductivos, todo eso es infame y hay que derrumbarlo.

Los campesinos habían recibido un baño de rosas. Estaban contentos y hubieran seguido oyendo hablar al doctor Tovar si no fuera porque las horas avanzaban y tenían que regresar a sus campos. Con las últimas palabras del joven abogado le dieron las gracias, lo mismo que a Ortiz, y se despidieron para tomar los caballos que esperaban amarrados en los pilares de las casa vecinas.

Tovar y Ortiz solos, enderezaron su charla por otros rumbos hasta la hora del almuerzo.

CAPÍTULO XVII

EL DOCTOR PÉREZ

En una esquina de posición estratégica, cercana a las oficinas públicas, en la casa que habita, está situado el despacho del abogado más viejo del distrito: el doctor Patricio Pérez.

Parece "un nido de gallinas", según la gráfica expresión de los que tienen costumbre de frecuentarla. Se compone de dos cuartos: una sala de regular extensión y otra pequeña que es el despacho del abogado y se comunica con el interior de la casa. La primera está ocupada por bancas de madera, sillas desvencijadas, taburetes de cuero y, en un rincón, se halla una mesita que sirve de escritorio a quien hace de secretario y portero a la vez, del dueño de la oficina. El despacho del doctor Pérez tiene arrimados a las paredes numerosos cajones de kerosín con los cuales ha formado una estantería donde guarda papeles, folletos, colecciones de la Gaceta Oficial y del Registro Judicial, conseguidas en las oficinas públicas, antes de que vayan a parar a la tienda del chino (que es el consumidor de esos órganos oficiales que los alcaldes y jueces no leen nunca y sirven para envolver los comestibles que despacha).

Guardan esos cajones, además, botellas de tinta ya vacías, algunas medicinas de patente y frascos de botica cuyos rótulos acusan el contenido: bicarbonato de soda, sal de Glober, sal de Epson, tintura de hierro, tintura de quina, etc., etc.

Sobre uno de los estantes una imagen de Jesús Crucificado y en otro la Virgen de la Candelaria, patrona del pueblo. En una de las paredes se halla fijada una página central de un semanario de Panamá que contiene la galería de los presidentes de la república, y en otra de las paredes, colocados en fila rigurosa de años, algunos retratos de los últimos, liberales y conservadores, con sendas dedicatorias.

En la mesa que utiliza como escritorio, ancha y de buena madera, se hallan acomodados de uno a otro extremo, infinidad de papeles escritos a mano e impresos; todos los códigos con infinidad de anotaciones marginales, sobre todo el judicial, que es su fuerte, y el de policía, que es la veta que explota diariamente. Dos o tres sillas a más de la que usa para sentarse él y una enorme escupidera metálica forman el total del mobiliario.

Pero el desgreño que hace decir a la gente que la oficina del Dr. Pérez parece "un nido de gallinas" no es real. La variedad de los objetos es lo que hiere la retina del visitante pueblerino y es lo que sugiere la idea del desorden, que no existe.

Por el contrario, el Dr. Pérez es meticuloso y ordenado. Guarda cuidadosamente los papeles que perjudiquen a otros; destruye los que puedan comprometerlo y cuando necesita algún documento, sabe al instante en donde puede hallarlo. Es desaseado, quizás porque no quiere la intervención de nadie en sus muebles y papeles, o acaso por caprichos de la edad. Pero el "orden", en el sentido lato del término, reina para él en cada sección de su despacho.

El doctor Pérez cuenta con unos sesenta años de edad y podría asegurarse que son los mismos durante los que ha ejercido la profesión, salvo los primeros años de su niñez, cuando desempeñó los cargos de secretario de juez y de alcalde, pues, es del dominio público que desde niño mostró especiales aptitudes para la abogacía.

En alguna época fue juez municipal y en otra alcalde, y llegó a ser nombrado suplente de juez de circuito y de gobernador de la provincia por los servicios muy importantes prestados a la "causa" de esos días, como juez de escrutinios, o en otros años, a la "causa" también a la que respaldó en algunas de las campañas políticas.

Pero duraba poco al frente de los puestos públicos porque no le "tenían cuenta", ya que, según decía, el sueldo de un alcalde o de un juez municipal, "apenas alcanza para desayunar", mientras que, ejerciendo la profesión en que era tan hábil, se "ponía" un sueldo espléndido.

Era casado y tenía dos hijos que en la actualidad residían en Panamá. Su esposa era la única persona de su familia que se hallaba con él, y los acompañaba una vieja sirvienta con más de treinta años de asistirlos.

El doctor Pérez gozaba de la fama de ser el más hábil abogado de los contornos y muchas veces fue llamado a otros distritos para encargarle asuntos importantes. Las autoridades, cualquiera que fuera el partido que se hallaba en el poder, le tenían miedo. Muchas veces fueron acusados por negligencia los alcaldes y jueces y no faltaron amenazas de denuncias graves. Conocía al dedillo la vida de todos y para todos tenía siempre un "muñeco" del que les hablaba al oído cuando quería imponer su criterio.

"Sabe mucha letra menuda", decía la gente, y "conoce de memoria todos los artículos de los códigos". Además, se sabía ciertos preceptos legales que se encontraban en capítulos extraños a la materia y que él aducía en sustentación de sus teorías cuando le convenía.

No perdía pleito. Antes que perderlos arreglaba con el adversario y como no tenía opositor que valiera algo, vivía tranquilo y feliz hasta el día que llegó el licenciado Tovar y abrió su bufete.

Al principio no le preocupó la noticia. Fue a visitarlo como a colega. Le dijo que por fin podría hacer algo porque estaba solo y porque no es posible que haya pleito donde no hay más que un abogado. Le habló mal de los habitantes del distrito, criticándoles su "miserableza" para pagar lo justo. Que cualquier precio le "regateaban", y que la vida de un abogado en ese pueblo era vida mezquina. Como Tovar, desde el primer día, se dio a conocer por sus ideas radicales, al oír sus exposiciones, el viejo zorro sonreía.

"Ya me parece", pensaba, "verlo salir corriendo. Aquí nadie se aguanta esas ideas que tiene sobre tierras y campesinos. Estos muchachos del Instituto no me asustan porque están condenados al fracaso".

Mas, con el tiempo, se fue convenciendo de que Tovar no huía y de que su prestigio ganaba terreno. Los poderes le fueron disminuyendo y sintió pronto el peso de su contendor. Con todo, no se desanimaba. Tenía la esperanza de que no durara mucho esa situación.

"Cuando le dé un buen golpe, por ejemplo, con los pleitos de Picota, ya sabrá quién soy yo" —se decía— "y se le acabará la fama. Hasta ahora no ha tenido a su cargo nada de importancia. Lo que sucede es que con eso de los escritos para los periódicos le han cogido miedo las autoridades. Me gusta mucho que se meta con los ricos. Estos pagan y castigan. Los pobres no pagan ni agradecen. Que siga por ese camino, que tendré tiempo para reírme".

Un día se enteró de que Tovar había concurrido al Juzgado a leer los expedientes formados con motivo de los pleitos de Picota y de que tomó muchas notas. Luego se informó de que los campesinos le darían poder en común para remover los pleitos y, por último, que Núñez le había otorgado poderes para sostener sus acciones contra Picota.

Con motivo de todo esto le hizo una visita.

—¿Conque van andando los negocios? —le dijo, apenas lo hubo saludado.

—Sí, doctor, se gana para vivir. Y como el hombre no vive solo de pan, también alimento el espíritu leyendo expedientes y defendiendo mis principios.

—Usted pensando siempre en ideas elevadas. ¡Ah... la juventud!... Si no hubiera juventud las cosas no andarían —dijo con sorna Pérez.

—Ya lo dijo. El porvenir es de la juventud. Ustedes, los que han cruzado la mitad de la vida, los que se acercan de nuevo a la madre tierra, han cumplido su misión. La han cumplido a su manera, pero nos han preparado el camino a los jóvenes. Tomamos de ustedes lo que creemos bueno y seguimos adelante destruyendo lo que estimamos malo para colocar en su lugar lo que nuestro criterio nos recomienda.

Mañana vendrá otra juventud, más altiva, más atrevida que la mía y completará la obra...

—¿Y adónde llegará? ¿Podría decírmelo?...

—Por supuesto. Se llegará a la felicidad del pueblo. No sonría, doctor Pérez. Cuando cada hombre posea lo que necesita para la vida, dentro de un "estandard" de vida, como se dice ahora, que le ofrezca el máximo de comodidades y el mínimo de esfuerzos para lograrlas, la humanidad vivirá mejor, los hombres se entenderán más cordialmente y no habrá odios ni clases ni ambiciones desmedidas, ni explotadores, ni explotados...

—Utopías, utopías, mi querido Tovar. Ni usted, ni sus nietos alcanzarán a ver eso. ¿Cree usted, por ejemplo, que una nueva conflagración como la de la Gran Guerra europea que acabamos de presenciar, indicaría que la humanidad lleva ese camino?

—Pues, no lo dude usted, doctor Pérez, que esa horrible conflagración ha contribuido a limpiar el camino para las conquistas sociales. Allí tiene a Rusia que hace un ensayo.

—Se quedará en ensayo. La reacción sobrevendrá y entonces verá usted detenerse esas conquistas...

—Está equivocado, doctor Pérez. Esa reacción puede llegar, es un fenómeno que se repite en la historia. Tras la revolución republicana de Francia, volvió la monarquía. Pero luego revivió la república para siempre. Así puede suceder en Rusia. Pero como en Francia, la idea, no muere, si es buena, seguirá latente y al fin triunfará, si no se realiza, claro está, lo que se teme, es decir: que la inmensa mayoría de los rusos se conviertan en esclavos al servicio de unos cuantos y de un Estado totalitario como lo idearon sus profetas.

Por supuesto que aquí no tenemos los problemas de ese inmenso país. Pero, guardando las debidas proporciones, podemos considerar que el problema de las tierras, que sí existe, es igual al de todos los países, inclusive Rusia, y que puede provocar reacciones justificadas, cuando no se resuelve con sentido humano.

—Con todo, aquí en Panamá no sucederá eso.

—Tampoco ha sucedido lo de Francia. Aquí nuestros problemas son más elementales, pero hay que resolverlos. No se puede admitir en estos tiempos que cuatro señores ricos sean dueños de todas las tierras y que mientras ello las encierran en cercas que se pierden en la extensión inmensa del horizonte, sin cultivos y sin provecho, haya miles de miles de campesinos que no tengan dónde depositar sus restos mortales...

—Usted exagera, Tovar.

—No, no exagero. Es la verdad pura, purísima. ¿Qué otra cosa que eso es lo que hace Picota? Y usted lo sabe bien, porque ha sido su abogado.

—Y lo soy, a mucho honor. Precisamente venía a preguntarle si es verdad que usted ha estado leyendo los expedientes de los asuntos de mi cliente.

—Es cierto. ¡Y cuántas cosas he leído que me han revuelto el alma! Me parece, doctor, que en ello hay más de *tinterillismo* que de tecnicismo profesional.

—No lo crea. Todas las cosas están ajustadas a la ley de procedimiento, y al derecho, sobre todo.

—Hasta eso ha evolucionado. Hoy no se pueden hacer impunemente las cosas que se hacían ayer. Y el derecho marca nuevos rumbos, se liberaliza, se expande. Y, en cuanto a procedimiento, también se avanza. La ética profesional no admite hoy lo que permitía antes. Hoy puede ser peligroso usar ciertos recursos de los que abusaban los abogados de hace diez años.

—Pues, pienso que no está muy dentro de la ética profesional ver expedientes en que no se ha participado —dijo Pérez, alterándose.

—Está equivocado, doctor. Cuando un abogado recibe el encargo de su cliente se halla en pleno derecho para ese estudio, y cuando los expedientes han pasado a los archivos, cualquier persona puede verlos. Yo he procedido a revisarlos por dos motivos: el interés de mis clientes y mis propósitos de hacer triunfar las ideas que predico.

—Sin embargo, ya nada se puede hacer en esos asuntos. Son controversias falladas y contienen sentencias ejecutoriadas.

—Vuelve a equivocarse, doctor. Hay algo inherente en el hombre y ese es el derecho a la vida. No hay sentencia en el mundo, ni hay juez en la Tierra, que puedan arrebatar para siempre ese derecho. Y eso es lo que ocurre en los casos de Picota. Como un huracán destruye cuanto la naturaleza ha levantado, así Picota ha destruido la obra de muchas generaciones de hombres. Pero de la misma manera que al cesar el huracán surgen de nuevo otros árboles, así, con el tiempo, pueden volver y vuelven a conquistarse los derechos arrebatados. Y esto ocurre en dos formas: o en la pacífica o en la violenta. ¿Quiere usted ayudarme a conseguir lo que deseo por la primera de las vías?

El doctor Pérez no contestó inmediatamente. Veía al frente a un enemigo fuerte y tenaz. Un convencido de las leyes naturales y los progresos morales de la humanidad. Él había leído mucho de esas cosas, pero sin ponerles cuidado. Los pleitos no significaban para él otra cosa que acciones personales de hecho y comprendía tan solo que había dos clases de clientes: los que pagan y los que no pagan; los ricos y los pobres. Y de estas dos clases él prefería siempre a la que pagaba, porque, además, tenía otra condición de mucha importancia: la influencia, con la cual muchas acciones perdidas se salvaban.

Después de meditar un momento, contestó:

—Habrá que pensarlo, Tovar. Así, de sopetón, no puedo contestarle. Tengo que oír sus proposiciones y, sobre todo, lo que diga al respecto el interesado, o sea mi poderdante Picota. Al fin y al cabo, eso le interesa más a él que a mí.

—¿Pero influirá usted con sus consejos para que Picota se ponga en condiciones de tratar el asunto?

—Haré la prueba. Pero debe preceder su proposición. ¿Qué es lo que sugiere?

—En principio, la devolución de lo que no es suyo y el restablecimiento de las pequeñas propiedades que han sido usurpadas. En casos concretos habrá que detallarlos.

—Es mucho lo que pide. Sin embargo, veremos, cuando formule los detalles, qué es lo que debemos hacer. ¿Cuándo me los presentará?

—Muy pronto. Pero debe obtener primero un poder general de Picota a fin de que no perdamos tiempo.

—Lo tengo desde hace años. He seguido una vieja práctica abogadil… —agregó, dándole tono malicioso a sus palabras.

—Muy bien: en otra oportunidad me lo mostrará y, cuando sea la hora, discutiremos las cuestiones.

El doctor Pérez se despidió. Sabía ya lo que deseaba saber y tenía pensado lo que iba a hacer en adelante. Mesándose la barbilla canosa dejó la oficina de Tovar y se dirigió a su casa.

Mientras llegaba a ella se decía: "Por primera vez tengo un adversario peligroso, pero no importa. Lo haré huir del pueblo".

CAPÍTULO XVIII

¡AGUA! ¡AGUA!

En la casa solariega de don Andrés Picota, este y su esposa leen unas cartas que acaban de recibir de los Estados Unidos. Teresita escucha en silencio. En los esposos se nota cierta emoción con la lectura y a cada momento la interrumpen para hacer algún comentario. Es la hora de la comida y, aunque han sido advertidos de que está servida, no han puesto atención.

Las cartas de los hijos tienen la cualidad mágica de interrumpir costumbres y de hacer perder el apetito por grande que este sea. Y en el caso que relatamos, resultaban ser las cartas recibidas las más extensas y detalladas venidas de sus hijos.

Andresito y Julia relatan sus finales gestiones para ingresar a la universidad. Les refieren que están instalados en una buena pensión de estudiantes y que entre otros panameños que se han matriculado en la misma universidad se cuenta a Pablo y María Núñez.

Les refieren, además, que avanzan en el estudio del inglés y se hallarán capacitados para entrar en firme en sus estudios tan pronto se abran las tareas. También se han atrevido a hacer un pequeño curso de verano con ánimo de adelantar las materias y practicar mejor el idioma. Les cuentan que han ido a algunos lugares pintorescos los días domingos, que ya conocen muchos de los alrededores de Nueva York y cada cual les da, por separado, sus impresiones.

Leídas las cartas tras constantes interrupciones, don Andrés pregunta:

—Pero, ¿cuál es el interés de mis hijos en llevar vida de compañeros con los hijos de Núñez?

—Eso no tiene nada de extraño: son vecinos y aunque se han tratado poco debido a nuestras desavenencias, no han faltado aquí oportunidades para llevar relaciones entre ellos ahora que están grandes, cuando desde niños jugaron juntos y fueron a las escuelas de la capital también juntos. Es natural que, hallándose lejos de su patria y de sus familias, se reúnan y convivan más de cerca entre si que con otros jóvenes panameños con quienes no han tenido relaciones.

—Lo comprendo, pero no me agrada esa intimidad. Los asuntos con Núñez son cada vez más graves y llegará el día en que tendrán que luchar mis hijos con sus hijos.

—Pero, mientras llega ese tiempo, que Dios quiera no llegue nunca, pueden vivir felices y tranquilos. Tal vez eso evite más tarde que suceda lo que piensas.

—Precisamente, eso es lo que quisiera que se evitara.

Mis hijos deben continuar engrandeciendo esto que es suyo y con esas ideas de Andresito temo mucho las componendas...

—Ojalá pudiéramos nosotros entrar en esas componendas...

—No hablemos de eso. Si Núñez hubiera querido a las buenas cederme lo que le propuse, tal vez; pero ahora no. Mucho menos cuando le ha dado poder a ese atrevido abogadillo establecido en el pueblo, que está predicando contra la propiedad y la riqueza y soliviantando los ánimos de los campesinos. Ya no es posible ningún arreglo.

—Si mal no recuerdo, hubo una oportunidad de arreglar y Pérez, creo, te aconsejó que no lo hicieras.

—No había necesidad de consejo. Yo no quise: eso es todo.

—Eso fue una desgracia. Porque, viéndolo bien, no tenemos razones para haber vivido de pelea con Núñez todos estos años...

—¿A quién habrían de salir mis hijos sino a ti?... Ellos piensan como tú. Si no fuera porque los conozco bien, creería que se interesan más por Núñez que por mí...

—Qué frío hace —interrumpió Teresita—. Vámonos, papacito, a comer. Mil veces nos han llamado y ustedes no han hecho caso.

—Sí, hijita, vamos —dijo doña Matilde—. Vamos, Andrés.

Una ráfaga de viento húmedo los recibió al ponerse de pie.

—Va a llover fuerte —dijo Picota—. ¡Qué desgracia! El trabajo está atrasado y si se moja el monte...

Un relámpago lejano iluminó el horizonte y el trueno se dejó oír inmediatamente.

—Y no tengo noticias de Jacinto desde hace cinco días. Mañana voy al monte y ordenaré la quema...

De mal temple se acercó don Andrés a la mesa, donde esperaban los platos de sopa cubiertos con otros platos, y mientras comían los tres de la casa, casi silenciosos, nuevos truenos y relámpagos ponían contento o rabia en sus espíritus.

Doña Matilde le dio ya gracias a Dios desde el fondo de su alma. "Si llueve", pensaba siempre, y se lo decía a Jacinto, y lo creían también Andresito y Julita, "no habrá quema este año y el próximo tendrá necesidad de trabajar lo perdido". Era un año de ganancia. Para el siguiente habría tiempo de esperar y tal vez las cosas se calmarían.

Teresita, testigo mudo de esta escena, sin comprender lo que pasaba, también estaba preocupada. Ella tenía la promesa de su padre de llevarla a los potreros y no la había cumplido. Estaba resuelta ahora a saber si le cumplía o no...

—Oye, papacito, ¿si uno promete una cosa, debe cumplirla?

—Siempre que la cosa sea buena —interrumpió su madre...

—Por supuesto, hijita —contestó Picota—. ¿Y qué has prometido?

—Yo no: tú, papacito. Me prometiste llevarme contigo a los potreros cuando recibieras cartas de los muchachos con buenas noticias y ya van como mil que han llegado y siempre me dices que más tarde y más tarde; y se pasó el verano y me voy a quedar esperando...

—No, no te quedarás esperando —intervino doña Matilde—. Tu papá te cumplirá y tal vez sea mañana. ¿Por qué no la llevas mañana?

—Mañana no puedo. Tengo que ir al monte. Yo quiero quemar este año, de todos modos... tierra adentro...

—Pero recuerda que la saca debe estar lista para embarcarse en estos días...

—No importa: les daré instrucciones a los mozos. Tú les dirás a los hijos de Jacinto que alisten todo. Además, regresaré mañana o pasado...

La tempestad se oía más cerca y los relámpagos se sucedían con gran rapidez. De vez en cuando se alcanzaban a oír otros ruidos que parecían el eco de los truenos y a cada minuto la preocupación de don Andrés aumentaba visiblemente...

De pronto, el ruido de los cascos de un caballo llegó hasta ellos. Todos pusieron atención. Luego los sintieron más cercanos y, por último, notaron que un jinete llegaba a la puerta de tranca del patio.

Crujieron los goznes; las pisadas de la bestia continuaron más claras y precisas hasta que se suspendieron en el portal. Un jinete desmontó y se precipitó al comedor...

—Patrón —dijo—, ño Jacinto manda a *decile* que los ríos se han *botao*... Que una creciente enorme viene de la montaña. Que cayó como improviso y la gente se ha tenío que *retirá* a la boca *der* monte *pa* no ahogarse. Que *pa evitá* desgracia en los *ganaos* será *menesté* que *usté* mande a *cortá* las cercas del potrero del Uvito *pa* que se pase *pa* la colinas. Que él suspenderá los trabajos y mandará la gente a sus casas, y que cuando vea hasta dónde llegan las aguas estará allá...

El mozo, casi no podía respirar. Doña Matilde le ofreció una taza de café y lo hizo sentarse. Don Andrés se había puesto de pie. Estaba silencioso —la peor forma de demostrar su cólera— y doña Matilde ideaba la manera de suavizar el espíritu del hombre que había amado siempre...

—Bueno, Andrés. No importa lo que ha pasado. No es la primera contrariedad que sufres en la vida. Quiere decir esto que no tendrás necesidad de irte al monte como pensabas y que este año lo pasarás con menos preocupaciones. ¡Dios sabe lo que hace!

Sin atender a su esposa, Picota preguntó al mozo:

—¿A qué hora saliste de allá?...

—A medio día.

—¿A qué hora se sintió la creciente?...

—Cuando estábamos *almolzando*, llegaron tres hombres de arriba, arriba, y dijeron que estaba creciendo el río. Ño Jacinto se hallaba en otra parte cuando también llegó con la misma noticia y trayendo como diez hombres. "Prepárate *pa* ir a la hacienda", me dijo. Esto se va a *poné* muy feo y tenemos que *buscá* una colina *pa* defendernos *der* agua. Fueron llegando más mozos que venían *juyendo* y contando cosas de la creciente. Uno de los mozos se cayó de un barranco y lo sacaron casi *ahogao*. Los chiquillos y las mujeres gritaban que daba miedo. Entonces ño Jacinto me dijo: "Corre y dile al patrón que la creciente es muy grande y que echaré la gente y que corte las cercas del Uvito" y todo lo que ya dije...

Don Andrés no sabía qué hacer. Su contrariedad era enorme pero la inutilidad de su viaje al monte, evidente. En su cerebro bullía el derrumbe de un inmenso castillo forjado por la ambición. Quería maldecir, gritar, estropear lo que encontraba a su lado; mas un resto de respeto a sí mismo se lo impedía.

Sin embargo, no quería aparecer acobardado ni fracasado y buscaba los medios de salir airoso de la situación. Recordaba las reflexiones hechas por su mujer, sus hijos, Jacinto, todo el mundo. Y aunque nadie sospechaba cuáles eran sus intenciones, bastaba para él que se supiera que no supo prever las cosas, ni el tiempo, ni la magnitud de la obra emprendida... ¿Qué hacer?... ¿Qué hacer ahora?

Doña Matilde, siempre alerta, salió adelante, para ayudarle.

—Bueno. No hay que preocuparse por lo ocurrido ni hablar más de eso. El hombre ha sido hecho para resistir los golpes del infortunio y recibir los gajes del trabajo. Lo que ha ocurrido no tiene mayor importancia. El verano próximo, si te empeñas, volverás a pensar en el monte. El invierno es para otra cosa. Ahora hay que atender a los ganados de ceba y a los de cría; al arroz, al maíz, a la caña y a las verduras. Hay mucho que ver por este lado y no olvidarse de los muchachos. Necesitan que se les mantenga con los recursos que sean necesarios. ¿Quieres que te haga llamar a los mozos para que vayan a notificar a los vaqueros?

La tempestad se alejaba: los relámpagos no eran tan intensos, pero el rugido de las aguas se sentía más fuerte cuando el viento, en ráfagas más o menos grandes e intermitentes, lo hacía llegar hasta ellos... Don Andrés también cedía en su esfuerzo supremo de mostrarse indiferente y contestó:

—Bueno, muchacho. Anda a descansar, pero al pasar por la cocina diles a los que estén allí que vengan acá...

—¿Y de mí nadie se acuerda? —intervino Teresita—. Hasta la tempestad va a acabar y yo no sé si me llevará papá mañana.

—Llévatela —dijo Matilde—. Esta mujercita es una gran compañera, ya lo verás. ¿No es cierto, Teresita?

—Claro que sí. Si no fuera por mí, ¿cómo habría alegría en la casa?

Picota tuvo que sonreír a su hija y mirando a su mujer que esperaba haber vencido, tomó a la chica las manitas que tenía sobre la mesa y le dijo:

—Muy bien. Mañana, a las siete, estaremos a caballo. Pero no olvides: tienes que portarte como una amazona...

—¡Yo soy la mejor jinete del mundo! ¡Ya verás cómo te dejo atrás!

Si no fuera porque habría parecido insólito, doña Matilde hubiera besado a su esposo en señal de agradecimiento, pero comprendía que una sospecha, por insignificante que fuese, podría echar a perder la enorme obra que estaba tan avanzada. Se contentó con decir:

—Como tú dejarás a Teresita en casa de Jacinto, sería bueno que esta le llevara algunas cositas a los chicos. Yo le arreglaré una *tamuguita*.

Media docena de mozos llegaron hasta el comedor para recibir órdenes. Don Andrés, pocas veces tan sereno como en este instante, les dio instrucciones de proceder a romper las cercas del Uvito, a arriar los ganados hacia las colinas y avisar a la gente para las demás labores de la hacienda.

Despachó a uno de los mozos en busca de cartas y telegramas al pueblo, y se dispuso a salir al portal acompañado de su esposa, diciéndole a Teresita:

—Anda a dormir temprano para que puedas estar lista a las siete.

En el portal, los dos esposos, más que en hablar, se ocupaban en pensar. Don Andrés, entre las coronas que formaba el humo de su cigarro, seguía planeando para el año próximo la quema del monte y doña Matilde daba gracias a Dios por haber venido en su ayuda.

La humedad era intensa, el frío molestaba. Con largos intervalos los relámpagos prestaban una instantánea luz a la escena, pero el ruido de las aguas que se precipitaban desde la montaña llegaba hasta ellos produciéndoles distintas emociones: de odio, para don Andrés; de gratitud, para doña Matilde. Ella pensaba en la gran noticia que daría a sus hijos. Don Andrés se imaginaba que la gente se reiría de él... y que sus sueños de dominio y de grandeza se esfumaban... Y, como respondiendo cada uno a la pregunta del otro, se decía:

—Otro año para comenzar de nuevo...

Cuando dispusieron recogerse, ya la tempestad había pasado. Los relámpagos no iluminaban el horizonte, pero el rugido de los ríos era más profundo y parecía que decía: "¡agua!... agua!".

CAPÍTULO XIX

Entre libros y recuerdos

Las tareas de la universidad siguen su curso. Hace un mes que nuestros jóvenes amigos han emprendido en firme los estudios a los que iban a dedicarse. Y Andresito y Pablito asisten a las mismas aulas y Julita y María concurren a las suyas. La suerte les ha favorecido a todos y el cursillo que hicieron en el verano les ha ayudado eficazmente. Se sienten dueños de sí mismos y resueltos a progresar cada día.

Su programa de vida, contenido en los "Puntos del Pastores", se cumple a conciencia. Ninguno se ha salido un ápice de lo que se propusieron y cuando alguno ha hecho una observación para escapar a su cumplimiento, los demás le han caído encima. Sus relaciones han intimado más cada día; son inseparables.

Sus paisanos y compañeros se adelantan a los sucesos y les llaman "novios". La verdad, no han pensado en serlo, por lo menos a sabiendas. Entre los libros y los recuerdos pasan las horas, los días, las semanas y los meses. Los domingos son siempre de fiesta, de descanso y de expansión. El cine, los museos, las excursiones a parajes distantes que en automóvil o en autobuses realizan, constituyen el principal programa de esos días. En los otros, levantarse temprano, asistir a las clases, estudiar y dar un corto paseo nocturno forman las reglas de su vida ordinaria.

Y, en cumplimiento de los famosos "Puntos del Pastores", escriben todos, casi al mismo tiempo y cada semana, una carta a sus padres. A veces hay oportunidad para otras cartas. Especialmente, Andresito y Julia les dedican algunos minutos a Jacinto y a su esposa. Por esto, cada vez que llega correo de Panamá, todos reciben cartas casi siempre de las mismas fechas, y se comunican las impresiones, las noticias, hasta donde pueden hacerlo para que entre ellos no se hable nunca de cercas, de negocios de tierras y de pleitos.

Estos cuatro seres compenetrados y que se aman sin decírselo, sin sentir los deseos de otra comunión que la espiritual que nace de la bondad de sus corazones y de los hermosos ideales que alientan, llevan la existencia más plácida y feliz que puede desearse. Sin otras preocupaciones aparentes que la de la salud de sus padres, esperan cada semana las cartas que han de decirles que nada ha cambiado en el hogar y cuando ello sucede, como de costumbre, hay gran alboroto y animadas demostraciones de alegría.

Andrés y Julia recibían de vez en cuando cartas de Jacinto quien se contentaba con decir: "Todo va bien". Estas palabras eran para ellos una carta extensísima que les recordaba sus conferencias, sus planes y sus esperanzas. Y doña Matilde les confirmaba la noticia, llena de contento. Pero siempre temían que su padre diera la orden de quemar el monte y quién sabe, entonces, lo que habría de suceder.

Cuando llegaban las cartas investigaban con la mirada a sus compañeros. Creían recoger las impresiones que causaban en María y Pablo las noticias que recibían, porque era de suponer que si algo grave pasaba en su familia o en sus propiedades, no se lo ocultarían. Pero nada notaban. Sus rostros decían la mejor de las noticias: "No hay novedad en la casa. Juancito se fue a Panamá". Y ellos comunicaban: "En la nuestra tampoco sucede nada particular: Francisco también se fue y Teresita se ha dedicado a acompañar a mamá y se empeña en ir con papá a los potreros"...

Una tarde, al salir de las aulas, un empleado del cable esperaba en la puerta hasta que alguno de los sirvientes le indicó a Andrés, quien, al ser llamado, se acercó al mensajero.

—Si este cablegrama tiene contestación yo puedo llevarla —dijo, entregándole el pliego.

Las manos de Andrés temblaban. Era el primero que recibía después de tantos meses de hallarse ausente y le preocupaba una noticia desagradable respecto a la salud de sus padres.

Al romperlo vio la firma: "Jacinto", y leyó: "Torrencial aguacero hace tres días. Abrazos".

—Aguarde un instante. Voy a contestarlo.

Y abriendo el maletín sacó papel y pluma de fuente y contestó: "Bendito Dios. Abrazos todos. (fds) Andrés-Julia".

Pagó el importe y salió corriendo al punto designado para encontrarse todas las tardes. María y Julita llegaron juntas.

—Tengo una noticia buena para todos. Las lluvias han comenzado en la hacienda. Aquí está el cablegrama —dijo, entregándoselo a Julia.

—Qué bueno —dijo—. ¡Dios nos ha oído!

—Pero, explíquense, señores Picota —ordenó con mucho humor María—, ¿por qué tanta bulla porque ha llovido? Si estuviera allá me pondría a llorar de tristeza al pensar que mis muchachitos de la escuela tendrían que atravesar quebradas crecidas o dejar de ir a las clases; y yo habría de hundirme hasta los tobillos en el lodo para caminar dos cuadras; recluirme dentro de la casa desde las seis de la tarde para evitar las picadas de los mosquitos; vivir abrigada para dar gusto a mamá; estar oyendo truenos, viendo relámpagos ¡y esperando que me cayese encima un rayo!… Francamente, no veo los motivos para tanta alegría de ustedes…

—Ah… pues, hay muchos motivos —contestó Julita—.Supón que mi papá —y dijo la bella mentira sin inmutarse—tenía miedo de que se prolongara el verano sin dar tiempo a la siembra y que le faltara dinero para sostenernos en la universidad…

—Bueno —dijo María—, si es así, que llueva mucho, todo el día, toda la noche, pero que no nos manden a nosotros ni una gota de esa agüita…

Al incorporarse Pablo a ellos y enterarse de la noticia hizo una larga disertación sobre las ventajas de no esperar el agua del cielo para los cultivos.

—Es confiar demasiado en la naturaleza. Este sistema
de agricultura que han observado nuestros progenitores ya
no existe sino en Panamá. Todos los países civilizados han
adoptado métodos por los cuales la naturaleza dirigida por la
mano del hombre va ofreciéndole todos los elementos…Aquí,
en los Estados Unidos…

—Basta, basta —dijo, interrumpiéndolo, Andrés—.
Deja tus disertaciones para la hora de las conferencias. Los
gringos están desesperados por oírte y si gastas energías con
nosotros te vas a cansar…

Con bulliciosa risa recibieron todos las últimas
palabras de Andrés y se dirigieron en franca camaradería hacia
el restaurante donde acostumbraban tomar los alimentos.

A Julia y a Andrés no les fue posible conversar
privadamente, pero durante la comida y las horas del paseo
nocturno, hasta que se separaron para ir a dormir, se mostraron
tan contentos y tan habladores que sus amigos pudieron
notarlo, sin conceder otra razón para ello que la noticia de que
las aguas inundaban la Hacienda de San Pedro les facilitaría
su permanencia en la universidad…

—Buenas noches, y me alegro mucho —dijo María—
que se les haya quitado el temor de no seguir los estudios…

—Buenas, y que siga lloviendo por allá —dijo
Pablo—hasta que nosotros regresemos…

—Gracias, gracias, que Dios les oiga —contestó
Julita.

—Y cuando cesen las lluvias —dijo completando su
pensamiento Andrés—, salga un sol luminoso que dore las
espigas del arroz, que son símbolo de fecundidad, de paz y
armonía…

—Amén —repitieron en coro y se separaron.

¡Qué de pensamientos nobles y consoladores llevaban
a sus lechos Andrés y Julia! Para ella, significaba el cablegrama
de Jacinto un año completo de absoluta tranquilidad. Su papá
tendría que dedicarse por fuerza a otras actividades: el ganado
de ceba, la siembra y la limpieza. Sabía por experiencia que
esos trabajos embargarían todo el tiempo de su progenitor.

Veía a su madre feliz por la paz que reinaba en la casa. Se la imaginaba pensando en ella. En su hermano y en Francisco y hablando con Teresita sobre todas las cosas buenas que sabía decir a sus hijos. La miraba atendiendo solícita y amorosa a su padre cuando iba a partir y cuando regresaba del campo, empapado en agua, sucio de lodo y a veces fatigado por la faena del día. Le parecía sentir el olor de la comida caliente, delicadamente condimentada, el aroma del café y hasta el perfume que despedía el cigarro voluminoso que apuraba su padre después de la comida. Oía a Teresita que reclamaba sus derechos a acompañar a su padre en las giras campestres y escuchaba a su madre, dulce y adorable, hacerle reflexiones a la niña o suplicarle a su marido que la llevase con él…

Y el sueño sorprendía a Julita en lo más interesante de sus pensamientos para continuar con ellos las horas de reposo bien ganado en sus labores universitarias.

Andrés, entre tanto, escribía una larga carta a Jacinto con el encargo de mostrársela a doña Matilde, aunque tal recomendación no fuera necesaria. Le decía que su cablegrama había quitado un enorme peso a su corazón y le daba detalles de su conversación con los demás. Volvía sobre la necesidad de que su padre se aficionara a Teresita para que la imaginación traviesa de la niña obrara en la mente del "viejo" haciéndolo olvidar planes de grandeza y poderío.

Le recomendaba visitar, como de casualidad, a don Pablo y a doña Emilia, y decirles que sus hijos estaban bien.

Lo felicitaba por haber llevado tan inteligentemente sus planes y se complacía mucho de que lo hubiera encontrado don Pablo haciendo las calles. "¿Qué habrá pensado de ello?", le preguntaba. Y terminaba su carta diciéndole:

—No creas que tus labores han terminado. Quizás entran en un periodo más grave que el que hemos atravesado, pues ahora debes ir preparando a papá para que desista definitivamente de sus deseos de tumbar ese monte. En estas labores tienes que poner a prueba tu inteligencia y sagacidad.

Vuelve a hablarle de las maderas preciosas que contienen esos montes y apóyate en las revistas que te envío.

Como no sabes inglés te será muy difícil darle explicaciones, pero al margen de cada artículo o cada grabado van datos explicativos puestos por mí o por Julita. Observa cómo es un aserrío. ¡Qué maquinarias tan prodigiosas! Cómo cortan los troncos y los convierten en tablas.

Dile que tú me has oído decir que mi mayor esperanza es poder dedicarme a la explotación de esa riqueza. En fin —concluía—, de ti depende la mitad del éxito: la otra mitad es de mamá. Díselo así.

Te repito mis agradecimientos por el cablegrama que me pusiste. Fue una gran idea. Julita y yo quedamos brincando de contento. Escríbeme largo, muy largo. A Cheva y a tus hijos muchos recuerdos, y déjate de miedos.

Prepara a uno de tus muchachos para que vaya primero a Panamá y luego venga acá. Lo de acá correrá. No tendrás necesidad de recordármelo, pero inícialo en los estudios en el Instituto.

Firmó la carta, rotuló el sobre, le pegó las estampillas. Salió hasta el corredor, la introdujo en el primer buzón y regresó a su cuarto. Esa noche no tuvo tiempo para pasar la vista por sus libros y se arrojó en la cama.

Un instante después pensaba en la hacienda, en su familia. Reconstruía su vida de niño y de joven y se quedó, como su hermana, sumido en sueños deliciosos.

CAPÍTULO XX

EL INVIERNO

Tal como lo deseaban los hijos y la esposa de don Andrés Picota y el fiel Jacinto, el invierno se presentó con todas las furias desencadenadas. Desde la noche en que se recibió el aviso de Jacinto, no cesó la creciente de los ríos hasta pasados unos cuatro días, cuando las lluvias cesaron en la montaña. Pero, a pesar de ella, ya no había que pensar en montes ni en quemas.

Esto, como es natural, contrariaba a don Andrés, pero el buen juicio se impuso y, convencido de la inutilidad de sus disgustos, resolvió aplazarlo para el verano próximo.

Gracias a la prudente indicación de Jacinto, los ganados no sufrieron durante la creciente y, pasada esta, se hizo volver a los potreros las reses que los abandonaron. Como la mayor parte de los trabajos estaban suspendidos, el incansable Picota quiso aprovechar el tiempo y fue en una ocasión al pueblo para ver cómo andaban sus negocios judiciales.

Un viaje en el Istmo en época de invierno, por regiones que no cuentan con caminos ni puentes, no es cosa fácil de realizar el día que se quiera. Las pequeñas quebradas y riachuelos, cuyos lechos se secan durante el verano o estación seca, y los ríos caudalosos que en esta época permiten cruzarse por vados donde el agua no alcanza a cubrir los cascos de los caballos, durante el invierno se convierten en verdaderos obstáculos y en peligros sin cuento.

No hay temporada de lluvias que no cause la muerte de alguno o de muchos de los que se atreven a burlar las furias de las aguas. Las quebradas, encajonadas entre barrancos altísimos, elevan su nivel hasta que no pueden vencerse. Los ríos se desbordan y forman corrientes impetuosas que nadie logra dominar. Así, el viajero que se arroja sobre sus aguas imprudentemente, se entrega casi seguro a una muerte horrorosa. Se puede decir, pues, que prácticamente, los viajes se interrumpen en muchas zonas del país durante los largos meses de lluvia y se paraliza el intercambio de personas entre pueblos y caseríos, cuando se hallan distantes o cuando en el camino se encuentra alguno de esos obstáculos invencibles.

Los campesinos, sin embargo, han adquirido cierta práctica para vadear ríos, esperar el descenso de las aguas o "coger" las horas en que puedan viajar; y eso permite que la incomunicación no sea absoluta, ya que en cada hacienda, pueblo o caserío se hallan hombres que se encargan de ciertas diligencias, aunque estas tarden más días de los que son necesarios en el verano para practicarlas.

Convencido don Andrés Picota de que una vez entrado en firme el invierno le sería difícil ir al pueblo, aprovechó los primeros días para visitar a su abogado, acompañado de Jacinto, quien pretextó encargos de doña Matilde para atender a ciertos menesteres de la casa.

Al efecto, una mañana se pusieron en camino y, al caer la tarde, estaban en el pueblo. Durante el viaje pudo darse cuenta don Andrés del estado inservible de las vías de herradura, de la falta de puentes y de pontones, porque tuvieron que perder muchas horas dejando bajar las aguas o buscando vados o trochas más adecuadas para andar a caballo. Y cuando por fin llegó al pueblo, le pareció que se había salvado de muchos peligros.

Al saber el doctor Pérez que su mejor cliente se hallaba en el lugar, supuso a qué venía y fue a visitarlo. Conversaron un rato y convinieron en que al día siguiente don Andrés iría a la oficina del abogado para recibir un informe completo de cuanto estaba pendiente.

Muy temprano se hallaba don Andrés al lado del doctor Pérez.

—Cuénteme —le dijo—, cómo van los pleitos con esos indomables campesinos…

—Pues avanzan poco, porque las declaraciones no han sido recibidas totalmente. Pero en lo general van bien. Solo que ahora tengo un adversario fuerte, el doctorcito Tovar, quien tiene una táctica maravillosa para demorar las declaraciones. Hace ocho días, no más, hizo tantas preguntas a un testigo que el pobre hombre salió sudando y ha regado la noticia de que Tovar "le sacó las tripas".

—Pero supongo que la experiencia de usted en estos asuntos vale más que la táctica de Tovar…

—Claro que sí. Solo que ahora tengo que preparar con mayor cuidado los testigos.

—Y, en resumen, ¿cuál es el estado de los asuntos?...

—Todavía estamos en el término probatorio y han de evacuarse todas las declaraciones solicitadas. Por supuesto que tengo puesta de frente a la táctica de Tovar esta otra: la de dejar correr términos para prolongar los pleitos. Los abogados jóvenes son fogosos y se imaginan que las cosas deben resolverse cuando ellos abren la boca. La demora los mortifica y terminan por abandonar las causas.

—Y con esa táctica, ¿piensa ganar los pleitos?...

—De seguro. Pero hay otra cosa. En los pleitos con Núñez sucede algo nuevo, algo insólito para mí, que no he podido comprender. Tovar se muestra inactivo…

—¡Hombre!... doctor. Eso quiere decir que él también sabe de su táctica y tal vez los asuntos de Núñez tengan para él más importancia. Por lo menos debe tener el interés de ganar algo, ya que con los otros será muy poco lo que pueda conseguir en honorarios.

—Francamente, está usted en lo cierto. Mas no crea que Tovar no tenga interés en los asuntos de los campesinos. Por el contrario, creo que le merecen mayor atención que los de Núñez. Prueba de ello es que ha estado horas y horas y días leyendo los expedientes archivados.

—¿Y eso para qué puede servirle?...

—También me he preguntado lo mismo. Pero es un joven que tiene unas ideas muy raras. Sostiene que el derecho ya no es el viejo derecho. Que los juicios fenecidos pueden resucitar... Y, en fin, habla de muchas cosas y con un entusiasmo y una seguridad que pasman...

—Usted le ha cogido miedo, ¿no es así?

—Tanto como eso no. Yo no le tengo miedo a ningún abogado y mucho menos a uno nuevo. Más bien me ha preocupado el asunto por algunos de los declarantes y por usted...

—¿Por mí?... No veo el motivo. Yo he puesto en sus manos mis asuntos y le he dado lo que me ha pedido: dinero, testigos facilidades para las inspecciones, cartas de recomendación... En fin, cuanto ha creído usted necesario para ayudarse en su trabajo.

—Así es. Pero como no siempre los testigos han sido buenos...

—Eso no es cuenta mía. Usted los ha preparado y supongo que habrán dicho la verdad, que es lo que se esperaba de ellos.

—También es cierto; pero usted sabe que los campesinos son torpes, y capaces, por lo tanto, de tergiversar las cuestiones... Sin embargo, nada de esto tiene gran importancia, sobre todo si usted se muestra anuente a entrar en arreglos.

—¿Qué dice usted?... ¿Arreglos?... ¿Con quién y por qué?...

Picota se había levantado, saltando como un resorte cuando oyó las últimas palabras de Pérez. Este, que creía haber soltado su sugestión en la hora precisa, quedó sorprendido del fatal resultado.

—No quiero decir que tenga que arreglar nada, señor Picota. He querido sugerirle que, en caso de nuevas acciones por los pleitos ya fenecidos, bien se podría entrar en arreglos.

—¡Pues, no hay arreglo posible! Yo creo haber ganado honorablemente todas esas acciones. Creo que los campesinos expulsados de mis terrenos lo fueron en derecho. Así, pues, no hay vuelta de hoja. Yo no arreglo nada y usted no debe hablar de eso. Y si el abogado de Núñez se atreve a proponérselo, mándelo al... diablo.

Pérez no se atrevió a insistir y resolvió adoptar otra táctica para calmar a su cliente. Temía que pudiera creer Picota que le tenía miedo a Tovar y que eso determinara el retiro de sus poderes, cosa gravísima para él porque eran muchos los clientes ya perdidos desde que Tovar se estableció en el pueblo.

—Bueno, pues, voy a atacar en firme desde mañana y hacerle sentir a Tovar el peso de mi experiencia, y de su derecho, don Andrés.

Las palabras de Pérez realizaron el milagro de volver la serenidad a Picota. Se sintió otro y pensó de nuevo en su poderío...

—Así me gusta, doctor —dijo Picota, sentándose nuevamente—. Nada de arreglos ni de transacciones, ni de cesiones. O nos ganan en buena lid o les ganamos nosotros. Lo que ahora tiene que hacer es ver cómo adelanta esos pleitos que usted tiene demorados. Déjese de tácticas dilatorias y no haga nada en el asunto de Núñez esperando el verano para cargar con fuerza. Esa época es mejor...

—No veo por qué. Tenía pensado mover también esos asuntos. El invierno nada tiene que ver con los pleitos.

Picota no se dejó sorprender dando una contestación vaga y tuvo argumentos para sostener su indicación:

—¡Hombre!... Parece que usted olvida que habrá necesidad de inspecciones oculares y que el invierno no se presta para eso. A lo mejor se ahoga el juez o el secretario o usted mismo... —dijo sonriendo.

—¡Dios me guarde!... Tiene usted razón. Me limitaré a seguirle los pasos a Tovar —y luego, concluyó, meloso—. Por supuesto que me habrá traído los cien balboas que le mandé pedir la semana pasada. Los tiempos están malos y las enfermedades de mi mujer y mis catarros; y esos muchachos que están en Panamá que no se acuerdan de nosotros.

—Sí, aquí están —contestó Picota, entregándole un fajo de billetes norteamericanos.

Pérez completó un recibo y se lo entregó, cuando Picota le decía, poniéndose de pie:

—Quedamos en que apurará los asuntos de los campesinos y que aflojará en los de Núñez. ¿Entendido?

—Entendido, don Andrés.

Se despidieron y Picota salió a la calle, donde lo esperaba Jacinto al lado de los caballos, después de haber cumplido con los encargos de doña Matilde.

—Parece que hace un buen día —dijo Picota, al acercarse a Jacinto—. Si salimos ahora mismo, podremos llegar en la nochecita, porque no ha llovido y los pasos estarán buenos. ¿Qué te parece?...

—Lo que usted diga, patrón. Siempre es mejor aprovechar el tiempo y así mi comadre no pasará la noche preocupada.

—Vámonos, pues.

A pocos minutos, los jinetes dejaban las últimas casas del pueblo y se internaban en el campo.

Don Andrés no había hablado hasta entonces y Jacinto, habituado a verlo en ese estado que le indicaba que venía pensando en algo, guardaba silencio, esperando una oportunidad para "despertarlo", como decía doña Matilde. A medida que se alejaban del pueblo, el camino era más accidentado, pero se notaba bastante seco. Los barriales se hallaban endurecidos con la acción del calor solar y las quebradas no se mostraban peligrosas. Cerca del medio día llegaron a uno de los ríos caudalosos que los había detenido al venir y, después de observarlo, Jacinto rompió el silencio diciendo:

—Por aquí, patrón. El vado está bueno, sígame.

Los caballos piafaban. Aunque estaban acostumbrados a esa jornada no demostraban mucho agrado en repetirla y casi siempre resistían algunos segundos. Luego inclinaban la cabeza, trataban de beber un poco del agua corriente, resoplaban con las fauces enormemente abiertas y se arrojaban al río, resueltos a cruzarlo, levantando el hocico, con ese maravilloso instinto de las bestias que les hace comprender que allí, en esa parte de su cuerpo, reside el último baluarte de su vida...

Cruzado el río sin contratiempos, los caballos saltaron a tierra; se sacudieron, chispeando a sus jinetes, haciendo mover las alforjas y campanillear los frenos y siguieron trotando sobre el lodo hasta llegar al llano que se abría espléndido, en un verdor de esmeralda.

Grandes lotes de ganado vacuno y caballar poblaban la llanura e infinidad de terneros y potrillos escandalizaban con sus mugidos y relinchos. Los viajeros pasaban cerca de los grupos que, indiferentes, continuaban rumiando o arrancando yerbas.

—Por este llano —dijo Picota— no ha habido pleitos, ¿verdad?

—No han faltado. Allá en el fondo, a la derecha, está Anselmo con su ramito de ganado. El sitio es muy viejo, está cercado y sus reses no pasan por este lado sino por la colina en dirección al Hato Chico... Usted le ha demandado para que se vaya; pero él no quiere salir y ha nombrado abogado al doctor Tovar...

—¡Ajá!... Dicen que ese abogadito es muy atrevido.

—Yo no he oído eso. Sino que es muy amigo de los pobres. La gente lo quiere mucho con todo y el poco tiempo de estar aquí...

—Sí, la gente está siempre creyendo en los que le meten malas cosas en la cabeza. Como el abogadillo ese les habla de "derechos" y de todas esas historias de obreros y campesinos y les predica contra los hombres de trabajo y los dueños de tierras, siempre están listos a dejarse engañar. Ese joven lo que pretende es hacerse concejal o diputado. Ya verás...

—Pero como ese joven está ayudando a la gente del pueblo con lo que escribe en los periódicos y el gobierno se está preocupando ahora de las cosas de la cabecera, resulta que tiene muchas simpatías y todo el mundo habla bien de él.

Hasta el Dr. Pérez, dicen que dijo que era un joven de mucho porvenir...

—¿Conque eso ha dicho Pérez?... Ese viejo es un zorro... Parece que le tiene miedo al doctorcito.

—¿Y cómo van sus asuntos, patrón?

—Muy flojos. Pérez solo quiere plata y nada más. Allí le dejé cien balboas. Con el dinero que he gastado en pleitos tendría para haber comprado todos los terrenos de la hacienda. Una vez me lo dijo Andresito, y Matilde siempre me está dando en lo mismo. Pero ya no hay remedio, tengo que sostener los pleitos y sacar a ese Anselmo y a los otros. Los pleitos con Núñez pueden aguardar hasta el verano.

Jacinto lo miró de soslayo para adivinarle el pensamiento. Don Andrés sonreía imperceptiblemente. Solo Jacinto lo podía saber. El rostro casi cubierto por su sombrero penonomeño de anchas alas caídas sobre las orejas, no dejaban ver bien las duras líneas del rostro.

—¿Y por qué pueden esperar hasta el verano?

—Porque hay que practicar inspecciones —contestó, como si recitara una lección de memoria.

Jacinto no quedó conforme. Él sabía por qué pensaba así Picota y sintió verdadero pesar al convencerse de que en nada había cambiado la actitud de su patrón y amigo a quien tanto quería. Y como respondiendo a su pensamiento, dejó escapar estas palabras:

—¡Pero falta un año!

—¿Qué dices?... ¡Ah!... Sí, un año. Tal vez menos, porque desde diciembre hay oportunidad para las inspecciones. Luego vienen los otros meses.

—¿Y el doctor Pérez no tiene algún medio de dar fin a esos pleitos? Así usted podrá vivir tranquilo y mi comadre no tendrá preocupaciones, y Andresito y Julita vivirán alegres.

—No se le ocurren sino estupideces. Hoy me habló de arreglos y de componendas, y de volver a discutir los pleitos acabados, y de no sé cuántas cosas inaceptables.

—Sin embargo, su papá, que esté en la gloria, decía: "Más vale un mal arreglo que un buen pleito".

—Por eso, la hacienda nunca pasó de los linderos viejos y hoy tenemos una inmensa cantidad de terrenos gracias a los pleitos. Lo que sucede es que los abogados son de mala fe. En vez de gastar un mes en un asunto invierten diez años, porque han descubierto una mina: los clientes que pagan. Pero si en este invierno Pérez no ha terminado los asuntos traeré de Panamá un abogado que se le enfrente a Tovar...

El llano llegaba a su límite y una montaña espesa recibía a los viajeros. Era una de esas "matas" o tupidos bosquecillos que intencionalmente dejan los hacendados para refugio del ganado en las horas de calor intenso. Casi siempre alguna choza o más de una se levantaban dentro de esas matas que son una especie de oasis en la estación de verano. No faltan en ellas los pozos naturales que ofrecen agua deliciosa y que son fuentes o cabeceras de quebradas que atraviesan el terreno. Cuando se hallaban cerca, Jacinto dio, a gritos, algunas voces que le contestaron de la mata. Al instante, una mujer se presentó a recibirlos. Era la compañera de alguno de los cuidadores del ganado, quien, al reconocer a Picota, le dijo:

—¿Por aquí el patrón? ¿Qué viento lo *trujo*? Buena tarde a *usté* y a Jacinto.

—Venimos del pueblo. ¿Y qué hay por aquí?

—Pues, la creciente no hizo daño, *sarvo* un ternerito que se cayó y pasó la noche *metío* en *er* lodo. Pero mi *marío* lo *trujo* y yo le he cuidado con la madre y se está reponiendo. ¿Quiere verlo, patrón?

—No vale la pena. ¿Dónde está tu marido?

—Anda revisando *er ganao* por los *laos* de ño *Ansermo. Golverá* a la nochecita. ¿Por qué no se desmontan a *descansá*?... ¿No quieren *tomá* chicha?... *Tenemo* de marañón y de nance.

—Bueno, tomaremos una chicha —asintió Picota.

—Pues *pa lante*, patrón.

Y siguiendo a la campesina, penetraron los jinetes en el montecillo hasta el rancho que se levantaba a la sombra de frondosos mangos...

—Yo tomo de marañón —dijo Picota—. Seguramente Jacinto prefiere el nance.

—Como usted lo dice, patrón.

La campesina entró corriendo a la cocina y volvió con dos blancas totumas llenas de las frescas y aromáticas bebidas que entregó a sus huéspedes.

—¿No querrá *llevale* unas fruticas a mi comadre Matilde? —preguntó un tanto tímida la mujer.

—No, hija. No te molestes. La cosecha en casa ha sido enorme. Dile a tu marido —continuó sin detenerse— que procure ver si el ganado de Anselmo se pasa al llano y que no permita que haya ni una sola res.

—Cómo no, patrón. *Ansina* será...

Devolvieron las totumas a la mujer y, despidiéndose, siguieron el camino hacia la casa de la hacienda.

Uno tras otro fueron dejando llanos y montecillos y atravesando ríos y quebradas. En todas partes veían los efectos de las primeras lluvias y comentaban cómo sería de fuerte el invierno. En la tarde empezaron a sentir sobre sus rostros el viento húmedo que venía del sur y en el horizonte, amenazante, un gran temporal.

—Si no nos apuramos —dijo Picota— llegaremos mojados a la casa.

—Eso no lo podemos evitar, patrón. Será bueno tener los ponchos listos. Ojalá no sea muy fuerte. Con tal de que la noche no nos coja muy lejos de la casa.

—Tú puedes separarte desde el otro monte y llegas más pronto a tu casa.

—Gracias, patrón, pero yo no voy a dejarlo en la mitad del camino.

Minutos después, las primeras gotas de agua empiezan a caer y el viento arrecia. Los caballos bajan la cabeza para defenderse y trotan con dificultad.

Poco a poco van ganando terreno bajo la lluvia que ya es torrencial. La tempestad resuena a lo lejos y uno que otro rayo rompe la monotonía del llover constante.

Abrigados por los ponchos, y silenciosos, continúan el viaje durante varias horas. La noche los envuelve en sus tinieblas y las bestias caminan dirigidas por el instinto. Don

Andrés fuma uno de sus famosos cigarros y cada vez que apura una chupada se ilumina su rostro que presenta, como siempre, rasgos fuertes y dominados por el pensar constante.

Jacinto mantiene encendida la pipa de madera. Los caballos resbalan o brincan o caminan despacio resoplando a ratos y asustándose de vez en cuando. Los ríos y las quebradas son vadeados trabajosamente...

Una ráfaga de viento deja oír las notas de una canción. Es el fonógrafo de la casa, aparato viejo que ha resistido heroicamente el mal trato de todos los muchachos de Picota y que Teresita se ha encargado de hacerlo trabajar de día y de noche.

—Ya estamos cerca... ¿Oyes la música?

—Sí, patrón. Creí que se había fijado en la quebrada de la Honda. Es la que acabamos de pasar. Ahora hay que dejar ir a las bestias por su cuenta para que no pierdan la puerta.

De lejos llegaba el relinchar de las yeguas a los que contestaban los caballos de nuestros viajeros con otros relinchos y apurando el paso. Con las riendas flojas y andando a su gusto, pronto llegaron al pie de la puerta de tranca. Jacinto agachándose, la abrió y minutos después se desmontaban al pie de la casa. Matilde y Teresita esperaban acompañadas de algunas personas del servicio.

—El invierno ha entrado terrible —dijo Picota, quitándose el poncho—. Será un año de verdadera agua. Quédate, Jacinto, a dormir aquí. Que vaya uno de los muchachos a avisar a mi comadre que ya llegamos y estás bien. La jornada ha sido larga...

—Como usted quiera, patrón.

Doña Matilde dio las órdenes para que avisaran a la mujer de Jacinto y sirvieran la comida a los viajeros. Llevó a su marido hasta su cuarto y le dio ropa para que se cambiara, mientras Jacinto hacía lo propio en el cuarto de Andresito.

Al sentarse a la mesa don Andrés y Jacinto, lo hicieron también doña Matilde y Teresita.

—Aunque no has notado mi presencia, papá —dijo la niña—, estoy segura de que oíste la música desde lejos. Se me ocurrió poner un disco para que te guiara la música en la oscuridad.

—Gracias, hijita. Verdaderamente, oímos música y nos llenó de contento saber que estábamos cerca. ¡Qué caminos, por Dios!...

—Ya ves —dijo doña Matilde— que los hijos buenos saben indicar el camino a sus padres... cuando, como esta noche, la oscuridad los rodea...

El apetito de los viajeros les permitió hacer los honores a todos los platos, y la comida se deslizó en charla amena como pocas veces sucedía en casa de Picota.

Al despedirse Jacinto para ir a su aposento, le dijo muy brevemente a doña Matilde:

—Todo va bien, gracias a Dios, comadre...

CAPÍTULO XXI

ACTIVIDADES POLÍTICAS

Ha transcurrido un año. El invierno ha pasado y el nuevo verano está para terminar. Como en el año anterior, la vida de nuestros conocidos se ha deslizado tranquila para la familia Núñez, agitada y en lucha constante en el hogar de los Picota. Don Andrés no ha modificado sus planes. Insiste en la quema del famoso bosque y nuevas cuadrillas de trabajadores rehacen la obra perdida en la boca del monte para continuar penetrando, tierra adentro, en el enorme corazón de la inmensa montaña.

Los que lo aman y quieren su felicidad, le contrarían sus planes, le desvían sus indicaciones, tratan de distraerlo por otros medios, pero Picota sueña dormido y despierto en el reino de su grandeza y poderío. Es una obcecación que lo domina, que le tiene preso entre tentáculos que nadie puede romper de un golpe ni arrancar un tirón de su alma y de su mente.

Francisco está de vuelta en la casa en plan de vacaciones y este nuevo factor en la lucha, aconsejado por su madre, sin enterarlo de nada, se ha convertido en el peón de estribo de su padre. A donde quiera que va don Andrés, va él, y Teresita los acompaña cuando las circunstancias lo permiten.

Don Andrés se aficiona a los muchachos, ya siente su falta cuando no están a su lado y se cumple con ello una esperanza de sus hijos ausentes. Pero los planes de Picota no varían y hasta al monte de sus sueños los lleva muchas veces.

Este año, don Andrés tiene interés en dirigir personalmente los trabajos y a las reflexiones que le hacen doña Matilde y Jacinto, pretextando su salud o su edad, contesta con desagrado.

En dos ocasiones ha ido al pueblo, pero nunca ha podido hacer nada en concreto. Solo se habla de política. En junio habrá elecciones para presidente de la República, para diputados y concejales, y tanto las autoridades como los demás ciudadanos no hacen otra cosa que ocuparse en labores electorales.

El pueblo está dividido en dos partidos: gobiernista y oposicionista. Las autoridades encabezaban el primero y algunas personas independientes, con el licenciado Tovar de jefe, figuran en el segundo. El doctor Pérez es neutral. En su oficina mantiene retratos de todos los candidatos y dice:

—Alguno de estos ha de resultar presidente. No me gusta la política y para mí son buenos todos los candidatos.

Todas las noches y los días domingos hay reuniones en los "centros"; se pronuncian discursos, y se leen telegramas y cartas de la capital; se reparten hojas sueltas y periódicos y, sobre todo, se comentan noticias que han mandado, por parte de la oposición, el licenciado Tovar y, por parte del partido gobiernista, el mismísimo alcalde o su experto secretario.

En los corregimientos y caseríos, las reuniones son siempre nocturnas. Se organizan bailes de tamborito y de cumbia, se bebe seco, se gritan vivas y mueras y en las madrugadas se disuelven casi siempre con riñas entre los concurrentes o por encuentros con los adversarios.

Nadie trabaja: no hay tiempo para eso. El pueblo entero está entregado al pugilato electoral. El alcalde y los demás empleados recorren los campos de la jurisdicción conquistando adeptos. A los que se dicen sus partidarios les obsequian con tragos de aguardiente o cancelándoles la "contribución" subsidiaria, sin pagarla. A los remisos, o a los que abiertamente se niegan a seguirlos, se les notifica que deben ir al pueblo a "pagar la fajina", o se les busca pretextos para imponérseles multas; o se les niegan permisos para tumbar montes; o se les retira el concedido por que lo necesita un amigo del gobierno.

El abuso de autoridad, la arbitrariedad erigida en sistema y los atropellos a los derechos individuales van agriando los ánimos, y el espíritu de resistencia y el deseo de vencer de todos modos se van abriendo camino en el alma de los oposicionistas. El orador consagrado de este partido es el licenciado Tovar y no hay noche en que no pronuncie violentos discursos contra las autoridades o contras sus adversarios.

Como sabe que don Andrés Picota es amigo del gobierno, arremete contra él y estimula los odios encerrados en el corazón de los campesinos. Los hace comprender que las tierras de donde fueron expulsados son de ellos y que deben prepararse para volver a ocuparlas.

Constantemente ocurre ante el alcalde a solicitar la libertad de campesinos o pueblerinos presos y con mucha frecuencia interpone recursos de *habeas corpus* que son desatendidos y burlados; y, a pesar de su condición de persona culta y distinguida, se le hace víctima de amenazas y aun de actos de violencia.

Y así van pasando los meses, agriándose los ánimos y anunciando para el día de las elecciones un espectáculo que puede degenerar en algo grave. El alcalde ha considerado necesario aumentar el número de agentes de policía y ahora se ven en las calles y en los campos, no nuevos elementos de tranquilidad pública, sino propagandistas activos y amenazantes del partido gobiernista.

Tovar no ha querido que se le postule candidato a concejal ni a diputado, pero ha ayudado a formar las listas del distrito. Le interesa, eso sí, el triunfo del candidato presidencial de oposición y esas labores le embargan el tiempo. Como sus adversarios, él también recorre los campos acompañado de personas de la localidad o acompañando a su vez a candidatos que llegan al distrito a pronunciar discursos. La vida que lleva es activísima. Casi no duerme atendiendo a los asuntos electorales que le roban más tiempo del que hubiera querido dedicarles. Pero ha entrado con fe en la campaña. "Hay que destruir", ha dicho y repetido muchas veces, "el sistema de gobierno que rige este distrito. Los hombres que gobiernan están corrompidos y faltos de iniciativa y de entusiasmos. El distrito necesita vivir la vida moderna a que tiene derecho y si no se concede a las buenas, tendremos que conquistarla a las malas".

El huracán de las pasiones ha invadido llanos y montañas. Las prédicas de Tovar y de sus compañeros han calado en el alma de los campesinos y una resistencia pasiva ha trastornado los planes de Picota... Sus esfuerzos para conseguir trabajadores han sido inútiles, aun cuando ha alzado el valor de los salarios. Núñez ha dado ocupación permanente en sus obras a gran número de hombres, quedando unos pocos disponibles, los cuales han preferido ocuparse en trabajos propios o permanecer en la ociosidad, pues, también a este extremo torpe conducen las pasiones exaltadas... que no carecen, es verdad, de cierta justificación para los hombres de cultura elemental y de pasiones rudimentarias.

Y esto ha impedido a Picota realizar sus planes en este verano. El disgusto no puede ocultarlo y hasta doña Matilde y sus pequeños hijos han sufrido brusquedades que nunca sospecharon.

—¡Otro año perdido! —es su exclamación constante—. Otro año que revivirá lo que destruimos el pasado. Meterse en esa política ahora, cuando no se necesita para nada que haya política. ¿Qué nos importa a los hombres de trabajo que gobierne Juan o Pedro?... Lo que necesitamos es autoridades que den garantías a la propiedad. Autoridades que hagan trabajar a los holgazanes y perezosos. Y dicen que en el pueblo se ha atrevido ese Tovar a decir que yo soy gobiernista. Yo no soy nada, ni me importa nada con que suba uno o baje otro, aunque prefiero el malo conocido que el bueno por conocer. A mí lo que me importa es que la Hacienda de San Pedro progrese en terrenos para que mis hijos vivan felices y recuerden a su padre como el hombre más poderoso de la región...

—Pero no debes pensar tanto en esas grandezas, Andrés —le repetía su esposa—. Lo que poseemos es enorme y servirá a muchas generaciones de tu nombre. Cesa en esos afanes, conserva lo que tenemos y esperemos que nuestros hijos prosigan tu obra.

—Es mucho ceder en aspiraciones, Matilde. Yo creía haber concluido esa obra grandiosa que me propuse hace tantos años. ¿Qué es lo que he hecho?... ¡Cualquier cosa! Lo que ha hecho Núñez, poco más, tan solo. Él no ha acrecentado sus linderos ni ha desarrollado sus cultivos...

—Te equivocas, Andrés. Núñez no ha alargado cercas, pero ha sacado mayor fruto de sus terrenos y cada día les sacará más. La represa que está construyendo le permitirá sembrar arroz en el verano y ya podrás suponer lo que eso representa. ¿No te acuerdas de que Andresito nos ha hablado muchas veces de eso y no te fijaste en los grabados de las revistas que nos mandó? Por otra parte, la quema del monte no debería interesarte tanto, ya que Andresito tiene grandes esperanzas en explotar las maderas de la montaña.

—Eso no puede ser. Andrés tendrá que buscar otros montes. Ese lo quemaré en uno o en otro verano. Algún día lo quemaré y entonces podré morir tranquilo porque ha sido la más grande ilusión de mi vida...

Picota era irreductible y para él no había argumentos capaces de someterlo. Doña Matilde y Jacinto estaban absolutamente convencidos de ello, pero conformes con que las circunstancias se presentaban favorablemente a sus planes. Los muchachos eran informados de todo y, por lo tanto, sabían que este año tampoco se había podido quemar el monte y que el peligro temido se alejaba una vez más.

Y tanto en la Hacienda de San Pedro como en Hato Chico, la vida se deslizaba exactamente igual que el año anterior. Solo la campaña electoral introducía novedad en la regularidad de esa vida y, aunque Núñez había avanzado bastante en la construcción de la represa, no creía concluirla hasta el otro verano, pues, a pesar de haber contado con buen número de trabajadores, la política demandaba constantemente la presencia de sus hombres en reuniones y manifestaciones, o eran citados para trabajos de fajina o a concurrir ante las autoridades.

Con todo, la tranquilidad de la vida en los habitantes de Hato Chico era general, pues no existía, como en la Hacienda de San Pedro, disparidad de criterios, ni discusiones acaloradas, ni planes contradictorios. Pablo y María daban siempre buenas noticias y Juancito continuaba los estudios, progresando.

Por fin, el día de las elecciones. Una farsa electoral se sumó a la larga lista de burlas eleccionarias. Aunque más del ochenta por ciento de los electores del distrito pertenecían al partido de oposición, al hacer el escrutinio, que duró muchas horas de la noche, el resultado les fue adverso. El partido gobiernista, sin sufragantes, había vencido otra vez...

¿Cómo se había verificado el milagro?... De la manera más sencilla. La víspera de las elecciones los agentes de policía fueron enviados a los campos con orden de capturar a los cabecillas oposicionistas de cada caserío y traerlos en la noche presos al pueblo. A los jefes del lugar se les vigiló toda la noche y al salir, muy temprano, a hacerse cargo de los puestos asignados, fueron también detenidos y conducidos a la cárcel.

Pocos quedaron libres y entre estos, Tovar, que tenía que superarse a sí mismo para poder hacer solo lo que debían atender una veintena de compañeros. Los campesinos fueron llegando poco a poco de todos los contornos, pero muchos se quedaron en sus casas atemorizados, y los agentes de policía hacían de las suyas. En forma descarada les arrebataban a los campesinos las boletas que les diera Tovar y los forzaban a votar con los gobiernistas. Cuando notaban resistencia en alguno, lo provocaban a riña y lo detenían con la acusación de haber querido turbar el orden público.

El alcalde recorría las calles y estimulaba la acción arbitraria de sus agentes. Los empleados públicos y sus partidarios votaban dos, cinco, diez veces utilizando nombres de adversarios o de muertos. Las protestas altivas y enérgicas de Tovar eran inútiles y hacían reír a los agentes del gobierno. Se distribuía aguardiente tras las puertas de las casas a los que se manifestaban partidarios de la lista oficial y se excitaban sus ánimos para que provocaran a los adversarios. En algún sitio del pueblo se trabó una riña de la que resultaron heridos de gravedad.

La policía usó sus revólveres y persiguió a los oposicionistas sin atender a los ruegos y a los gritos de las mujeres que presenciaban los hechos... Por fin, a las cuatro de la tarde, el crimen contra la voluntad popular se había consumado. Las votaciones se cerraban y principiaba el escrutinio en presencia de jurados gobiernistas nombrados *ad hoc*. La oposición no estaba representada en las mesas electorales y la policía perseguía a los oposicionistas, acusados de ser autores de los desórdenes habidos durante el día. Tovar seguía el prudente consejo de no salir a la calle terminada la elección y se dedicaba a hacer regresar a sus casas a los campesinos que gozaban de libertad. Para todos tenía la frase de aliento:

—No hay por qué desanimarse con lo ocurrido, amigos. Este fracaso de hoy señala el camino del triunfo mañana. Lo importante es que ustedes no limiten sus actividades políticas a los días eleccionarios sino que siempre se interesen por las cosas públicas. Ustedes representan la mayoría del distrito y su opinión será oída más pronto de lo que puedan creer. Algo se ha alcanzado hoy. Se han perdido, es verdad, unas elecciones, pero las autoridades han comprendido que existe fuerza que se les opone y ojos vigilantes que las miran. Desde mañana escribiré a los diarios dando cuenta detallada de cuanto ha ocurrido, y de aquí a que se encargue el nuevo presidente, habrán sucedido muchas cosas. Por lo pronto, demandaré la nulidad de las votaciones. ¡Veremos si en Panamá hay jueces!

Y cuando los escrutinios de la farsa fueron terminados, el balance de la elecciones del distrito acusaba varios heridos asilados en casas particulares; muchos contusos e innumerables arrestados... Y los vencedores, encabezados por el alcalde y ahítos de aguardiente, escandalizaban el vecindario con gritos despampanantes.

El periodo electoral terminó tras largos meses de preparación, culminando en burla sangrienta a la voluntad de las mayorías...

CAPÍTULO XXII

Un año perdido

La campaña electoral culminó con la farsa de las elecciones, pero la experiencia adquirida fue la de que todo un año se había perdido en idas y venida, en reuniones y jaranas. Los asuntos públicos de verdadero interés se paralizaron para dar campo a la realización de planes partidaristas de dudosa conveniencia social; al cerrarse el debate quedaron hondas y graves rencillas entre los vecinos y profundas heridas morales en el corazón de los campesinos que ingresaron en el partido de oposición.

Para ellos y para Tovar, la labor electoral se prolongó un mes más, pues se prepararon expedientes acusatorios de las arbitrariedades oficiales para remitir a Panamá, demandando la nulidad de las elecciones por coacción y abuso de autoridad. Cumplida esta parte de interés político, volvió Tovar a dedicarse a sus asuntos judiciales, de los cuales vivía y que tenía abandonados. Revisó todos sus papeles, los organizó convenientemente, visitó el juzgado, tomó apuntes y, a pesar del invierno, hizo unas cuantas giras por los predios de sus clientes para aclarar notas y preparar sus reclamos.

Uno de estos viajes hubo de realizarlo al Hato Chico y, al efecto, en una ocasión se presentó ante Núñez, cuando el invierno estaba muy avanzado.

—Cuánto gusto de verlo —le dijo don Pablo.

—Sea bien venido, doctor Tovar —agregó doña Emilia.

—Gracias, gracias —contestaba Tovar, y un minuto después almorzaba en la grata compañía de sus anfitriones.

—Tenía pensado este viaje desde hace meses, pero la política no me ha dado reposo. Fue una lucha desesperada y desesperante. Nuestro pueblo, especialmente el gremio campesino, no está preparado para esas cosas. Los que concurren a las filas del Gobierno, lo hacen por miedo a las multas, a los arrestos y a la fajina. Y los que están con la oposición son dirigidos por un sentimiento de gratitud para quienes les ayudan en sus asuntos, o por complacer al compadre o al amigo, o en obediencia del patrón.

Pero ninguno de ellos sabe bien lo que hace. No les conceden a nuestros asuntos políticos la importancia social que tienen y no se dan cuenta de lo que representa su fuerza en la vida política del país. La culpa, claro está, no es de ellos, es de los gobiernos que han descuidado la instrucción popular y que mantienen todavía en imperdonable analfabetismo las masas populares. Pero día llegará en que el progreso moral e intelectual penetre en todos los rincones del país y entonces no habrá alcaldillos como el que tenemos ahora, ignorante, borracho y petulante, pues se cree amo y señor de bienes y personas...

—Esa es la verdad, doctor Tovar. Usted ya se ha dado verdadera cuenta de cómo es nuestra clase campesina. A ella se le debe nuestro sustento y, sin embargo, no sabe oponer su voluntad cuando debería hacerlo, siquiera para darse las autoridades que desea. Vea usted como es de cierto lo que le digo. El solo hecho de que desde fines del verano pasado, todo el invierno siguiente, este verano y lo que fue invierno hasta el día de las elecciones, haya tenido ocupada la gente en las actividades políticas, representó para el distrito la carestía de muchos productos alimenticios. Hemos contado con poco maíz, poco arroz y casi nada de caña. Las verduras no se han visto en abundancia y por supuesto los precios estuvieron más altos que otros años. Y eso resultó porque ni Picota, ni otros hacendados cercanos, ni yo, pudimos hacer las siembras en la medida que se requería por falta de brazos y porque los campesinos abandonaron sus sementeras propias casi totalmente. Picota no pudo terminar unos trabajos muy grandes que tiene emprendidos hace tres años y yo no adelanté nada en la represa, que es la obra necesaria para abaratar el arroz. Ya estoy casi decidido a esperar a Pablito para que la concluya.

Pues bien, los campesinos no se dan cuenta de la fuerza que representan. Ya ve usted lo que ha pasado solo con que no hayan realizado el trabajo de costumbre.

—Y toda labor será inútil en el sentido de hacerles comprender el importante contingente social que representan, mientras no tengamos escuelas, pero escuelas bien dirigidas. Así como esa escuela modelo que la señorita María había instituido aquí... corazones altruistas como ese es lo que necesitamos. Apóstoles de una doctrina de bondad y de comprensión. Idealistas que sacrifiquen los balboas por el bien de la comunidad. Pero Marías de esa clase solo conozco una: la de esta casa.

—Mil gracias, doctor Tovar, por tantos elogios para nuestra hija —dijo doña Emilia—. Ahora que usted hablaba me recordaba las palabras de ella. Se soñaba dirigiendo una inmensa escuela donde miles de niños recibieran la instrucción necesaria para la vida. Más tarde, le mostraremos la escuelita. Ella misma dirigió la construcción y la acondicionó con muebles y utensilios. Cuando estaba en esa obra, solo ella mandaba en el Hato. Dispuso de cuanto quiso y si faltaban hombres para un potrero y para la escuela, primero atendían esta y después el potrero. Pero Pablo y yo nos sentíamos felices viéndola contenta y satisfecha.

Cuando abrió las clases hizo una gran fiesta y cuando se terminaron, para seguir sus estudios en Nueva York, improvisó otra fiesta a la orilla del río que todavía la recuerdan los niños.

Tovar intervino para evitar a doña Emilia las lágrimas que asomaban a sus ojos.

—Esa obra perdurará, señora, como toda obra de apostolado. Lástima que no haya sido posible mantener abierta la escuela mientras la señorita se hallaba ausente...

—No ha sido posible —contestó Núñez—. Hicimos gestiones en el pueblo para traer algún maestro pero ninguno quiso venir. Ponían mil inconvenientes: la distancia, el monte, la falta de diversiones y el invierno crudo de la montaña. Entonces quise salvar las clases del verano, pues usted debe saber que había dos cursos: de verano y de invierno, clasificados los alumnos por zonas.

—¡Qué bien hecho! No lo sabía, pero es admirable el criterio pedagógico de su hija.

—Pues bien; entonces traté de conseguir que alguna de las maestras del pueblo pasara por aquí los meses secos. Me parecía que le serviría de recreo, pero nada. Me contestaron que ellas ganaban sus sueldos de las vacaciones para descansar. En eso tienen razón, pero como mi objeto era atender una recomendación de María y salvar unos cuantos de los niños que, por su edad, no podrán volver a la escuela cuando mi hija regrese, les insistí ofreciéndoles casa, alimentación y sueldo, pero no conseguí atraerlas.

María nos ha preguntado muchas veces cómo va la escuela y nosotros le sacamos el cuerpo, evitando darle la mala noticia de que está cerrada. Así, pues, usted la verá sin alumnos, pero limpiecita también de polvo y telarañas porque Emilia la atiende constantemente, abre sus puertas para airearla, cuida el jardín que se ha puesto bellísimo y vigila las cercas.

—Es admirable todo lo que oigo y sería una lástima que fuera a fracasar esta institución por falta de maestros.

—Eso no, doctor Tovar. Apenas regrese María volverá la colmena infantil a adueñarse de su casa.

—¡Quién sabe!... Nueva vida, nuevas cosas, nuevas ideas absorben la mente y se aprenden en ese país de grandezas donde ella se halla. Luego el matrimonio tuerce, en lo general, la línea de la vida, dirigiéndola hacia otras actividades más armónicas con ese estado.

—Pues, nosotros creemos que no cambiará nada. Podría usted leer su última carta; de hace ocho días. Habla de su escuela como en la primera de hace tres años... —dijo doña Emilia.

El calor que se desarrolla en la generalidad de los días de la estación húmeda, reclamó de Núñez la invitación a su huésped en el sentido de salir al portal de la casa y así lo hicieron los dos, quedándose doña Emilia dedicada a sus ocupaciones de ama de casa.

—Bien —dijo Tovar al sentarse—. Deseo oír sus últimas instrucciones en relación con los pleitos. Ya puedo dedicar todo el tiempo a sus asuntos y querría saber lo que piensa. Debo ir a Panamá en el mes entrante y sería conveniente no dejar nada atrasado.

—Pues, me parece, licenciado, que en mis asuntos debemos continuar la misma política que le he indicado. Yo no quiero, eso sí, que usted se perjudique, y desde luego, estoy a sus órdenes para satisfacerle los honorarios aunque las gestiones no adelanten. Así, amigo mío, tenga confianza y hábleme con entera franqueza. Yo sé que los asuntos están paralizados por mí, y no por usted; y, por lo tanto, soy yo el responsable de la demora. Pero como eso es lo que conviene a mis intereses, usted no debe perjudicarse. Solo deseo que se mantenga usted como mi abogado para todos los asuntos.

—Desde luego estoy a sus órdenes, pero yo no podría fijar honorarios por no trabajar...

—Claro que sí trabaja. Debe ser trabajo, indudablemente, dejar de trabajar por orden del cliente.

—Es usted muy bueno, don Pablo. En ese caso, usted señalará esos honorarios por no trabajar. Pero me gustaría que usted se enterara de otros pormenores, tanto de los asuntos suyos, como de los del campesinado de estas regiones.

—Con mucho gusto.

La conversación giró entonces por diversos asuntos a cual más interesante. Núñez le hizo una extensa relación de su vida de vecino de Picota, de su niñez, de su juventud, de sus labores en común, de sus disgustos personales y, por último, de sus pleitos.

—Nunca pensé —comentó Nuñez— que Picota pudiera desear poseer esa extensión de terrenos que ha cercado con el objeto de quemar el monte. Es una costumbre en las haciendas que cada vez que se necesitan terrenos se van quemando pequeñas porciones de monte y se va adelantando cada año la penetración hacia la montaña, o tierra adentro, como dicen los campesinos. A la vuelta de pocos años, los primeros montes quemados ya están en condiciones de volverse a tumbar, y así se forma un sistema rotativo que aprovecha a todos: al dueño de los terrenos y a los peones que trabajan con él. Este es el sistema para los cultivos que llamamos anuos o anuales. Para hacer potrero se sigue el mismo, con la diferencia de que, cada año, en vez de abandonar el monte usado, se siembra de yerba y, al siguiente, se limpia cuando se ha quemado otra porción; y así sucesivamente, hasta hacer el potrero que demandan las necesidades. Pero a nadie se le había ocurrido antes usar un monte de miles de hectáreas para tumbarlo y quemarlo de una vez.

Son muchas las circunstancias que hay que tener en cuenta y entre estas, la más importante, es la de los brazos que siempre escasean tanto para la derriba, como para la quema y la siembra. Pero la quema es la labor más peligrosa que existe en nuestro sistema agrícola porque el fuego se puede pasar a otros predios y arruinar a un vecino. Esta falta de brazos fue lo que impidió a Picota quemar el primer año porque no quiso hacerlo en el monte que tenía listo a la entrada del invierno. Se le había metido tumbarlo todo y le fue materialmente imposible.

El segundo año tampoco logró avanzar en los trabajos por las mismas razones, y en este, mucho menos, pues pasó el verano sin adelantar ni una pulgada ya que todos los campesinos se dedicaban a la política; y, ahora, seguramente, se prepara para el verano entrante y hará esfuerzos supremos para lograrlo.

—¿Y qué pretende Picota con esa obra?

—Nadie lo sabe. Para mí no es más que un capricho muy tonto. Quiere dominarme, forzarme a abandonar mi hato ante el peligro de perderlo todo. Usted comprenderá que el fuego lanzado por el norte sobre mi hato en una extensión de muchos kilómetros, me pone en serios aprietos, casi en la imposibilidad de contenerlo, ya que nosotros no contamos con otros medios para luchar contra el fuego que los hombres dedicados a apagar aquí y allá las primeras llamas que emergen de las chispas voladoras...

Y cuando son millares de chispas que el viento fortísimo y constante del verano arroja a distancias insospechadas, y los hombres son pocos, como forzosamente resulta, el fuego se puede propagar tanto y en tal magnitud que hombres, cultivos, ganados y todo, corren el riesgo de reducirse a cenizas.

—Pero eso sería horrible. Sería un crimen tan solo intentarlo. ¿Usted no le ha hecho observaciones a Picota?

—Serían inútiles. Lo conozco desde niño. Mi vecino es incapaz de matar una mosca porque sentiría dolor de hacerlo, pero no se detendría ante ningún obstáculo para realizar una acción de dominio, un sueño de grandeza...

—Y, entonces, ¿cómo puede vivir usted tranquilo ante tal perspectiva?

—Porque allá, en la misma casa de Picota, viven con él seres muy buenos: su mujer, sus hijos, Jacinto, el mayordomo... Ellos, sin hablar conmigo, sin decirme nada, van luchando contra Picota y obstaculizando sus planes. Todos ellos lo aman entrañablemente, tal vez le adivinan el pensamiento y ponen vallas para contener sus arrebatos y sus planes criminosos.

—Pero ahora sus hijos no están con él y el verano se acerca.

—No importa. Desde donde se hallen dirigen las cosas. Son muchachos admirables. Jacinto me ha contado hechos suyos que sorprenden. Y queda Matilde, una santa y noble mujer, que conserva su ascendiente en el corazón del marido. Y ahora tienen dos chicos que son, como sus hermanos, nobles y buenos, y hacen obra admirable, aunque sin darse cuenta de que la están haciendo.

El varoncito solo pasa los veranos aquí; pero la mujercita permanece con ellos todo el tiempo. Esta parejita ha logrado interesar a su padre en ellos mismos. Picota era muy afectuoso con sus hijos. Los quería pero no los trataba, y les ha tocado a los chicos convertirlo en otro hombre.

Me cuenta Jacinto que la niñita ha logrado conseguir que la lleve al pueblo, a los campos, a los potreros; y que al muchacho lo lleva muchas veces de caza y de pesca. Esto nadie antes lo había conseguido. Pero se le nota, dice Jacinto, que se está poniendo muy viejo. Él y yo somos de la misma edad, pero parece que representa más años que yo. Y otra cosa que preocupa a Jacinto y a su familia es que, con más frecuencia que antes, se sume en una honda misantropía de la que no lo sacan los chiquillos.

—¿Y sus planes para este año serán los mismos?

—Indudablemente. Me lo ha dicho Jacinto. Vive para esa quema y yo tengo que estar prevenido siempre, apenas entra el verano. Afortunadamente, será el último que pasa sin sus hijos. Ellos regresan a mediados del entrante con los míos y ya será otra cosa.

Porque Andresito traerá con él, según me dice Jacinto, una gran maquinaria de aserrío para emplazarla en ese monte, en las orillas del gran río, y entiendo que, con mi hijo, tienen algunas ideas para intensificar los cultivos aumentando la producción sin preocuparse en el acrecentamiento de los terrenos.

—Es así como debe practicarse la agricultura. El pueblo francés es por eso rico. Cada ciudadano es dueño de una pequeña parcela que ha heredado de varias generaciones. Es la misma desde el primer día y, sin embargo, como sabe usar los instrumentos agrícolas y aprovechar los abonos, la misma tierra le produce lo que les producía a sus abuelos, y algo más.

—Así lo sé yo por experiencia y así lo confirma mi hijo, quien me instruye sobre la manera de continuar la represa que estoy construyendo, y en el verano entrante, si me es posible, intensificaré los trabajos para que los encuentre adelantados, ya que no concluidos.

—Y dígame, don Pablo, ¿qué piensa usted de los campesinos que fueron expulsados de los terrenos de Picota? Para mí sus derechos han sido vulnerados. En algunos casos, el atropello se efectuó en forma violenta y cruel; y hay otros en que se llevó a cabo la expulsión con solo el escrito de demanda. Se ve en todos los casos la acción de las autoridades arbitrarias dirigidas por el Dr. Pérez sin el menor asomo de piedad, de conmiseración y de justicia.

—Efectivamente, Picota ha sido inhumano con los campesinos que vivían en los terrenos de la hacienda. Todos usufructuaban propiedades antiguas cuyos derechos han reconocido las leyes todo el tiempo. Pero se valió de Pérez, quien no ha sido capaz de darle un consejo sano o prudente. Ha procurado sobornar a las autoridades y ha corrompido a numerosos campesinos haciéndoles declarar falsedades. Nada tiene de raro que existan falsificaciones o suplantaciones de firmas, y otras imposturas...

—¿De manera que el perjuicio sufrido por todos esos campesinos ha sido enorme?

—Si se considera el perjuicio en la pérdida de las tierras que poseían, es evidente, porque es de orden moral a más que material, ya que la tierra de nuestros padres se ama por ellos y por ella. Pero si se refiere a perjuicios simplemente materiales, no es tan grande porque yo les he cedido lotes de la misma extensión que dejaban.

—Pero, en cambio, no adquieren la propiedad ni cuentan con recursos para levantar sus fincas...

—La propiedad, es verdad, no se las concedo, porque no quiero disminuir los límites del hato. Así como no le he aumentado ni una pulgada de las que heredé de mis padres, tampoco quiero restársela. Pero tienen concedido el usufructo de por vida y transmisible en herencia solo con el pago de un balboa por año que lo pueden satisfacer en especies o en trabajo. En cuanto a recursos para formar sus fincas, debo decirle a usted, en privado, porque es secreto de almas muy nobles, que siempre han tenido lo necesario para ello. En la generalidad de los casos, han recibido por sus fincas el valor justo, y tal vez, en alguno, más de lo que valía.

—¿Cómo ha sido eso?

—Es obra de Matilde, la esposa de Picota, con la cooperación de sus hijos y Jacinto. Cuando la demanda ha sido interpuesta o cuando el fallo se ha dictado, ha acudido Jacinto y puesto en manos de los perjudicados el valor de sus haberes...

—Pero esto es asombroso, don Pablo. Yo sabía que era caritativa y que con su hija visitaba los hogares campesinos y aliviaba sus penas con dádivas y palabras, pero...

—Efectivamente, es asombroso. Tal vez el caso no tenga precedentes ni se repita. Y lo más interesante es que Matilde ha invertido en esa obra de reparación no solo las economías que hace en su casa, sino también el producto de pequeños lotes de ganado que había heredado de su padre.

—¿Y don Andrés no se ha dado cuenta de esto?

—Lo ignoro. Probablemente no, porque algo habría dicho. O tal vez sí; y, en ese caso, es ese el origen de sus nuevos planes... Es difícil comprender a Picota...

—En resumen, señor Núñez, ¿usted cree que los perjuicios sufridos por los antiguos usufructuarios de las tierras de Picota no alcanzan las proporciones que ellos acusan?

—Así lo creo. Es necesario vivir aquí para comprender bien esas cosas. Pero como le dije antes, los perjuicios de orden moral que para mí son más graves que los materiales, sí resultan enormes y no se compensan con nada. Yo no permitiría que nadie me arrojara de mi casa, aun satisfaciéndome su valor, porque en ninguna otra parte hallaría el ambiente que respiro en ella; porque no sentiría en otro lugar la voz que me parece oír de mis padres entre las paredes de esta casa, ni podría vivir los recuerdos que vivo aquí... Y el campesino ama su naranjo, su quebrada, sus flores y sus pájaros que fueron de las mismas especies que amaron sus padres y esperan que amen sus hijos... Esto es lo que pasa.

—Lo comprendo perfectamente. Pero cambia el aspecto de la cuestión. ¿Y el doctor Pérez sabrá esto de las reparaciones?

—No lo creo. Nadie lo sabe. Ya le dije que es un secreto de esa noble mujer. Usted no lo repita nunca, porque la haría sufrir amargamente.

Muy temprano empezó a llover esa tarde y eso impidió a Tovar dar un paseo largo por la hacienda, cosa que deseaba hacer acompañado de Núñez, pero pudo visitar la escuela y admirar la comodidad, el orden y la belleza, las condiciones que tanto reclamaba para las escuelas del pueblo. Tomó apuntes para no olvidar datos y escribir sobre ello a los diarios capitalinos.

Núñez y su esposa convencieron a Tovar de quedarse un día más en el hato y las horas pasaron viendo llover torrencialmente y conversando sobre diversidad de temas.

Al siguiente día, muy temprano, se encaminaron a la represa, cuyos trabajos estaban suspendidos. Era una obra de gran magnitud para la región que, en otras partes, apenas representaría un pequeño esfuerzo. Pero significaban una hermosa esperanza para el hato, desde luego que las aguas que retendría serían arrojadas convenientemente sobre un inmenso llano que quedaba a sus pies.

—Desde aquí, me ha dicho Pablito, daremos luz artificial a una gran extensión de terreno y podremos electrificar toda la maquinaria que compremos para el hato. La gran ilusión que tiene mi hijo es hacer del hato una hacienda como las de los yanquis. Durante las vacaciones ha visitado algunas y me mantiene lleno de revistas de maquinarias, de crías de ganado y de aves y de cultivos de toda clase.

—Pues, lo envidio, señor Núñez. Casi me siento con deseos de dejar la profesión de abogado y meterme aquí con un derecho de esos que concede el usufructo de por vida...

—Hágalo, hágalo, señor Tovar. Le ayudaremos con mucho gusto, pero temo que no se decida o que se canse pronto si se resuelve. Para los habitantes de las ciudades debe ser muy duro dejar las calles y las plazas, las tertulias políticas y culturales y, sobre todo, las comodidades que todavía no se pueden obtener en el campo... Mas si lo intenta, aquí estoy a sus órdenes...

Visitaron luego los potreros, las sementeras, los trapiches, cuanto era posible visitar en las horas de la mañana, ya que las de la tarde serían de lluvia.

Así pasó Tovar el día, menos lluvioso que el anterior, y al siguiente, de madrugada, acompañado de un mozo del hato, bien cargado de frutas, quesos, raspaduras y otros dulces caseros, se alejó de sus amigos con dirección al pueblo, a donde llegó en horas de la tarde.

Al acostarse pensaba: "Si no fuera porque lo he palpado, porque lo he visto con mis propios ojos, no lo creería. Parece mentira que, separados tan solo por una cerca de alambre, existan dos hombres tan diferentes entre sí, a pesar de su idéntica condición social, de su género de vida exactamente igual y de principios morales de una misma procedencia. Solo la ambición descontrolada puede producir ese contraste y crear un Picota donde debería haber dos Núñez que labraran su felicidad y la de los que los rodean.

CAPÍTULO XXIII

SUEÑOS DE REGRESO

Para nuestros muchachos de Nueva York, la vida no ha sufrido modificaciones en estos tres años y al entrar en el cuarto de estudios solo desean que transcurra pronto para regresar a sus hogares con el diploma entre las manos.

Por las cartas que constantemente les han llegado de sus casas y por los periódicos que han recibido de la capital, se han enterado de lo ocurrido en la patria durante su ausencia. Supieron de las elecciones y de los diversos incidentes de la campaña y comentaron a su manera las cosas electorales. La gran participación que tomó en ellas el joven doctor Tovar les hizo encariñarse con él. "Es un buen joven", se dijeron, "tal vez imprudente, pero en todo caso se ha mostrado valeroso; aunque perdió las elecciones, es cierto que se ha ganado un puesto en la estimación general".

Con sus padres cambiaban impresiones respecto de todas estas cosas y así Pablo y María tuvieron ocasión de saber que el doctor Tovar era un joven muy distinguido, aunque Andrés y Julia creyeron que se trataba de un loco y atrevido, como decía su papá. Doña Matilde, sin embargo, les daba otros informes y les decía que era el abogado de Núñez, pero que hasta ahora no había molestado en nada a su padre. Que el doctor Pérez le tenía miedo y que todo el mundo le respetaba por su buena conducta y su valor cívico.

Para los muchachos, en consecuencia, solo se hablaba de Tovar para decir que era un buen sujeto.

De los asuntos que tanto preocupaban a Andrés y a Julia tenían buenas noticias, porque sabían que el tercer verano también lo había perdido su padre debido a que la gente hallaba muy lejos el monte, en tanto que mucho más cerca, tenían el trabajo en el Hato Chico.

Pero esta noticia la acompañaba Jacinto con otra que confirmaba doña Matilde: que don Andrés estaba algo enfermo: se le notaba cansancio y cierta tristeza que duraba muchas horas. Salía muy poco y se la pasaba pensando y pensando. Que Francisco y Teresita lograban muchas veces distraerlo, pero otras no y ahora que Francisco hizo el último viaje a la capital para recibir su diploma de bachiller, había quedado más triste porque el muchacho no quería continuar los estudios de abogado.

Confiaban ambos informantes, doña Matilde y Jacinto, en que las labores del invierno le distraerían y la esperanza de verlos pronto acabaría con las dolencias de su padre. Entre tanto, ellos lo cuidaban y le hacían vivible la vida...

En el mes de abril, ya estaban todos absolutamente seguros de obtener sus diplomas. Andrés y Pablo se recibirían de ingeniero civil y de agrónomo, respectivamente. Julita de profesora de economía doméstica y de bellas artes; y María, de profesora de pedagogía. En julio tendrían efecto las ceremonias de grados y, para poder embarcarse pronto, venían preparándose con anticipación...

—Qué bello será volver al lado de los nuestros dentro de un mes —decía Andrés a sus compañeros una tarde, al salir de las clases—. Hoy he concluido mi negociación de la maquinaria del aserrío. Es lo más moderno que se ha construido y tiene la capacidad para destruir todos los bosques de la República en cincuenta años.

—¿Y piensas vivir todos estos años para acabar con la riqueza forestal de la patria? —dijo María, humorística.

—Ya lo creo. Pienso vivir como Matusalén, pero no para destruir la riqueza, sino para fomentarla. Al pie de cada árbol que derribe sembraré tres. En cada orilla del río levantaré bodegas y formaré poblaciones de obreros. Esas gentes trabajarán el verano recogiendo troncos que echarán al río en invierno y entonces las fábricas los transformarán en tablas, en piezas de todo tamaño y grueso; y en el puerto que yo mismo construiré río abajo, muy cerca del mar, las embarcaré para Panamá, y ya no habrá necesidad de importarlos de Estados Unidos o de Europa... Así verás, pues, que haré la riqueza de mi distrito y también del país...

—Y la tuya, confiésalo —intervino Pablo.

—También, yo deseo ser rico, pero me mueven sentimientos altruistas. No quiero riquezas para derrochar ni para guardar. Las deseo para hacer mi felicidad, la de los míos y la de los que conmigo luchen por conquistarla. Y al pensar así, pienso también en la patria, porque de la riqueza individual de los ciudadanos depende, y mucho, el bienestar económico de la República...

—Muy bien dicho. Por mi parte, no deseo riquezas, pero sí comodidades para desarrollar el culto a las bellas artes y tener algo que manejar a fin de aplicar las teorías de la economía doméstica —dijo Julia—. Si no tengo dinero resultará que mis padres han gastado inútilmente en mis estudios. Lo malo es que allá, en el monte, será muy poco lo que puedo hacer.

—No lo creas —repuso Andrés—. Llévate una tonelada de tela para pintar al óleo; dos de pintura y otra de los chécheres necesarios y ya tendrás en qué distraer el tiempo haciendo paisajes…

—¡Qué gracioso estás! Pues te equivocas si crees que los cuadros que pinte no van a ser vendidos... ¡Ya lo verás!

—No creo que haya necesidad de vender los cuadros.

Mucho mejor será conservarlos y otros habrá que mandarlos a exposiciones —dijo Pablo—. Por lo que a mí hace, estoy listo con todos mis instrumentos de campaña y de oficina y tengo contratados los materiales para emprender, apenas llegue, las obras de drenaje y de siembra. Lo que resultará una maravilla será mi granja experimental. Llevaré en trozos, lista para armarse, la casa de laboratorio. Yo no puedo esperar a que haya madera en el aserrío de Andrés para levantar mi granja...

—Yo estoy lista —dijo María— para establecer la gran escuela. Eso que dejé en el hato no vale nada. Tal vez lo convierta en kindergarten. Levantaré otra amplia, fresca, con varias aulas, con una famosa biblioteca, con gabinetes de física y de química...

—Sí, el Hato va a resultar pequeño para la universidad de María —dijo Pablo—. Y ya me parece que mi granja experimental será más de ella que de mí...

—¿Qué más querrías que una ayudante de mi categoría?...

Así, en este tono de vida, han pasado los cuatro años estos muchachos buenos y nobles a quienes unía un afecto sincero por sobre todas las consideraciones que se opusieran. Y así esperaban el día de la partida, rebosantes de salud, pletóricos de ambiciones elevadas y dispuestos al trabajo que ennoblece.

En los días subsiguientes, continuaron trabajando y, puestos en comunicación con sus padres, obtuvieron las autorizaciones necesarias para ir embarcando las maquinarias contratadas. Pocos días después ya estaban libres de esas preocupaciones y esperaban tan solo la ceremonia final de la universidad para alzar el vuelo hacia la patria.

CAPÍTULO XXIV

HONOR Y PERFIDIA

Entre tanto, en el pueblo, las cosas se sucedían con cierta rapidez. La labor social emprendida por Tovar daba resultados. Aunque el triunfo electoral había favorecido al partido gobiernista y las demandas de nulidad propuestas por el joven abogado no prosperaron, el nuevo presidente no reeligió a las autoridades locales e hizo una buena selección entre los elementos sanos del lugar.

Esto disgustó a los partidarios del triunfador y agradó mucho a sus adversarios, quienes consideraron que, a pesar de haber perdido, lograron que las cosas cambiaran en el manejo del distrito.

El doctor Pérez no estaba contento; por el contrario, sumamente preocupado. Estimaba que Tovar había obtenido un triunfo marcadísimo, ya que se debía a él el cambio de la administración local. Y pensando, pensando, en la manera de vencerlo en algo, pues tantos triunfos alcanzaba contra él, creyó conveniente visitarlo en los primeros días del cambio de autoridades.

—Como le dije, licenciado Tovar, yo fui neutral en la lucha. Para mí son buenos todos los hombres que ocupan los puestos de mando y jurisdicción y en cuanto al presidente, me da lo mismo que sea el que ganó como el que resultó vencido. Eso no tiene importancia. A mí me interesa solamente que las cosas de aquí marchen bien y yo creo que marcharán. Usted tiene buena influencia con esas personas y puede hacer mucho. ¿No ve? Ahora sí será posible arreglar lo de Picota. Yo me encargo de meterle miedo y ambos ganamos.

—Se equivoca, doctor Pérez. Con estas como con aquellas autoridades yo habría procedido lo mismo. La justicia tarda, pero llega. Yo no creo que los pleitos deben ganarse con influencias. El juez que se deja dominar por ellas es juez perdido. Podrá suceder que un día le sirva acceder a una influencia, pero a la larga se convertirá en un muñeco de ellas y de quien las ejerce y caerá, cuando menos lo piense, en claudicaciones vergonzosas. Yo no creo que se deben usar las influencias para nada que dependa de la ley. Esta se aplica con honradez y lealtad y, hiera a quien hiera, es la justicia...

—Usted es irreductible, Tovar. Y entiende mal mis sugestiones.

—Lo primero es verdad, lo segundo no. Yo comprendo que lo que me quiere decir es que con influencias que yo tenga ante las actuales autoridades podemos adelantar los pleitos: usted se encarga, como dice, de "meterle miedo" a Picota, y se provoca un arreglo con el que usted y yo ganamos dinero a costillas de nuestros clientes y con la complicidad de las autoridades. ¿No es así?

Pérez no contestó. Miraba a Tovar, sorprendido de oírlo. Él sabía que los negocios no le habían dado mucho dinero y que el poco conseguido lo invirtió en la campaña electoral. Luego, con los servicios políticos: fianzas, defensas, hospedaje a copartidarios, etc., apenas tenía para la vida modesta que llevaba. Y quiso dar una nueva batida...

—Tal vez sea como usted dice y no dejará de reconocer que en cierto sentido estoy en lo justo. Ni usted ni yo tenemos dinero. Vivimos de los pleitos. Si estos pueden adelantarse con una pequeña ayuda de las autoridades y con algún esfuerzo de nuestra parte, no está mal que lo hagamos para ganar algunos centavos...

—Yo no puedo hacer otra cosa que ceñirme a las instrucciones de mis clientes...

—¿Y sus clientes no quieren que se adelanten los pleitos? —preguntó rápidamente Pérez.

Tovar comprendió la extensión de la pregunta y repuso:

—Tengo instrucciones sobre seguirlos en la oportunidad precisa y espero que esa se presente.

—Si los dejamos dormir, no seguirán, Tovar. Usted debe saber que han llegado al puerto centenares de bultos de maquinaria que los hijos de Picota y de Núñez han enviado adelante para conducirlos ellos mismos a sus haciendas. Esos muchachos llevan muy buenas relaciones y no habrá pleito posible cuando se encuentren aquí.

—¿Y piensa, doctor Pérez, que pueda haber vida mejor que la que se lleve sin pelear?

—Está perdido, joven. Un abogado que piensa que no debe haber pleitos es abogado muerto. Si los que nos atrevemos a proponer arreglos a las partes las pasamos mal, ¿qué será de los que piensan como usted?

—Es que usted juzga las cosas con criterio simplista.

Usted piensa que la única misión de los abogados es pleitear, fomentar disgustos entre vecinos, crear problemas y echarse luego a la calle a recoger dinero defendiendo, casi siempre, causas malas o por lo menos sospechosas... Y eso es un error. El abogado tiene una misión más importante que desempeñar en la sociedad. El abogado que se estima y que cumple con esa misión noble evita por medio de consejos sanos y prudentes que haya controversias. Redacta una minuta, que ha de elevarse.

—Pero estos campesinos no me habrían pagado nada y el otro se hubiera ganado toda la plata de Picota.

—He aquí, pues, la diferencia que existe entre un abogado de verdad y un rábula. Y no crea que uso el término como un insulto. Es que es el único que aparece en el léxico castellano para indicar esa clase de personas. Ahora bien, ¿cree usted, sinceramente, que esos juicios han terminado, a pesar de la resolución o sentencia final con la que han sido archivados?

El doctor Pérez no esperaba esta pregunta y un sudor frío empezó a correrle por la frente. Con todo, respondió tímidamente:

—Yo creo que sí. Llenadas las formalidades legales de notificación a las partes, los juicios terminan...

—¿Y está usted seguro? —dijo mirándolo fijamente—. ¿Está usted seguro —le repitió— de que estas formalidades han sido cumplidas?

—¿Qué insinúa usted? —se atrevió a decir Pérez.

—No insinúo, afirmo que esas sentencias no han sido notificadas y que la diligencia en que constan tales circunstancias es falsa... Que un crimen horrendo se ha cometido y que los autores viven todavía y viven creyendo que no les alcanzará la justicia... Pero están equivocados, la justicia llegará a tiempo y esos jóvenes, a quienes usted teme, que vienen cargados de máquinas y de grandes proyectos de progreso, serán los primeros en procurar que se haga...

Pérez estaba anonadado. Había ido en busca de recursos para ganar dinero. Pensaba descubrir los planes de Tovar, suponiendo que iba a mover los pleitos de Núñez, y se encontraba con un hombre dispuesto a vivir pobre antes que faltar a sus ideas y, resuelto, lo que era peor, a hacer respetar los derechos de los campesinos expulsados de los terrenos de Picota y a hacer castigar a los falsificadores y cómplices en los crímenes cometidos contra ellos.

Quiso decir algo que balbuceó y no pudo seguir. Le parecía que una roca inmensa había caído sobre su cabeza y lo aplastaba...

Comprendiendo Tovar la situación de ánimo del viejo abogado, pensó tranquilizarlo.

—Dígame, doctor Pérez, ¿cree usted que Picota se resistiría a un arreglo amigable de los asuntos resueltos si a ello le provoco yo?

—Creo que sí se negará. Es muy terco, está convencido de que ha obrado en derecho. Reconozco que soy yo el responsable. Usted lo ha dicho; pero me parece, doctor Tovar, que mucho haremos usted y yo en ese sentido al llegar a los hijos de Picota y Núñez.

—Pero es que yo hubiera querido recibirlos con una noticia como esa. ¿No se atrevería usted a hacer un viaje a la

Hacienda de San Pedro y hablarle con firmeza y carácter a Picota? Si usted procura que la esposa se halle presente en la conversación tal vez alcanzará más éxito...

—¿Un viaje ahora, con ese tiempo, los ríos crecidos y tan lejos?...

—Puede hacerlo lentamente; gastar dos días o tres en ir y lo mismo al regreso.

El doctor Pérez pensó un instante y contestó:

—¡Lo haré!... ¡Ya estoy decidido! Mañana, en la madrugada, saldré de aquí. Al fin y al cabo —dijo volviendo a ser el hombre de siempre—, tal vez consiga más dinero del que esperaba. Usted me ha dado una gran idea con procurar que doña Matilde se halle presente; yo haré que esté presente.

Y se despidió, dejando en el alma de Tovar la vergüenza de que hubiese colegas de esa laya.

CAPÍTULO XXV

Risas y llantos

La Hacienda de San Pedro y la del Hato Chico se hallan entregadas a actividades no acostumbradas. Cualquiera creería que se han olvidado de potreros y siembras para dedicarse a transformar las residencias. En ambas haciendas, como si obedecieran a un mismo plan, se revisan techos, se limpian paredes, se reforman los cuartos, se construyen nuevos, se pintan pilares, se renuevan los pisos, se agrandan los patios, se siembran flores y se reparan los caminos que conducen a las casas.

Sus dependencias también sufren modificaciones. Las galeras donde se cocina la miel, los trapiches, los corrales, las orillas del río, todo, todo, recibe pinceladas que dan la novedad de la limpieza, de la comodidad y de la belleza, y le imprimen alegría.

Los hombres y las mujeres que trabajan están contentos. Parece que se preparan para una fiesta y todos los días comienzan la faena más temprano y la concluyen más tarde. Sin embargo, en las dos casas se observan algunas diferencias.

En el Hato Chico, don Pablo y doña Emilia son los directores de la obra reparadora. Comentan cada caso, cada incidente. Quitan y ponen las cosas y, cuando ambos están de acuerdo, se colocan donde deben estar. Las pinturas provocaron una larga discusión. "Muy severo es ese color", decía doña Emilia. "Este otro es muy chillón", argüía don

Pablo. Pero, al fin, se adoptaba alguno que gustaba a los dos. La colocación de las macetas de flores alrededor del jardín y la distribución de los cuartos, fue obra de romanos.

—Deberíamos colocar las macetas de cualquier modo hasta que venga María y ella resuelva en definitiva, decía don Pablo.

—Yo no creo, contestaba su esposa. Si le dejamos trabajo desde el primer día se va a disgustar con nosotros. Debemos imitar este modelo de casa de campo.

Y ponía a la vista de su marido una casa de hacienda norteamericana que venía ilustrando una revista.

Y doña Emilia triunfó, las macetas fueron colocadas en forma caprichosa en toda la extensión del patio.

—Este cuarto para María y este para Pablito. Quedan bien orientados, al abrigo de los vientos de noche y sin sol fuerte durante el día. No sufrirán resfriados ni calor —decía doña Emilia.

—No puede ser, querida. Pablo necesita un cuarto con salida al jardín. No vamos a tenerlo como un preso ni a esperar despiertos toda la noche para abrirle la puerta. Y María necesita también cierta libertad de acción, y metida entre los cuartos nuestros estará presa. No hay que olvidarse de que ambos han llevado cuatro años de vida libre y será para ellos muy incómodo someterse a nuestras viejas reglas domésticas...

Y don Pablo triunfó esta vez. Los cuartos fueron modificados. Bastó hacerle un caedizo a la casa en uno de sus costados, imitando el que veían en las revistas. Después se extrañaban de no haber caído en la cuenta antes y perdido el tiempo en discusiones...

En el hogar de Picota, era doña Matilde la única directora, porque don Andrés venía padeciendo cierto decaimiento de ánimo que el médico del pueblo, o el farmacéutico, para ser más ciertos, calificaba de melancolía.

Hacía algún tiempo que Picota no salía sino por las mañanas un par de horas, regresando a la casa muy agitado y abatido. Doña Matilde lo atendía con gran cariño, le ofrecía bebidas caseras, le preparaba excelentes caldos sustanciosos y trataba de distraerlo. Jacinto, por su parte, le exigía a Picota que permaneciera en la casa y, desde luego, su presencia se limitaba a ver hacer a doña Matilde, quien siempre cuidadosa del prestigio de su marido, le consultaba sobre todo y aparentaba hacer lo que él quería...

Así, unas veces desde el portal y otras desde algún ángulo del patio contempló con Andrés la transformación de la casa, oyendo a Teresita que, sentada a su lado, comentaba cada línea nueva que aparecía o cada línea que quitaba su madre.

—Parece que van a llegar los reyes del mundo —decía Teresita—. Si todo lo hace mamá ahora que vienen mis hermanos, nada va a dejar por hacer para cuando yo regrese.

—No, hijita —decía Picota— mucho habrá que hacer cuando tú vuelvas. Pero tal vez yo no lo veré.

—Te equivocas, papacito. A ti te tocará arreglarme mi departamento con muchas comodidades, ¿sabes?... Y quiero tener una cama lindísima y un tocador de tres lunas y una cómoda grande y una mecedora. Todo de un mismo color.

—Lo tendrás, hijita. Yo sospecho que lo tendrás desde ahora. Porque algo le oí a tu mamá. Pero no le digas que te lo he dicho...

La casa había sido transformada completamente y agrandada para comodidad de sus habitantes. Como en el Hato Chico, las revistas norteamericanas habían jugado importantísimo papel en las reformas: colores, techos, flores, obedecían a los modelos consultados. Solo había algo que quitaba parte de su goce a doña Matilde: el estado de salud de su marido.

Pero ella, con el instinto propio de mujeres de su condición, no se había equivocado en el diagnóstico y estaba segura de que lo que padecía su marido era enfermedad del alma más que del cuerpo. Las contrariedades sufridas durante los cuatro años vencidos no eran para menos. El fracaso de la quema del monte quebrantó su espíritu y tal vez la sospecha de que su pensamiento había sido sorprendido le roía el alma. Pero, aparentemente, solo le mortificaba haber sido vencido por la naturaleza en una obra que reputaba grandiosa.

Así lo decía a su mujer y a Jacinto. Sin embargo, en su interior otra cosa era lo que pasaba.

Para Picota, la magnitud del revés sufrido en sus planes de quemar de un golpe el monte inmenso del sur de la hacienda, alcanzaba proporciones que la generalidad de las personas no podía apreciar. En esa obra tenía fincadas sus más caras esperanzas de poderío y de grandeza. Muchas veces soñó en ello y creyó ver a Núñez desocuparlo todo y entregarle el Hato Chico sometido por el fuego...

¡El fuego!... Esta palabra que jamás pronunciara había sido para Picota una esperanza y la realidad fue otra, muy distinta de la que había soñado. "¿Qué circunstancias divinas o humanas han intervenido en esto para destruir la culminación de mis planes de engrandecimiento?" se decía...

Y recordaba ahora, cuando sus hijos se alistaban para regresar, uno a uno, todos los incidentes ocurridos en estos cuatro años.

Qué bien iba el desmonte el primer verano. Cientos de campesinos trabajaban en la boca del monte. Jacinto dirigía admirablemente los trabajos. Luego escasearon los peones y entró el invierno con una fuerza que no tuvo nunca.

Vino el otro verano. Otra vez a comenzar limpiando el monte tumbado para continuar derribando el nuevo. Ese año, menos jornaleros porque Núñez tenía trabajos más cercanos, y su mujer y Jacinto se mostraban opuestos a continuar los suyos con poca gente...

Otro verano y la política metida de por medio. Los campesinos se dedicaron a fomentar los odios contra él. Cuando se encontraba con alguno y lo llamaba a trabajar en sus terrenos, le contestaba de mal modo y le echaba encima, con groseras expresiones, el reclamo de la tierra que les arrebatara... No faltaron los más audaces que le dijeran: "¡Aguárdate, viejo, que nos las vas a pagar!".

Y en una ocasión, al pasar por el rancho en que lloraba la madre de un niño que había muerto, al verlo, esta gritó: "¡Allá va ese viejo bandido! Él tiene la culpa de la muerte de mi hijo porque desde que salimos de allá se puso triste...".

Y así pasaron esos veranos y llegó el último, cuando tuvo que someterse a las observaciones de su mujer y de Jacinto, suspendiendo los trabajos del monte. Y se sentía enfermo, displicente, triste, porque se avergonzaba del fracaso; porque pensaba que Núñez, se burlaba de él y comprendía que la gente lo odiaba, sin explicarse él que hubiera motivos para tanto... ¿Qué es lo que dicen que han perdido?... Un rancho viejo, porque la tierra no era de ellos. Mis títulos son claros y cuando alguno quiso salir sin pelear, yo le pagué su rancho...

Para Picota, el campesino era un ser distinto a él. No comprendía que su amor a la tierra era el mismo que sentían los labriegos por la suya. Si ellos no tienen aspiraciones, ni hijos a quienes educar, ni deseos de guardar dinero, ni de acrecentar sus bienes, se preguntaba, ¿por qué han de sentirse disgustados al sacarlos de la hacienda?... Luego, ¿no han encontrado en el hato de Núñez, tierras y ranchos?... ¿Qué más quieren?...

Poco a poco había ido perdiendo sus entusiasmos por el desmonte y la quema que durante tantos años fueran su única ambición. Desde el siguiente de la política no hizo mayores esfuerzos en ese sentido y, en cambio, se mostraba interesado en las ideas de Andresito para el montaje del aserrío. Pero ese entusiasmo no era durable. Satisfacía sin dificultad y con gusto las erogaciones que le indicaba su hijo; escribía a sus banqueros y situaba los fondos donde se requerían. Mas, hecho esto, se sumía en un estado de honda tristeza. En su alma se operaba una transformación lenta, pero peligrosa para su salud.

A los grandes esfuerzos mentales y espirituales que lo mantuvieron en actividad constante durante años, pensando siempre en el engrandecimiento de su hacienda por medio de la extensión de los terrenos y a costa de sacrificios de todo orden, se sucedía una quietud, una placidez extraña a la que lo conducían la resistencia de la naturaleza aunada a las demás circunstancias para vencerlo, para destruir sus planes.

Esta situación, consecuencia de su lucha entre el arrepentimiento de sus errores, el fracaso de sus propósitos y la realidad de la vida feliz con el concurso de los que tanto lo amaban, lo mantenía callado, pero notoriamente preocupado.

***

Y ese estado de ánimo fue doblegando poco a poco el espíritu de Picota y minando su salud visiblemente. En los primeros tiempos resistió con energía, continuó sus labores, pero más tarde no le fue posible hacer las faenas de costumbre y, al final, solo en las mañanas montaba a caballo y hacía cortos recorridos.

La novedad de los preparativos para la llegada de sus hijos, le trajo cierta reposición espiritual porque algo le distraían las discusiones de Matilde y de Teresita, la búsqueda de revistas y, el constante movimiento en que lo tenían, echándolo unas veces del portal, otras de su cuarto y otras del comedor, o de la sala, o del patio, según iban necesitando espacio los carpinteros, pintores o albañiles.

Así se fue acostumbrando a la nueva vida, ayudado por su esposa, que había redoblado atenciones y cuidados y estaba plenamente segura de que con los muchachos en la casa se mejoraría completamente.

Tal era la situación, pues, de Picota, cuando una tarde recibió la visita del doctor Pérez, cosa que lo sorprendió muchísimo...

—Ya viene por plata —dijo a su esposa, cuando alcanzó a conocerlo al penetrar en el patio—. Ya viene por plata ese viejo zorro...

—Pues no hay que soltarle nada más y que suspenda todos los pleitos —se permitió decirle doña Matilde...

—Buenas tardes, señores —dijo Pérez desmontándose—. Vengo molido aunque salí ayer del pueblo. Ya no estoy para estos ajetreos que son buenos para los jóvenes...

—Adelante, doctor. Siéntese aquí...

—¡Qué gusto de verlo!

—Pues yo con grandes deseos de visitarlo para hablarle de sus asuntos, pero lo dejaremos para más tardecito.

Supongo que me dejará dormir en su casa —dijo sonriendo el viejo.

—Muy honrados, doctor —contestó Matilde—. Esta es su casa...

—No me gusta ese viejo —dijo al oído de su padre, Teresita—. Ni siquiera me ha saludado.

—Qué caminos, don Andrés. Esos no son caminos, y qué ríos; ni un puente siquiera. Ayer caminé toda la mañana, descansé en el rancho de Anselmo. Por la tardecita, después del aguacero, seguí viaje y dormí en casa de Ambrosio. ¡Qué mal dormí! No podría acostumbrarme a dormir sobre camas de cañazas. Salí a la madrugada y reposé a mediodía en la casita de la colina. Habría podido llegar más temprano aquí, pero estaba molido y, como no había amenazas de aguacero, preferí hacer el viaje ahora y aquí estoy, sano y salvo, pero estropeado todo el cuerpo.

—Esta noche se dará una fricción de aguardiente aromático y mañana estará como nuevo —dijo doña Matilde.

—Mil gracias, Matildita. Pero cómo se conserva de galana esta muchacha. Parece que los años la mejoran. Es la mismita del día del matrimonio —dijo melosamente el visitante.

—Gracias, está muy galante, doctor. Usted también se conserva muy bien. Si no fuera porque dice que está cansado, nadie lo sospecharía...

Don Andrés acompañó a Pérez hasta el cuarto que se le destinó y más tarde se sentaron a la mesa.

La conversación rodó acerca del próximo viaje de los muchachos y el viejo enderezó algunas ideas respecto a sus proyectos.

Al siguiente día, cuando se levantó el doctor Pérez, supo que don Andrés había montado y salido a los potreros dejando dicho que regresaría a mediodía.

—Me alegro mucho —dijo a doña Matilde— que él no esté presente, porque así hablaremos usted y yo primero y formaremos un plan para que me ayude a conseguir lo que deseo...

—Si se trata de pleitos, no cuente conmigo. Yo soy enemiga de eso. Lo he sido siempre. Han contribuido a restarnos felicidad en el hogar. Nos han costado dinero y nos han quitado simpatías... ¡Yo no quiero pleitos de ninguna clase!...

—Pues, encantado, Matildita. A eso vengo. A ver si logro convencer a su marido de que deje los pleitos y arregle con los campesinos...

—A buena hora ha pensado usted en eso. Cuando ya los odios y las maldiciones de esos pobres nos abruman. ¿Por qué no se le ocurrió hacerlo el primer día, hace veinte años?... Veinte años… —repitió doña Matilde, enjugándose los ojos.

—En ese tiempo, las cosas no eran como son hoy. Entonces yo era el dueño del patio en el pueblo, y don Andrés, el amo de todo esto y el hombre de las influencias...

—Sí, en ese tiempo usted no tenía más contenedor que yo, débil mujer que solo contaba con el amor que profeso a los míos y que luchaba por salvar a mi marido de los odios que podía despertar su empeño en sacar de los terrenos a esos campesinos. Y cuando hubiera sido oportuno, tal vez decisivo, un consejo de usted, no fue capaz de darlo y más bien estimuló en mi esposo sus ambiciones de tierras...

—Pero ambicionar no es malo, Matildita. El hombre que no es ambicioso no logra engrandecer su haber y no sale de la mediocridad.

—Sí, comprendo que la ambición de alcanzar lo justo, por medios correctos, es una buena ambición. Pero, ¿cree usted que es bueno alentar pasiones de dominio y de grandeza por alcanzar unos honorarios más o menos grandes?...Porque eso es lo que ha ocurrido. Mi esposo pudo pensar y pensó, seguramente, en hacerse dueño de todas las tierras de los contornos. En ello tal vez no hay un principio malo. Pero si al realizar ese pensamiento tropezó con la dificultad de que centenares de campesinos estaban diseminados en zonas de la región deseada y, para adueñarse de ellas, era necesario expulsarlos y, para lograr esta circunstancia, era indispensable un abogado, y mi marido consiguió ese abogado en usted, usted ha debido serle franco, sincero, honrado y exponerle la situación de orden moral, más que material, de la injusticia, planteándole la imposibilidad de sacarlos. Contenido a tiempo, en el primer caso, mi esposo habría cesado en sus ideas de engrandecer la hacienda por esos lados y tal vez habría dirigido su mirada hacia otros en los que no hubiera causado perjuicios ni provocado resentimientos. Pero usted no hizo nada de eso. ¡Aprovechó la ignorancia de los campesinos para vencerlos y utilizó las influencias de mi esposo para realizar su expulsión!... ¿Qué ha quedado de tantos triunfos suyos? Cerca de doscientos campesinos que odian y maldicen a mi esposo y la salud quebrantada de este, precisamente, en momentos en que vuelven sus hijos a compartir con él los trabajos, cuando le sería más agradable trabajar, o cuando podría descansar sin las preocupaciones que lo agobian.

—¿Cree usted que don Andrés esté preocupado por esas cosas?... Pues, sería espléndido que así fuera, porque entonces no habría dificultad en convencerlo...

—¿Y de qué querrá usted convencerlo?

—Ya se lo dije: de suspender todos los pleitos y entrar en arreglos con los campesinos.

—¿Y cómo le argumentará usted cuando le conteste que no arregla, que tiene los pleitos ganados y, por el contrario, le ordene que los prosiga?

—A eso he venido, Matildita, y he querido contar con usted. Francamente, no tengo argumentos. Lo que él me contestara sería irrefutable, pero usted tal vez sí los tenga...

—¿Y no cree que ya los he agotado?...

—Entonces, estoy perdido, Matildita, si no logramos hacer algo en ese sentido...

—¿Perdido, por qué?...¿Acaso mi esposo dejará de pagarle lo que le deba?...

—No es eso, Matilde. Ya estoy pagado. Más bien estoy en deuda con él, según nuestros arreglos. El caso es otro, muy grave. Voy a confiárselo, en secreto, para que me ayude. El caso es que Tovar, ese jovenzuelo tan inquieto, se propone revivir todas las controversias y en casi todas hay declaraciones falsas y...

—¿Cómo es esto?... ¿No se contentó usted con aducir pruebas ciertas y apeló a la falsedad? Eso no puede saberlo mi esposo, porque él será un apasionado de la grandeza, pero tiene un sentido de honradez muy elevado.

—No, Matilde, no lo sabe, aunque ha debido sospecharlo, pues, no siempre el derecho era claro...

—Muy bien, doctor Pérez. Yo creo que tenemos los medios de hacerle comprender la necesidad de arreglar. Pero mi esposo es inteligente y no dejará de comprender, a su vez, que de lo malo que haya en esos expedientes usted es el único responsable...

—No tanto, Matildita. Usted sabe que su esposo escribía muchas cartas recomendando los asuntos a los jueces...

—Pero yo le aseguro, doctor Pérez, que nunca les dijo que faltaran a la verdad ni les insinuó que fueran injustos. Algo debe saber de un hombre quien ha llevado su misma vida durante un cuarto de siglo. Esas cartas no serán nunca una prueba de mala fe de mi esposo...

—No le he dicho tanto, Matildita. Pero como los abogados rebuscan en todo los medios de dañar y leen entre líneas, es bueno estar prevenido.

—Por lo que he visto y oído del señor Tovar, me he formado un buen concepto de su persona. Yo sé que él le ha dado consejos muy generosos al Núñez y luego se ha mostrado muy amplio y liberal con los campesinos...

—Eso es política, es una forma de ganar también dinero. El mozo sabe más de lo que le enseñaron...

—Se equivoca, doctor Pérez. Ese joven se está labrando un prestigio muy bien ganado por su honorabilidad y buen juicio.

—Pero sea lo que sea, que eso no me importa, lo conveniente es estar prevenidos para evitar las sorpresas. Tovar ha quedado sin recursos y un hombre con hambre es capaz de cualquier cosa...

—Un hombre honorable con hambre es siempre honorable. Yo no le temo sino a la verdad esgrimida por un hombre de honor... Dígame, pues, ¿cuál es su idea?

Pérez entró en detalles y le explicó a doña Matilde la conveniencia de arreglar con los campesinos. Ellos estaban disgustados y cualquier día podrían tomar alguna acción violenta. A pesar de hallarse cómodamente instalados en Hato Chico, sentían la nostalgia de sus sitios y querían volver. Si don Andrés les concedía el permiso, quizás regresaran bajo las mismas condiciones en que les daba sus tierras el señor Núñez. Y le explicó la forma que bien conocía doña Matilde.

Varias horas duró la entrevista de doña Matilde y el doctor Pérez, llegando a convenir en que la primera iniciaría la conversación con don Andrés aprovechando la mejor oportunidad.

—Ya viene papá —gritaba Teresita acercándose a su madre—. Ya viene por la cerca. Voy a encontrarlo.

Y, sin esperar más, echó a correr en dirección a la puerta, desde donde la alcanzó a ver su padre, que se detuvo a esperarla. Tomándola luego de un brazo la alzó hasta él y, colocándola delante de la silla, siguió despacio, oyéndole mil historias que tenía que contarle...

—Ese viejo no me gusta. Se levantó tardísimo. Parece que es refunfuñón. Toda la mañana ha estado hablando con mamá. La pobre no ha podido hacer nada...

—Muy bien hecho, hijita. A los visitantes hay que atenderlos y tu mamá no podía hacer otra cosa estando yo ausente. Si tú no fueras tan chiquita le ayudarías a tu mamá a recibir las visitas...

—Sí, porque las niñas chicas no deben meterse en la conversación de la gente grande, como dice mamá.

—Muy cierto, Teresita. Ya llegamos, pues, bájate.

Conducido de la mano de Teresita, llegó su padre al grupo que formaban doña Matilde y el doctor Pérez, quienes se levantaron a recibirlo. Don Andrés deseaba impresionar bien a su visitante y dijo una inocente mentira, pues su gira había sido corta, ya que se detuvo en la casa de Jacinto.

—He recorrido a buen paso muchos potreros. La yerba va muy bien y el ganado se presenta admirablemente para este año. El arroz y el maíz crecen que da gusto. Estoy muy contento de cuanto he visto y no me he cansado en el viaje. Pocas veces me he sentido tan bien como hoy...

Doña Matilde, que lo conocía, lo miraba cariñosamente, y le perdonaba la mentira, alegrándole de que trajese tan buen humor.

—Siéntate un rato y espera que voy por un aperitivo.

El aperitivo era una deliciosa bebida: ponche a base de leche, con coñac y huevos, que doña Matilde ofreció también al doctor Pérez y ambos tomaron, saboreándolo con visible complacencia.

—Hoy deberían llegar cartas de los muchachos —dijo doña Matilde, preparándose para abordar la importante cuestión que traía el doctor Pérez.

—Es posible, aunque no siempre el buque de Panamá cumple con su itinerario —contestó Picota—. Pero lo que más me interesa ahora es saber cuándo salen de Nueva York.

—Ya no demoran. Según su cablegrama último lo harán poco después de su grado. No tarda ya el nuevo cablegrama con tan grata noticia...

—Y, según se dice —intervino el doctor Pérez—, Andresito se propone desarrollar muchos trabajos en la hacienda.

—Sí, muchísimos. Ya han llegado numerosos instrumentos de trabajo para comenzar las obras, que deben concluirse ahora en el verano. Ahora se llevarán por el río hasta el monte, en balsas y lanchones, algunos de esos materiales. Según nos dice Andresito, servirán para ir preparando las cosas. Pero no se moverá nada hasta que él llegue, porque quiere dirigir personalmente su traslado. Otra parte de la carga irá por tierra. Para eso armará en el puerto las carretas que han mandado; el último modelo para bueyes, según nos afirma.

—Y, a propósito —dijo doña Matilde—, nada sabemos acerca de las yuntas que iba a contratar Jacinto. Todavía no ha regresado desde que se fue hace una semana. No debe haber sido muy fácil conseguir veinticinco parejas.

—Pero los bueyes que estamos adiestrando en la Hacienda serán bastantes.

—Y no faltará vecino —intervino Pérez—, como Núñez, que en caso de apuro, les facilite los suyos...

Picota frunció el ceño, pero no demostró su disgusto. Se limitó a decir:

—Sería mejor no tener que recurrir a nadie para nuestros trabajos; tal vez habría sido más cuerdo que mi hijo no hubiera pensado en traer esas maquinarias ahora... Yo no le pediría nunca un favor a mi enemigo.

—No habrá necesidad de pedir ningún favor a nadie —contestó doña Matilde, interrumpiendo rápidamente a Picota para evitar que Pérez condujera al fracaso sus planes—. Puede que el traslado de las maquinarias no se haga con la rapidez que desea Andresito, pero al fin se hará y todo con nuestros propios esfuerzos...

Picota había vuelto a su estado de preocupación y, como olvidando que se conversaba a su lado, se entregaba a los pensamientos que dominaban su mente. No le entusiasmaban las noticias de la maquinaria y le mortificaba mucho que pudiera existir la necesidad de pedirle favores a Núñez. Deseando dar fin a esa situación, dijo a su esposa.

—Conviene mucho que apuren aquí el amansamiento de los bueyes. Llama a Pedrito.

Doña Matilde cumplió el encargo y un instante después se presentó el muchacho que llamaban.

—Monta a tu caballo —le dijo don Andrés— y dile a la gente del corral que aumente el número de bueyes con todos los castrados de talla y se dedique de día y de noche a amansarlos...

El muchacho echó a correr en cumplimiento de su encargo. Doña Matilde se puso contentísima de la reacción que vio en su marido y, aprovechando la oportunidad, dijo:

—Bueno. No hablemos más de negocios y acerquémonos al comedor. Ya hace hambre y nos esperan. ¿No ves la cara que ha puesto Teresita viendo que la charla se prolonga?

Y se levantaron todos, siguiendo a doña Matilde.

Al tiempo de sentarse, acercándose a Pérez, le dijo:

—Procure hablar lo menos posible si quiere que ganemos la batalla.

La comida pasó sin incidentes de ninguna clase, salvo la lluvia que se presentó, como de costumbre, refrescando el ambiente y haciendo pensar al doctor Pérez en las molestias del regreso. Teresita habló un poco más que de ordinario. Fue la primera en sentir las pisadas de un caballo y dio la noticia:

—Alguien viene para acá. A lo mejor es Jacinto.

Efectivamente, pocos instantes después entraba el noble servidor de los Picota.

—Buenas tardes, patrón. Buenas, comadre. ¿Por aquí el doctor Pérez? ¿Qué bicho lo ha picado?

Una mirada de doña Matilde le hizo suspender sus exclamaciones, y agregó:

—Todo va bien, patrón. He conseguido los bueyes que necesita Andresito y hasta más. Me encontré en el camino a Pedro y lo hice regresar, porque yo creía que usted me había dado la orden que él llevaba y ya están adelantando el amansamiento. ¡Viera usted qué bueyes van a resultar! Y una cosa curiosa: todos son achiotillos. No hay ni un pintado. Será la mejor recua de la república...

Don Andrés volvía a sus viejos entusiasmos. Las noticias eran de su agrado.

—¿Te acuerdas de aquella recua que preparamos cuando el auge de la miel?... Toda era achiotilla y daba gusto verla caminar, yunta tras yunta, en cuadras y cuadras. Como esa recua no ha habido otra. ¡Y qué bien la vendimos luego!

—Es verdad, patrón. Pero ya verá la que vamos a preparar para Andresito. Mañana vengo para que demos una vuelta por los corrales. Quedará encantado. Ahora falta ver los carreteros. De los viejos quedan pocos y los muchachos no se han aficionado.

—Pues, hay que prepararlos también. Ojalá no se les ocurra salir con que ganan más en la hacienda de Núñez o que este los necesita. Y como casi todos viven en sus tierras, lo preferirán...

La oportunidad se había presentado y doña Matilde, que seguía paso a paso la conversación, la aprovechó inmediatamente.

—Hombre, tal vez sería una buena ocasión de hacer volver a unas cuantas familias de las que se fueron de los terrenos. Andresito va a necesitar mucha gente...

—¿Qué dices, Matilde?... ¿Volver a traer esa gente que nos maldice y nos odia y que desea nuestra ruina? ¿Has pensado en lo que has dicho?...

—No te exaltes, Andrés. Sí, lo he pensado. Hay más, lo he pensado siempre, aun cuando tú te empeñabas en que los echaran...Me parece que esas gentes son necesarias para nuestros trabajos: ellas constituyen una fuerza de gran valor para las labores de la hacienda y la prueba de ello es que Núñez los ha recogido a medida que tú los expulsabas...

—Sí, parece que ha sido más hábil que yo. Lo he comprendido bastante tarde...

—Nunca es tarde para nada, Andrés. Lo que hizo Núñez lo habrías hecho tú también en igualdad de circunstancias. Lo que sucede es que tuvimos una época en que creíamos que nuestra juventud sería eterna y que todo lo manejaríamos a nuestra voluntad; que el mundo se pondría a nuestros pies.

Yo también soñé, como tú, en grandezas y poderíos dijo —mintiendo por primera vez en su vida, para ayudar a cargar a su marido el peso de sus errores—. Yo también quise que las cercas de nuestras tierras se fundieran en el horizonte y que nuestros montes no tuvieran límites... Pero hoy es otra cosa; hoy no tenemos para qué preocuparnos por nuestra propia felicidad. El porvenir es de nuestros hijos y a estos debemos rodearlos de tranquilidad y de reposo para que vivan felices. A nosotros nos toca esperar, al abrigo de su cariño, que la vejez no sea suave, para que la muerte nos llegue sin mortificaciones...

—Yo no sé qué pueda hacerse para llegar a ese fin.

—Yo le daría consejos —interrumpió el doctor Pérez.

—No hay necesidad de ellos —intervino altiva doña Matilde—. Andrés sabrá hacerlo. Su propia inteligencia, que es clara, y su corazón, que es bueno, a pesar de lo que crean algunos, le aconsejarán lo que debe hacer. Entre tanto, usted, doctor Pérez, seguirá las instrucciones que le dé Andrés.

Este no sabía lo que pensaba. Algo extraño bullía en su alma, ignorado hasta ahora. Jamás había sentido las palpitaciones de su corazón. Su cerebro había dominado siempre los laditos de esa víscera que encierra la nobleza de los sentimientos. No podía comprender por qué, a esa hora, las palabras de su mujer, las mismas que le había dicho en otras innumerables ocasiones y oído pronunciar sin emoción alguna, le agitaban el corazón y le oprimían de los sentimientos.

No podía comprender, por qué, a unas frases de sencillez tan grande que en mil circunstancias le habían sido indiferentes, le produjeran en ese instante tanto bienestar, tanto consuelo, y le hubieran ido quitando algo como un velo que cubría sus ojos. Le parecía ver las cosas de otro modo, con otros colores; y la lluvia, que seguía cayendo afuera, le sugería el eco constante y armonioso de las palabras de su amada compañera...

Doña Matilde lo observaba. Jacinto y Pérez guardaban respetuoso silencio y Teresita no estaba allí para romper, con algunas preguntas, el ritmo de los corazones que seguían, en paciente espera, el final de la concentración espiritual de Picota.

Don Andrés reflejaba en su semblante el estado de su espíritu. Al ceño adusto que precedió al mutismo en que se había sumido, siguió la expresión dulce del rostro del hombre que ha cruzado dos tercios de la vida. Sus músculos fueron distendiéndose y los rasgos severos de su raza ofrecieron la suavidad característica de los de su padre. A ninguno de los presentes se escapaba esa transformación visible y tranquilizadora. Y, cuando dejó de posar sus ojos sobre doña Matilde, pudo ver ella que era la misma mirada apacible y risueña de los primeros tiempos de su vida matrimonial.

Y Jacinto reconoció al mismo hombre de los días felices de la juventud, y el doctor Pérez creyó ver a otro hombre: la caricatura invertida de Picota...

—Has dicho la verdad, querida Matilde. Siempre la has dicho, pero solo ahora la he creído. Nunca es tarde para corregir errores y, si de mí depende que los que he cometido se corrijan, estoy dispuesto... ¿Qué crees que debemos hacer?

Doña Matilde no pudo contenerse y se arrojó a los brazos de su marido que, presa de la mayor emoción, dejó correr por sus duras y tostadas mejillas las primeras lágrimas que salían de sus ojos después de muchos años...

Jacinto resistía valerosamente al llanto que le nublaba la vista, y el doctor Pérez, que no salía de su asombro, dejaba escapar una sonrisa de inefable satisfacción que se perdía en el laberinto de las arrugas del rostro.

—¡Un telegrama! ¡Un telegrama! —decía a gritos Teresita, entrando al comedor con un papel en la mano...

Doña Matilde casi lo arrebató de las manos y, con el pulso tembloroso, rompió el sobre y leyó luego:

—Es de Andresito y Julita. Y sollozando leyó: "Acabamos de recibir diplomas. En este momento de intensa dicha, coronación esfuerzos suyos, nuestros corazones estaban con ustedes y su recuerdo nos acompañaba. Profesores y condiscípulos nos recomiendan felicitarlos. Nosotros los besamos y desde hoy les consagramos nuestras vidas... Próximamente avisarémosles fecha regreso. Besos a Teresita, Francisco; abrazos Jacinto, familia, amigos. ¡A todo el mundo! Amantes hijos: Andrés, Julia".

Un torrente de lágrimas corrió por las mejillas de don Andrés y de Matilde. Teresita tomó el cablegrama y salió corriendo hacia el interior, mientras Jacinto, queriendo ocultar también el llanto, se retiró del salón, invitando al doctor Pérez a hacer lo mismo...

Nadie sabe lo que dijeron, si algo se dijeron con palabras, esos dos seres que vivieron unidos siempre por los lazos del matrimonio, y que tan distanciados estuvieron hasta ese día por motivos de sentimientos. Pero era evidente, y todo el mundo lo comprendió desde ese instante, que para los amos de la Hacienda de San Pedro se abrían las puertas a una nueva vida.

Cuando, en la mañana del siguiente día, el doctor Pérez dejaba la casa, ya no pesaban sobre su cabeza los temores que le llevaron a la Hacienda de San Pedro.

CAPÍTULO XXVI

Contradicción de las almas

—Ya el pobre doctor Pérez está feliz. ¡Qué miedo tenía de que yo iniciara esas investigaciones!...

—Y tenía razón pues no se pueden falsear los hechos y desfigurar la verdad por toda la vida. Pero me alegro del resultado de sus gestiones. Se ha portado usted bien y ha obtenido el éxito debido...

Esta conversación la tenían en la oficina del licenciado Tovar, este y don Pablo Núñez, quien había ido al pueblo a preparar el recibimiento de sus hijos.

Tovar le refería cuanto le contó Pérez ocho días antes, apenas regresó de la Hacienda de San Pedro, y aunque se presentó como único autor del éxito obtenido, tanto don Pablo como Tovar estaban seguros de que la obra le pertenecía exclusivamente a doña Matilde.

—Ya sabía yo —decía don Pablo— que Picota estaba un tanto enfermo. Me lo había dicho Jacinto y, francamente, le confieso señor Tovar, que me preocupaba eso. Usted tal vez no me lo crea, pero le aseguro que siempre, a pesar de nuestras dificultades, he querido a Picota, y a su familia le tengo especial estimación. Muchas veces, en el curso de estos veinte años he sentido deseos de odiarlo y, en algunos instantes he pensado no soportar más sus injusticias y defenderme violentamente. Pero he reaccionado y vuelto a resistir como lo he hecho y usted lo sabe.

En los casos de los campesinos, habría podido ayudarles a sostener sus pleitos y a evitarles que los expulsaran de las tierras, pero no lo hice para no agriar más nuestras relaciones. Ya supondrá, pues, cómo me agrada lo que me han contado usted y Jacinto. Este no pudo aguantarse y al siguiente día estaba en mi casa...

—Ahora solo falta convenir la forma de llegar a una conclusión definitiva en estos asuntos. Desde luego cuento con que usted no hará resistencia a que los campesinos vuelvan a San Pedro.

—Por supuesto. Si lo quieren hacer, que lo hagan. Pero ahora va a luchar con otros factores que lo sorprenderán. Lo que pudiéramos llamar gremio de campesinos, no existe en verdad. Cada uno piensa a su manera y cada uno quiere cosa distinta. Todos son genuinamente individualistas. Estos hombres, que pudieran ser una fuerza en el desenvolvimiento de la cuestión social en Panamá, no tienen la menor idea de lo que representan. Hasta ahora solo usted les ha hecho comprender algo de su valor como colectividad, pero no logrará por ahora agremiarlos. Entre ellos no existen enemistades, pero tampoco comunión de ideas. Cada cual, ya le dije, constituye un problema y será necesario que una generación de campesinos educados reemplace a la actual para que pueda conseguirse que actúen como deben en la sociedad panameña.

Y nada tendría de raro que alguno, cuando usted le proponga volver a sus tierras, piense y le diga que si no le pagan no cambia de domicilio; y habrá otros que le dirán que no lo hacen aunque las autoridades los echen... En fin; verá usted cosas sorprendentes. Y no es porque sean malos, no. En lo general son de buenas condiciones morales, pero es que conservan de nuestra raza indígena la malicia y la desconfianza. No creen en la bondad de los otros. Yo mismo, que les abrí las puertas de mi hacienda a los que Picota expulsaba, he sido víctima de esa desconfianza. "Nos recoge", han dicho muchos, "porque nos necesita". Y puedo asegurarle, señor Tovar, que nunca pensé en el favor que recibía como en el que otorgaba...

—Ya tengo alguna experiencia de lo que me dice. En estos años de tratarlos me he ido acostumbrando a su manera de ser y creo, como usted, que será obra del tiempo, a base de la escuela, lo que puede conducir a su organización como elemento social. Con todo, es deber de los hombres que nos hallamos en mejor nivel cultural propender a que ello se realice en el menor tiempo posible.

—En lo que yo pueda servirle estoy a sus órdenes. No olvide algo importante: la labor en contrario que harán otros. No sería extraño que, llegado el momento, usted tuviera de frente al doctor Pérez sosteniendo teorías contrarias a las que ha sustentado durante estos veinte años y que aparezca defendiendo a los campesinos de los supuestos perjuicios que usted pueda causarles con sus ideas... No olvide que va a romper usted con prácticas seculares, con principios arraigados en una clase social individualista, mejor dicho, personalista por temperamento, que se mantiene sustraída a asociarse para ningún acto en la vida, salvo para las juntas de tumba de monte, de siembra y de cosecha, porque ellas ofrecen el incentivo de la chicha o del seco que emborrachan...

—Muchas veces he pensado en esto y comprendo que lo que yo haga no logrará verse coronado con el éxito, pero algo haré en el sentido de mejorar la condición de esos compatriotas. Y como la escuela es la piedra angular de la solución de los problemas sociales, arremeteré con firmeza y decisión en la campaña que vengo desarrollando, cuyos frutos hasta hoy, si no son del todo satisfactorios, algo representan donde no se veía nada.

—Ahora, veamos los asuntos que me han traído a visitarlo incidentalmente, pues, como usted sabe, vine al pueblo a atender el recibimiento de mis hijos. ¿Cómo quedarán mis controversias con Picota?

—En definitiva no podré decirle. Pérez me ofreció presentarme por escrito unas bases, tal como se lo exigí, y espero me las envíe. En ningún caso, me parece, debemos dejar abiertas las puertas para nuevos litigios, si el asunto ha de terminarse, como son los deseos de todos. Yo creo que debemos prevenirnos de cualquier sorpresa por parte del Dr. Pérez.

—Está muy bien pensado, y como prácticamente mis asuntos están paralizados, es fácil llegar a cualquiera conclusión.

—¿No cree usted que don Andrés pueda sufrir alguna reacción que le haga volver atrás?...

—Fue tan inesperada su actitud que a veces he pensado que eso puede ocurrir, pero con la presencia de sus hijos, se mantendrá en el temperamento en que se halla. Picota ha trabajado mucho, más que yo, porque amplió su radio de acción y desarrolló los negocios en todos sentidos. Luego, los últimos años, por lo menos los últimos diez, han sido para él de trabajo intenso, constante, y de grandes preocupaciones con ese empeño de agrandar su hacienda a costa de mi hato. Sus pleitos con los campesinos y conmigo, le han consumido energías espirituales y físicas; forzó su naturaleza y afectó su organismo. Luego, la depresión moral que debió sufrir con el fracaso de sus planes del monte puso en su naturaleza la última palada del decaimiento.

Para levantarlo nuevamente ha sido necesaria otra conmoción espiritual y esa fue la que le produjo doña Matilde tan acertadamente en la tarde aquella. Esa mujer de instinto tan sutil, supo dar el golpe que venía preparando hacía años. Ella esperaba darlo a la llegada de sus hijos, pero aprovechó un instante y obtuvo éxito. Yo sé todo porque Jacinto me ha contado el largo proceso de reconstrucción espiritual de Picota gracias a la labor inteligente y cuidadosa de Matilde. Picota está cansado o lo ha estado, pero yo creo, como Jacinto, que dentro de breves días recuperará sus energías; y, como por naturaleza no es malo y con la edad los sueños de ambición van cediendo el puesto a la prudencia y a la cordura, su estado mental ahora tiene todas las características de la normalidad.

El alma, mi querido Tovar, es de lo más contradictoria. Vive en lucha con el cerebro. A veces violenta a este, pero en otras es violentada y hay mil circunstancias que determinan esa batalla en que, por lo general, no siempre, afortunadamente, triunfa el error, bien sea este del alma, bien sea del cerebro. Yo he sido víctima también de esa contienda formidable del corazón y la mente. ¡Cuántas veces he triturado el corazón! ¡Cuántas veces he caído rendido a sus plantas! Y me atrevería a asegurar que usted, a pesar de comenzar ahora la vida, ya ha sufrido esas luchas...

—Está usted en lo cierto y lo peor es que casi siempre me ha hecho perder el caso, cuando he cedido al corazón...

—No abrigo, pues, el temor de que Picota retroceda en sus determinaciones. Como es natural, le mortificará mucho hacer las paces conmigo, sobre todo si las circunstancias lo ponen en condiciones de ser él quien me extienda la mano. Pero yo le abreviaré molestias y saldrá bien del paso. Su familia conserva muy buenas amistades con la mía y aún conmigo. Nuestras esposas, compañeras desde la infancia, y nuestros hijos, contemporáneos, no se han hecho eco de los disgustos de los dos viejos y han cultivado sus afectos. ¡Qué horroroso hubiera sido lo contrario! ¡Entonces sí habría sido imposible todo!...

—¿Está aquí el señor Núñez? —preguntaba el mensajero de la telegrafía.

—Aquí estoy.

—Un telegrama, señor, de Panamá...

—Gracias, hijo. Toma esto para los dulces —dijo, entregándole una moneda de plata como propina.

Núñez leyó el telegrama en voz baja y luego le dijo a Tovar.

—Telegrama de los muchachos. Llegaron a Panamá esta mañana. Mis recomendados los han atendido y se han hospedado en una pensión. Avisarán la salida.

—No puede ser antes de la semana entrante. El buque de Lavergne está viajando y el de Pinel anclado en el puerto.

—Otra semana de espera. No se imagina usted cómo se sufre esperando a los hijos y cuántas emociones se reciben cada vez que se lee una carta o un telegrama!... Bueno, podré volver al hato y regresar en oportunidad. He dado orden de que le entreguen a usted cartas y telegramas y ya sabe que, tan pronto reciba unas u otros, me los despacha con expreso...

Se puso de pie para despedirse y salió al portal en donde se hallaba el mozo de estribo esperándolo con el caballo. Ya montado, el mismo cartero lo detuvo...

—Señor Núñez, ¿podría usted hacerme el favor de mandarle este telegrama al señor Picota?... Como usted vive cerca de él...

—Con mucho gusto, hijo —contestó sonriente don Pablo.

Y recibiendo el telegrama, que puso en un bolsillo del saco, se despidió de Tovar y del cartero y partió con dirección al hato...

Una hora después de haber salido, encontró a Jacinto que se dirigía al pueblo. Se detuvieron y Núñez le entregó el telegrama contándole lo que había pasado.

—Si no tienes otra cosa que hacer en el pueblo, podrías regresar.

—Ya lo había pensado. Nada tengo que hacer de importancia, aunque pensaba visitar al doctor Pérez para saber cómo andan los asuntos. Esto me lo encargó el patrón.

—Pues creo que no hay nada nuevo, fuera de alguna mentira, que te diría el viejo. Yo puedo referirte lo que me dijo Tovar y te excusarás con Andrés diciéndole que no se hallaba en el pueblo. Es una mentirilla sin importancia, a cambio de alguna buena mentira de falsa importancia como sería la de Pérez.

Y siguieron andando durante todo el día, aprovechando el tiempo en grata charla.

Jacinto le contó que don Andrés era hombre nuevo o, mejor dicho, el hombre de antes; entusiasta, visitador de todas las dependencias de la hacienda y que desde hacía tres días se mantenía a caballo horas y horas sin sentir fatiga. También le dijo que doña Matilde estaba hecha unas pascuas de felicidad, y Teresita gozaba de todas las libertades para escandalizar la hacienda porque ni siquiera se fijaban en ella los dos viejos... Todo el mundo estaba dedicado a transformar la casa y hasta los campos para recibir a los muchachos, y que esperaban el telegrama para saber a punto fijo la llegada...

Jacinto condujo hasta la cerca de los muchachos, como llamaba él a la cerca que abría Andresito, para acortar el viaje de don Pablo, y se despidieron.

CAPÍTULO XXVII

EL REGRESO DE LOS MUCHACHOS

La casualidad había hecho que nuestros amigos, Picota y Núñez, regresaran en el mismo barco que los llevó, el "Pastores", y desde el primer día de navegación se dieron al trabajo de hacerse una confesión o resumen de su vida estudiantil para ver cuál de ellos había dejado de cumplir los puntos del famoso programa que adoptaron.

Los ejemplares del notable documento se conservaban admirablemente. Parecía que no los habían vuelto a sacar del baúl, pero en realidad lo que pasaba era que se lo sabían de memoria y nunca tuvo necesidad de ocurrir al pliego escrito para resolver una duda.

—Por mi parte, he cumplido religiosamente mis obligaciones —dijo Andrés.

—Y yo las mías.

—Y yo mejor que todos.

—Y yo el primero —concluyó Pablo.

Efectivamente, no había reclamo grave que hacerse. Dos o tres llegadas tarde de Andrés y Pablo; unas cuantas protestas de Julia y de María. La corta temporada de gripe de Julia, que obligó a permanecer al pie de su cama a todos los del convenio, aunque este no hubiera existido. Uno que otro servicio religioso en que faltaron los varones; unas pocas citas a las que no concurrieron las muchachas y nada más. Todos resultaban pecados leves que fueron perdonados a la hora de cometerse y que en este momento casi no se notaban.

Al llegar a La Habana, donde harían una parada de veinticuatro horas, quisieron recorrer los mismos sitios que visitaron en el viaje de ida y así lo hicieron. Al pasar por la puerta de la catedral, un gentío enorme hizo detener el automóvil, y averiguando por el motivo de la aglomeración, el chofer les dijo que se celebraba la boda de unos jóvenes de la aristocracia cubana.

Realmente la multitud se abría en calle para dar paso a una elegante pareja de novios sobre los que caía una lluvia de arroz que arrojaban los asistentes a la ceremonia, mientras los desposados tomaban un elegante automóvil y se lanzaban a millaje horripilante, huyendo de la curiosidad de la gente.

—¡Qué bella la novia y qué elegante el novio!... ¡Qué felices van a ser... —pensaban los muchachos.

Y al verlos alejarse, los corazones de nuestros héroes palpitaron de emoción. Jamás habían sentido cosa igual y sus miradas se encontraron y se sorprendieron al ver en sus rostros el reflejo de esa emoción inesperada y deliciosa...

Desde este instante, la bella libertad de que habían gozado, se tornó menos ingenua y el trato que se dieron fue más respetuoso, tal vez ceremonioso, al extremo de que la situación embarazosa que se iba creando entre ellos les forzó a compartir con otros pasajeros las diversiones de abordo. Recordaron entonces que durante el viaje de ida habían llegado a sus oídos rumores de que se les llamaba novios a los que no les concedieron importancia. Y ahora, esa palabra tenía para ellos la magia de despertar las pasiones olvidadas entre las páginas de los libros y en el afán de instruirse y educarse.

Los días fueron transcurriendo de esta manera hasta que en una ocasión en que Julia y María estaban solas, la primera dijo:

—¿No has notado que Pablo no nos frecuenta como antes?

—Sí que lo he notado, lo mismo que Andrés.

—En Andrés se explica. Se ha enamorado de ti y tiene vergüenza de decírtelo.

—Y Pablo se ha enamorado de ti y se le ha pegado la vergüenza de tu hermano.

—Bueno, ¿y si Andrés te propusiera matrimonio qué le contestarías?

—¿Y tú que le contestarías a Pablo si te lo propusiera?

—Contesta tú primero...

—No, contesta tú.

—Pues yo —dijo Julia enrojeciendo como una chiquilla—, yo le diría que se ha demorado mucho en proponérmelo. ¿Y tú?

Y echándose a reír se propinaron mil besos y luego convinieron en que su situación era muy delicada, pues, no siendo gringas, eran incapaces de darse por notificadas de su amor ante sus novios probables.

—Pero de aquí a que lleguemos al pueblo hay bastante tiempo para hacerles sentir la pena que merece su vergüenza... ¡Qué buenos ingenieros resultan estos! —dijo Julia.

—Ya verás cómo voy a quitarle la vergüenza a Pablo en la primera ocasión.

Esta se presentó muy pronto, el día anterior a la llegada a Colón. Entre los pasajeros viajaba un profesor norteamericano que trabajaba en un colegio de Colombia y regresaba de sus vacaciones. Hablando con nuestros amigos les ponderó las ventajas comerciales de un colegio de señoritas en alguna ciudad de aquel país y les pronosticó a María y a Julia un gran éxito si se resolvían a seguir sus consejos.

María, cuya vocación al magisterio era reconocida por todos, tomó de la conversación del profesor el pie que era necesario para realizar sus planes y demostró un interés marcadísimo por el asunto. Le averiguó por las condiciones higiénicas de las ciudades, por su grado de cultura, por las tierras y cultivos, pues consideraba que sus padres no querrían vivir sino en el campo. Y el profesor le dio una conferencia admirable que todos escucharon y que con gran atención oía María, guiñándole los ojos a Julia, cuando podía hacerlo, sin que los muchachos se dieran cuenta...

—Parece que te agradan los informes —dijo tímidamente Andrés—. Cualquiera creería que piensas irte de Panamá.

—Pues, francamente, no sería difícil. Solo tengo a mis padres que, seguramente, querrán acompañarme. Aquí se quedaría Pablo, porque Juancito se iría con nosotros.

—Eso no lo puedes decir seriamente, María.

—¿Por qué no? ¿Tú crees que voy a vegetar toda la vida en el hato?

—Pero si así no pensabas hace una semana. ¿Y la escuela? ¿Y los jardines?... ¿y...todo?...

—¿Qué es todo?... ¿Mi papá y mi mamá?... Se irían conmigo.

—Oye, María, hazme el favor de venir un instante. Ya volvemos, señores; un momento no más...

María se levantó y, dejándose tomar del brazo de Andrés, salió a la cubierta y se acercaron a la borda.

—Mira, María. Eso no puede ser, ya sabes. No puede ser, porque yo quiero casarme contigo...

Era lo esperado y María le entregó sus labios, diciéndole:

—Si no lo dices tan pronto, me hubiera ido... al cementerio, no a Colombia.

Entre tanto, los contertulios se habían disuelto y Pablo y Julia se habían retirado a uno de sus rincones favoritos.

—¿Recuerdas este rincón de nuestro viaje de ida?... ¡Cuántas ilusiones nos hacíamos! Pues bien, ya están realizadas y volvemos a los cuatro años, pero sin que demostremos la alegría y los entusiasmos que tanto hacían hablar a los pasajeros de entonces...

—La culpa no es mía —contestó Julia—. Tampoco es de María. Nosotros hemos notado que ustedes se interesan más por otros pasajeros que por nosotras y comprendemos, claro está, que después de tantos años de estar juntos, se hayan cansado de las mismas caras, de las mismas voces, de las mismas conversaciones...

—No, Julita, por Dios. Yo no sé lo que se refiera a Andrés, pero lo que es a mí, es otra cosa. ¿Te acuerdas de la boda de La Habana?... Pues, desde ese día me despertó un deseo que sentía y que no podía explicármelo al principio. Y ese deseo era el de decirte que nos casáramos, pero no me he atrevido hasta ahora. ¡Qué calor se siente aquí! ¡Verdad?... ¿Y qué me dices tú a esto?

Julia había sospechado lo que iba a pasar y estaba preparada. Así que, inmediatamente, apartándose un poco, poniéndose muy seria, contestó:

—¡Qué atrevimiento el suyo, señor Núñez!... ¿Ha pensado en lo que significa esperar el último día del viaje para hacerme esa declaración?... Debería contestarle que no, para que otra vez no se le ocurra eso, esperar la travesía del Atlántico —y sonriendo y feliz, volvió a acercarse a su amigo, ahora su novio, que la recibió entre los brazos.

——Vamos a contarles a los muchachos que nos casaremos al llegar al pueblo.

Y encontrando a Andrés y María estrechamente unidos en secreta charla, les dijo Pablo:

—Señorita y caballero: Julia Picota y Pablo Núñez tienen el honor de participarles su próximo enlace.

—Señorita y caballero: María Núñez y Andrés Picota se sienten muy complacidos en participarles su próximo matrimonio.

—¡Bravo, bravo!... —gritaron unos estudiantes panameños que habían sido testigos de la escena y cuya presencia no fue advertida por los enamorados—. Esto vale una champaña. Vamos al salón.

Y así, suavemente, tranquilamente, ingenuamente, las almas tiernas y buenas de estos cuatro muchachos que se amaron desde niños sin saberlo, adelantaban también, sin saberlo, la paz tan urgente entre sus progenitores y, sin pensarlo, se convertían en los iniciadores de una nueva raza que vendrá al mundo con mejores bríos y más bellos ideales y hará la grandeza de la patria.

CAPÍTULO XXVIII

Hacia el monte otra vez

En el puerto del pueblo, un puerto pequeño, muelle que se interna en el estero formado por el mar en una de las desembocaduras del rio, hay una gran animación. Numerosas personas han acudido a recibir el barco en que vienen los cuatros jóvenes estudiantes. Desde tempranas horas, Tovar, Pérez y Jacinto, en representación de las familias, y algunas otras personas, esperan el arribo del barco de Pinel.

Cada sonido de la sirena que, en intervalos regulares, va indicando su proximidad, hace mover la pequeña ola humana que se hallaba en el muellecito. Y cuando se alcanza a ver la chimenea del barco, un murmullo de alegría recorre por todas partes. La proa está a la vista. Ya se distinguen las personas que vienen en el puente. Ya se van conociendo y, por fin...

—¡Hola, Jacinto!

—Salud, doctor Pérez...

Y mil voces como estas se levantan mientras la pequeña nave atraca y los de tierra la invaden como hormigas.

Frases de asombro, saludos, preguntas por los padres, por los amigos, presentación de Tovar a los jóvenes. Cartas que se entregan. Movimiento de baúles y maletas y desembarque de todos para que los viajeros descansen en la fonda del puerto, donde se les ha preparado desayuno, mientras los mozos se dedican a recibir el equipaje.

Tovar hace los honores en representación de Núñez, y Pérez, en la de Picota. Por ellos se enteran de que a última hora no

225

pudieron realizar el viaje que tenían proyectado para recibirlos, pero que en las haciendas les preparan grandes fiestas.

—El programa es muy nutrido —dice Tovar— y se tomará varios días se desarrollo.

—Los viejos están que se mueren de deseos de verlos —agregó Pérez.

—Pues, vamos andando —dicen los muchachos. Y, al terminar el desayuno, se levantan. Los caballos esperan ensillados y, unos minutos después, la alegre caravana sigue para el pueblo que atraviesan bajo exclamaciones de:

—Si está lo mismo, ¡ni una casa más!...

—Y las calles, como siempre, ¡descuidadas!...

—¡Pero sí han pintado las casas!...

—Y esta tiene dos pisos. ¿De quién es esta casa?

—Qué lindos los árboles del parque. Cuando nos fuimos estaban chiquitos.

—¡Mira qué muchacha tan bonita la que está en esa puerta!

—¿Qué familia vive ahí?

—Miren ese policía, está uniformado...

—No, debe ser porque nosotros llegamos...

—Aquel es el señor alcalde.

—No esta tan viejo. Me gustan los alcaldes jóvenes.

—Este puentecito sí es nuevo.

—¡Esta calle si está buena!...

—¡Mira esa vidriera!... Despúes dicen que para vidrieras, la Quinta Avenida.

—¡Qué lindo caballo el que monta ese muchacho!...

—Fíjate en la torre, María, la han mejorado.

—¿Y dónde queda la escuela?

—¡Qué lindos esos portales con sus flores!...

—Qué gusto da volver al pueblo de uno aunque sea chiquito y feo.

Y la caravana salió del poblado calculando que, en la tarde, llegarían a sus respectivas residencias.

Los muchachos y sus acompañantes mantuvieron amena charla durante el viaje y cuando llegaban a la orilla de un río alcanzaron a ver un grupo que se acercaba. Unos y otros apuraron el paso y pronto se conocieron. Eran Núñez, Emilia, Juancito y algunos mozos del hato. Muchos besos y abrazos y muchas lágrimas de contento. Nuevos informes e historias y continuar andando hasta el lugar donde se separaran los caminos.

Pero, qué sorpresa para todos, menos para Jacinto que todo lo sabía. Al desembocar en el llano, a pocos metros de donde se hallaban, vieron un gran grupo de jinetes que esperaban al pie de la cerca y tras de ellos un arco formado con las ramas de los árboles que servían de estacas para el alambre, adornado de veraneras y maravillas.

Todo el mundo se desmontó. Allí estaban Andrés y Matilde, Teresita, los peones de la casa y algunos campesinos de los alrededores. Los que llegaban también se desmontaron y las más tiernas y emocionantes expresiones se sucedieron por varios minutos entre hijos y padres.

Pero pasados esos instantes, Andresito y Julita tomaron del brazo a su padre y se acercaron a don Pablo, que se hallaba con sus hijos.

—Venga un abrazo de los viejos —dijo Andresito—. Esto es lo único que falta para que la felicidad sea completa.

Y no hubo resistencia ni vacilación. Don Pablo avanzó hacia don Andrés y se unieron en un apretado abrazo con palmadas en las espaldas.

Doña Matilde y doña Emilia se estrecharon, visiblemente emocionadas y llorando de contento.

Se sellaba la paz, y el silencio se prolongaba por falta de palabras. Esto podía ser muy agradable a todos, menos a Teresita, que no pasaba de ser un testigo de los acontecimientos y, alcanzando a ver a Juancito, se le acercó y le dijo:

—¿No te parece que este sería un buen sitio para un discurso como los que se dicen en las manifestaciones políticas?

—Ya lo creo, pero aquí para discurso solo está el doctor Tovar.

Y con la rapidez de acción que siempre tienen los muchachos inteligentes y traviesos, Teresita dijo:

—Yo quiero que el doctor Tovar nos haga un discurso ahora mismo.

Tovar, aunque sorprendido ante la agresión de la linda chiquilla, que rompía la emoción de los asistentes a la escena, expuso:

—Tiene razón la señorita. Es necesario que un extraño a las familias, pero amigo sincero de ellas, haga un brindis por su felicidad en estos momentos en que unas viejas amistades se renuevan para toda la vida. Y como yo he sorprendido un secreto y nadie me ha pedido reservas, voy a anunciar a los señores Picota y Núñez que sus hijos traen de Nueva York, además de un diploma honroso que los habilita para la vida en distintas actividades, una cosa más importante, un certificado expedido por el dios del amor. Quiero ser, pues, el primero en felicitarlos...

Los muchachos enrojecieron. Ya habían pensado en las dificultades para la noticia y la cosa salía a pedir de boca. Las preguntas se sucedieron en cascadas y la complacencia de todos fue manifestada con expresiones de íntima alegría.

—¿Y por qué no trajeron a Francisco? —interpeló Teresita.

—Porque tiene que aprovechar todo el tiempo este año —contestó Andresito, añadiendo—, pero todos los días que pasamos en Panamá estuvimos con él y te traemos una linda muñeca que te manda.

—Se nos hace tarde, patrones —dijo Jacinto—. Vamos andando. No crean que todavía estamos seguros de no mojarnos y a los niños podría hacerles daño el aguacero.

Montados de nuevo, don Andrés inició con Núñez la partida y al llegar a la cerca que había sido abierta como puerta de tránsito, dijo a su compañero:

—Por aquí, Pablo. Este camino es más corto... La puerta es de golpe y cierra sola...

Y algunos minutos después los dos grupos se separaban, dirigiéndose cada uno a su residencia, a donde llegaban luego sin que una gota de agua les hubiera molestado.

Parecidas escenas se desarrollaron en ambas residencias en esa noche y al siguiente día. Tras las conversaciones pertinentes a la movilización de materiales y preparativos para organizar los trabajos, cosas que no podrían adelantarse antes de quince días, porque lo primero que había que hacer era armar las carretas nuevas y preparar las grandes balsas que subirían el río, Andresito y Pablito, pensando en lo mismo, tomaron sus caballos y se encontraron y hablaron un rato, citándose para ponerse de acuerdo en la movilización de las maquinarias.

Las muchachas, por su parte, esperaban esas visitas y los padres brindaron a sus huéspedes toda clase de atenciones.

Y así pasaron los primeros días de la vuelta a sus hogares, hasta que llegó la hora de imprimir a su vida el ritmo que deseaban darle de acuerdo con sus actividades mentales.

CAPÍTULO XXIV

EL RUGIDO DE LA SELVA

Desde la llegada de los muchachos hasta el mes de enero en que se afirmó el verano, las dos familias, comandadas por Andresito y Pablito, se dedicaron exclusivamente a las labores de transportar las maquinarias y demás elementos a los puntos escogidos para levantar las fábricas.

La obra fue ruda. Numerosos hombres se distribuyeron por agua y por tierra. En grandes balsas de andar muy lento se llevaron piezas pesadas. Una lanchita de motor remolcaba las balsas y con largas palancas que servían de timón o de apoyo, o de defensa, avanzaban durante el día y anclaban durante la noche en alguna de las orillas del río. Por tierra, otros grupos de hombres conducían carretas o abrían caminos, aprovechando las horas frescas del día o las noches de luna.

Las contrariedades constantes y los peligros que se corrían, no desalentaban a los jóvenes que, cada vez, por el contrario, se hallaban más animados y resueltos.

En unas cuantas semanas, el puerto quedó desocupado de bultos de materiales y poco a poco fueron avanzando hacia arriba del río y penetrando en la montaña, tierra adentro. Había trabajo para todos: para patrones y jornaleros. La inexperiencia de estos, al principio, causó demoras y molestias, pero poco a poco fueron acostumbrándose a las labores que se les encomendaron y, al final del invierno, las cosas no fueron tan difíciles.

A medida que las balsas iban llegando a los sitios convenidos, ya se encontraban listos los lugares en donde debían guardarse. Grandes galeras de techo de zinc recibían y daban abrigo a ruedas, motores, vigas de hierro y materiales de construcción. Cuando las carretas cubrían el viaje, descargaban y volvían atrás a aliviar a las que les seguían. Y con método, paciencia y energía, los nuevos conquistadores marcharon incansables venciendo los obstáculos y coronando la primera etapa de su obra.

Entre tanto, fueron pocas las ocasiones en las que Andresito y Pablito visitaron sus casas y, por el contrario, casi todas las semanas, Julia y María, con sus padres o solas, se acercaron a los campamentos y llevaron sus sonrisas y sus estímulos a los intrépidos muchachos.

De la fecha de las bodas no se decía nada, aunque se sabía que tendrían efecto el mismo día, en alguno del verano, pero en diciembre todavía no estaban concluidos los primeros trabajos; solo fue en enero cuando terminaron con el transporte de los materiales.

Ahora, los trabajos eran otros. Donde se iba a emplazar el aserrío de Andresito se había practicado un gran desmonte y adelantado la quema. Las máquinas arranca cepas sacaban de raíz los troncos centenarios y en el terreno limpio se iniciaban las bases de los edificios. En un recodo del río se construía una represa para encauzar las aguas convenientemente y sobre un montículo vecino se levantaba la planta eléctrica que proveería de energía y de luz a toda la zona de trabajo y hasta a la casa de la hacienda.

Las habitaciones de los trabajadores y de sus familias, todas de un mismo tipo, se emplazaban en un llano donde se trazó una ciudad del porvenir; y las oficinas de las fábricas ya estaban concluyéndose en un punto equidistante de todas sus dependencias.

Entre tanto, los trabajos de Pablito también se adelantaban. El gran invernadero para sus experimentos agrónomos ocupaba magnifica posición al pie del bosque que lo defendía de los vientos fuertes del verano. La represa principiada por don Pablo sufrió pequeñas modificaciones en alturas y extensión, y las acequias se construían con gran rapidez, pues se había dispuesto iniciar el cultivo del arroz en gran escala desde el final del verano. Se tenían seleccionadas las semillas de caña y se montaba la planta para beneficiar la yuca, así como la que se dedicaría al aprovechamiento del coco y del maíz.

Pero lo más importante, para María sobre todo, era la escuela que estaban construyendo, aprovechando cuanto le quedaba a mano. Quiso salvar su primer local y consiguió que Pablito le cediera una parte del terreno contiguo. Andresito le había hecho los planos de reforma de la primera y los del nuevo edificio y ella los hacía cumplir al pie de la letra.

Resolvió dejar la vieja escuela para un kindergarten que pondría a cargo de sus mejores alumnas y abriría la nueva para los chicos de ambos sexos de más de siete años, sin llegar a los trece. El licenciado Tovar le estaba gestionando una subvención del Consejo Municipal del distrito y otra del gobierno nacional y esperaba conseguir que le pagaran el sueldo, por lo menos, de dos maestras. Durante el verano no podría recibir alumnos, pero al entrar el invierno creía estar lista para hacer funcionar la escuela con su "sección invernal" como llamaba a ese curso.

Los viejos, don Andrés y don Pablo, estaban prácticamente relegados a las atenciones de los potreros y ganados y no era mucho el empeño que se tomaban en ello, pues, el primero confiaba enteramente en Jacinto, y el segundo, en su mayordomo, Eriberto, hombre de mucha confianza y de experiencia. Así, en vez de andar de potrero en potrero y de revisar sacas, se daban cita ordinariamente en la "puerta de la paz" y se encaminaban unas veces a presenciar los trabajos de Andresito y otras a los de Pablito.

Pero fueron pocas las ocasiones en que no hicieron eso; sino que se internaron en los montes o en los ríos con escopetas y cañas, acompañados de un par de mozos y regresaron a sus casas, muy tarde, cuando ya sus esposas se hallaban alarmadas de la tardanza. Fueron también muy constantes las visitas que se hicieron a las dos parejas de viejos a sus respectivas residencias y para aderezar un poco la armonía reinante, no faltaron las discusiones en que don Andrés quiso ser siempre el vencedor, cosa muy fácil por cierto, porque don Pablo cedía sin mayor resistencia.

Los chicos, Francisco, Teresita y Juancito crecían y se abrían horizontes. El primero, después de muchos proyectos profesionales, resolvió estudiar derecho y esperaba obtener el bachillerato para irse a los Estados Unidos. Teresita decía que, como no podía ser vaquera, estudiaría para maestra a fin de hacerle competencia a María y formar una sociedad en la que ella mandara. Y Juancito, que mostraba tendencias a la pedagogía, había cambiado de propósitos para estudiar veterinaria.

—Lo único que he hecho —decía, cuando se burlaban de sus aficiones— es cambiar de clientes. Antes pensaba en los muchachos, ahora en los terneros. Y como, con aserríos y represas y escuelas y pleitos, nada sacan los ganados ni del Hato ni de San Pedro, es bueno que yo, el más inteligente del gremio, me dedique a cuidarles la salud a los vacunos y porcinos...que nos dan la base de la alimentación...

***

Al final del verano, las obras estaban concluidas. Cada dependencia había sido examinada y probada por separado. Montones de troncos esperaban pasar por las sierras y convertirse en tablas y vigas. La luz artificial rompía las sombras de la noche, convirtiéndola en día radiante. Los motores, impulsados por la energía eléctrica, alteraban el silencio de la montaña y dominaban con su ruido las voces de las gentes. Las compuertas de las represas respondían a la dirección de una palanca manejada por un hombre... En la región de Pablo, sucedía lo mismo. Ya la gran represa y las acequias derramaban el agua sometida al gusto y necesidad de sus dueños. El invernadero funcionaba admirablemente y las escuelas solo esperaban a los alumnos.

Así, pues, en ambas zonas de trabajo, las cosas estaban listas y ahora se pensaba en darle toda la solemnidad a la inauguración de las obras, a fin de iniciar definitivamente las labores. La distancia que separaba las plantas principales del Hato y de San Pedro se acortaron mediante el cruce del río por encima de la represa de Andresito, cosa que se hacía en pocos minutos y colocaba al viajero en los terrenos de uno u otro. De la represa a la granja experimental era cuestión de minutos por un buen camino que se recorría a caballo o en coche, para hacerlo más rápidamente. Muchas veces, las parejas de novios de ambos lados recorrieron a pie, de día o de noche, esa bella calle que parecía una alameda.

Andresito y Pablito, los jefes ahora de todas las actividades de las haciendas, celebraron consejo con sus padres y novias para arreglar el programa de la inauguración. Había necesidad de darle la mayor solemnidad al acto y por lo tanto era indispensable invitar a las autoridades del distrito, a las principales personas de toda la región y, especialmente, a todos los campesinos.

—Esta fiesta es de ellos —decía Andresito—. Los campesinos son los más beneficiados con estas obras que transformarán sus métodos de cultivo, les aliviarán el trabajo y les harán rendir mejor la fuerza de capital que guardan en sus músculos. Es necesario, pues, procurar que no falte ninguno de los colonos ni de los vecinos, y que vengan con sus familias. Pablo se encargará de hacerles amable e interesante la gira con sus plantas y yo haré lo mismo con las mías…

—Aprobado —contestó Pablito—. Y para evitar discusiones, los dos viejos y nosotros haremos la invitación personalmente o por medio de nuestros mayordomos…

—Pero, ¿cómo se hará con los que no quieren entrar en los arreglos propuestos? —dijo don Andrés—. Eso de indemnizaciones por supuestos perjuicios es un absurdo.

—Sobre todo —intervino don Pablo— cuando en la práctica no ha habido tales perjuicios…

—¿Y qué es lo que exigen? —preguntó doña Matilde…

—Unos quieren que les levanten los ranchos en los sitios en que los tenían; otros reclaman eso y los gastos que hicieron durante los pleitos y, otros, ¡no sé cuántas cosas!

—¿Estarán obrando estos de propia iniciativa o por consejo de alguno? —interpeló doña Emilia.

—No sería raro que algún zorro anduviera metido en esos líos —dijo don Andrés recordando al doctor Pérez, personaje que también recordaron todos los presentes.

—Si ustedes me autorizan —dijo Jacinto, que no podía faltar a la reunión—, yo me encargo de averiguar qué pasa.

—Tienes plenos poderes y, en caso de necesidad, consúltale al doctor Tovar.

—Ahora sigamos con nuestro programa —continuó diciendo Andresito—. Como es necesario ofrecer comodidades a nuestros huéspedes los distribuiremos entre las casas de la Hacienda y las escuelas…No hay más remedio que estrenar las escuelas con los adultos, María —dijo sonriendo—. En ellas se alojarán las personas que vengan del pueblo y las demás les arreglaremos grandes rancherías en distintos sitios y en cada uno montaremos una cocina.

—Pero, ¿has caído en la cuenta de la magnitud de esta fiesta?... —preguntó doña Matilde.

—Sí, mamá. Fíjate bien. Una vez que señalemos la fecha de la inauguración bastará volver atrás ocho días para distribuirlos así: el primer día deben hallarse todas las personas en los lugares que se les han asignado. El segundo día, muy de mañana, todo el mundo debe encontrarse en los llanos del hato, donde Pablo hará una exhibición del uso de la represa y de las acequias. El tercer día vendrá la visita a la granja modelo y como el desfile será lento se llevará todo el día. El cuarto, todo el mundo seguirá para el aserrío y yo les haré las exhibiciones más interesantes. Por fin, el quinto, pondremos a andar las máquinas y en la noche se hará una iluminación general de las plantas y campamentos…

—Eso es un horror —contestó doña Matilde—. Piensa que pueden juntarse más de mil personas y que es imposible atenderlas como supones. Yo no creo que se deba hacer eso y voy a proponer otra cosa. Pónganme mucho cuidado, porque ustedes saben toda la ingeniería que quieran, pero no entienden de dar de comer a mucha gente a la vez. Bueno: para la inauguración oficial, invitan a las autoridades, a las personas principales del lugar y a uno que otro de los jefes campesinos. Juntamos con esto un centenar de personas, porque la invitación deber ser extensiva a las señoras y aun a los jóvenes de ambos sexos. Ya este número es bastante grande, pero se puede manejar. Dos o tres días en estas faenas no es mucho. Y, después, ustedes anuncian a los campesinos que pueden venir por grupos de diez, veinte a treinta todos los días y así van eliminando poco a poco a los visitantes…

—Tiene razón, Matilde —dijo don Pablo—. Hay que convenir en que las mujeres saben más de esas cosas que los hombres y, especialmente, que los hombres… jóvenes.

—Apoyo el programa, don Andrés —doña Emilia se sumó a su colega y las muchachas batieron palmas.

—Por mí —dijo Julia—, me contentaría con que no hubiera invitados.

—Y por mí —agregó María—, solo quisiera niños…

Tras una pausa, Andresito y Pablo, que eran los únicos en sostener los puntos del primero, convinieron en que el programa quedaría reducido a determinadas invitaciones del pueblo y a unas cuantas de los campos.

—Bueno —dijo Andresito—, Pablo y yo hemos perdido esta batalla. Reservaremos energías para ganar otras más importantes. ¿No es verdad?...

—Claro que sí —contestó Pablito—. No hemos de perder siempre.

Desde ese momento, se redactaron invitaciones y quedó absolutamente concluido el programa de la inauguración, que tomaría dos días de fiesta. Para amenizar todos los actos se contaba con la orquesta del pueblo y excelentes radios que habían instalados en los campamentos y en las casas de las haciendas. Las señoras quedaron encargadas de lo concerniente a alimentación y atenciones a los visitantes.

***

El día de la inauguración se acercaba. Ya habían llegado varias personas del pueblo y entre ellas el doctor Pérez, que fue de los primeros.

—Me he adelantado a la fecha, porque yo no puedo hacer viajes con la rapidez de los otros. Ustedes excusarán, pero no podía privarme de la gran satisfacción de ver, por primera y última vez, un suceso como el que ustedes van a realizar.

—Ha hecho muy bien, doctor —contestó don Andrés—. Ya está su cuarto a las órdenes.

El doctor Pérez tenía menos interés en presenciar la inauguración que en hablar de negocios, de negocios a su manera. Así que, tan pronto le fue posible, abordó el tema con las reticencias de costumbre.

—Han visto ustedes —les decía a don Andrés y a su señora—, ¿cómo estos campesinos quieren ahora sacarle el jugo a la situación?... Se les ha ocurrido que don Andrés ha perdido los pleitos y que tiene que pagarles no sé cuantas cosas...

—¿Y usted qué les ha dicho?

—Pues, que no sean tontos: que todos los pleitos se han ganado y que nada tienen que indemnizarles ustedes. Pero ellos insisten y quieren darme poder para gestionar en su nombre. Y ustedes saben que soy pobre, que vivo de mi profesión —dijo socarronamente...

—No se preocupe por nosotros —intervino Matilde—. Acepte los pleitos. Andrés sabe, como yo, que si usted no tiene pleitos no puede vivir...

—Pero es que a mí se me hace duro aceptar poderes contra ustedes, que han sido tan buenos clientes...

—Pues, acéptelos, doctor, porque nosotros —dijo don Andrés con toda firmeza— no tendremos más oportunidad que ofrecerle. Esta vida de ahora es una vida nueva. De trabajo y de ilusiones para nuestros hijos y de descanso y de tranquilidad para los dos. Ya está resuelto el problema del porvenir y en el ensayo que hemos hecho en estos meses nos hemos convencido de que por fin somos felices.

Pasadas las fiestas que vienen, los cuatro viejos progenitores de la "nueva raza", como dicen los muchachos, seremos libres y tal vez nos vayamos a los Estados Unidos a dejar los últimos vástagos: nosotros a Teresita y Francisco, y los Núñez a Juancito…

Después pasearemos por una temporada. ¿No cree, doctor, que es bueno echar una cana al aire? —dijo, cambiando el tono con el que inició.

—Por supuesto que sí… Pero ello no evita los pleitos. ¡Usted sabe cómo son de tercos los campesinos!...

—No, doctor —dijo doña Matilde—. Los tercos somos nosotros, los civilizados, como nos llamamos. Esos infelices tienen, como es natural, sus aversiones, sus pasiones, pero alcanzan a dominar un buen consejo cuando se les hace comprender con palabras claras las buenas intenciones. Si usted les habla es seguro que los convencerá de que no deben ser exigentes… Allí viene Jacinto —agregó, mirando hacia el patio de la casa—. ¿Qué nos traerá este gran amigo?

—Buenos días, patrones. Buenos días, doctor Pérez…

—Bienvenido, Jacinto. ¿De dónde vienes?...

—De arreglar el asunto con los colonos. Estos paisanos son el diablo —dijo maliciosamente—. ¿Sabe lo que me han dicho, doctor Pérez?...

—Hombre, ¿qué te han dicho esas buenas gentes?...

—Pues, que usted los anima a entrar en pleitos con el patrón…

—¡Qué gente, por Dios! —dijo sonriendo con sorna, doña Matilde—. Y usted que nos contaba los esfuerzos que hacía para no recibir poder de ellos contra nosotros…

—Así son todos ellos. Mentirosos y malagradecidos —dijo Pérez.

—Cuéntanos, pues, lo que hay —intervino Picota.

—Aquí está la lista completa —agregó Jacinto, sacando la libreta en que aparecían anotados todos los campesinos que poblaban las haciendas de San Pedro y el Hato—. Los he visto uno a uno. Y fue haciéndoles una relación detallada de cada caso.

—Como ve usted, patrón, unos veinte volverán a sus tierras y en junta cargarán con los ranchos. Otros desean quedarse donde se hallan y otros quieren irse más arriba. Anselmo me dijo que él había pensado que estaba muy viejo y desde que el hijo se fue a Panamá no tiene quién lo ayude. Cuando le dije que podía usar con sus ganados el potrero del llano, me contestó: "Lo mejor es que don Andrés me compre ese ramito de ganado, y que se quede con la plata para que me la vaya dando cuando la necesite. El día que me muera yo no sé a quién se la voy a dejar".

—Caramba —dijo Pérez—. Conque tiene sus realitos Anselmo y no sabe a quién dejárselos.

—Sí, porque su mujer dice que el primero que se muera se lleva al otro. ¡Ja, ja, ja!

—Bueno, arregla tú como quieras ese asunto. Tal vez te convenga comprar ese ramito de ganado. Queda cerca de tu sitio, Jacinto, y tú le puedes ir dando la plata a medida que te la pida, pero llevando la cuenta —dijo doña Matilde.

—Efectivamente —agregó Picota—. Habla, pues, con Anselmo...

—Gracias, patrones. Será una buena adquisición para mí. Todo el ganado es achiotillo. De allí conseguimos muy buenos bueyes para las carretas.

—Bueno, en conclusión, ¿cómo quedan las cosas con los campesinos? —preguntó don Andrés...

—Absolutamente terminada. Ni uno solo reclama nada y no faltaron los que me hicieron encargos especiales para mi comadre Matilde...

—Esos los cumplirás después, se apresuró a decir doña Matilde. Son cuentas mías...

—Como si no supiera yo lo que me has estado ocultando durante quince años —dijo amable Picota...

—No hay que hablar de eso, Andrés. Yo no quiero que se recuerde nada de lo pasado hasta el día de la última visita del doctor Pérez. Así pues, doctor, no hablemos más de pleitos, ni de poderes, ni de transacciones. Si algún campesino vuelve a usted con ánimo de pelear, desanímelo para su bien y provecho. Pasado mañana se reúne toda la gente y empieza la fiesta, no hay que pensar más que en esto...

—A propósito —dijo Jacinto—, vi las parejas de novios en el llano grande y cuando me detuve a saludarlo me dijo

Andresito: "¿Qué te parecería, Jacinto, que arregláramos aquí un aeródromo?..." "¿Y eso qué es?", le contesté. Todos se echaron a reír en mis barbas. Entonces la señorita Julia me dijo: "¿Has visto esos enormes aparatos que pasan de vez en cuando por los aires?" "Claro que sí, señorita", le contesté, "esos aparatos de los gringos que llevan gente y hacen ruido y espantaban al ganado en los primeros días y que dicen que en la guerra echan bombas?". "Efectivamente", me dijo la señorita Julia, "pues esos aparatos necesitan de un terreno muy amplio y muy plano para bajar y subir, y de unas barracas muy anchas para guardarse; y nosotros estamos pensando que este llano sería maravilloso para eso; el terreno que se usa para los aeroplanos se llama aeródromo"...

Buena lección me dio la señorita Julia, pero yo le pregunte. "¿Y qué van a sacar ustedes con ese aeródromo?". Otra vez se echaron a reír y me dijeron: "Aquí tendremos uno o más de esos aparatos y el día que queramos ir a Panamá o a David o a Santiago o a Aguadulce, nos metemos en él y echamos a volar como si fuéramos gaviotas".

Yo no me atreví a reír, pero sí les dije: "Eso será cuando yo muera porque no es verdad que yo vaya a presenciar una aplastada de ustedes". Pero ellos están en su punto y ya verán que algún día se salen con la suya. ¡Dios los guarde!...

—Todos los jóvenes son atrevidos y valientes —dijo el doctor Pérez.

—Pero confío en que mis hijos no pasarán adelante en sus proyectos de aviación —dijo doña Matilde, preocupada

—Yo ya no creo ni dejo de creer —repuso don Andrés—. Uno no sabe todo lo que han visto los muchachos en los Estados Unidos y por experiencia sabemos que se salen con la suya... Allí están las plantas que vamos a inaugurar.

***

Por fin llegó el día de la gran fiesta de inauguración. Más de cien personas extrañas se habían reunido en las dos haciendas y se dio comienzo al programa preparado con tanto cuidado. Los patrones se deshacían en atenciones con sus huéspedes y los cuatro jóvenes a quienes se incorporaron Teresita, Francisco y Juancito, cumplían las partes que les correspondían.

Durante la primera jornada fueron muchos y muy interesantes los incidentes que presenciaron los visitantes. La apertura de las puertas de la represa para dar agua a las acequias resultó un acontecimiento. Luego, las serpientes de agua que se lanzaron en distintas direcciones y cuyo caudal aumentaba o disminuía a gusto de Pablito. Después, la granja, cuyas maravillas no era posible contemplar en todo su extensión en pocas horas; las escuelas y jardines se llevaron el resto del día y, por la noche, los radios y la orquesta completaban el aspecto grandioso que ofrecía todo el Hato Chico iluminado con luz artificial.

Al siguiente día, la enorme caravana se puso en marcha hacia el aserrío y dos horas después, todo el mundo estaba en los sitios que se les indicaran.

Qué sorpresa para todos. Los edificios de techos pintados de rojo y paredes de color de cemento claro y obscuro, presentaban desde lejos, con sus imponentes fachadas, el más interesante aspecto, nunca visto, para la mayoría de los visitantes.

Cuando las gentes llegaron ya estaban Andresito y su grupo al pie de las máquinas y después de lanzar una estridente pitada las sirenas, puso a funcionar todos los motores. El ruido era infernal. Las grandes ruedas se movían a compás cadencioso. Andresito estaba en plenitud de su entusiasmo. Hizo cesar el ruido y haciendo uso de un reproductor de la voz habló a la concurrencia.

Fue elocuente. Dijo lo que representaba para el país una obra como la que estaban viendo. Ella completaba la grandiosa empresa de Núñez. En adelante no existiría necesidad de importar maderas para construir edificios, ni para la fabricar muebles. Todo lo proporcionaría su planta y, así como él, muchos panameños podrían hacer lo mismo montando en todos los distritos aserríos como el suyo.

Les habló del proceso que debía seguirse en los trabajos. La derriba de los árboles, el corte de los trozos, su traslado por las aguas del río hasta el sitio de las sierras circulares y les hizo luego una exhibición de la manera de convertir los troncos en vigas y tablas.

Y todos vieron cómo una máquina de poderosas uñas tomaba un tronco largo y pesado y lo colocaba sobre rieles que lo conducían a las sierras en las que era convertido en un instante en numerosas tablas que luego pasaban a una bodega de donde las embarcarían a Panamá. Y vieron también un lanchón de hierro, ancho y largo, que navegaría con su preciosa carga hasta el puerto, donde lo tomaría un remolcador para llevarlo hasta la capital.

Luego, visitaron las demás dependencias y pasaron a terminar el día en los sitios designados en la "Ciudad del Porvenir". A las siete de la noche, cuando las sombras eran densas, las sirenas rompieron el silencio profundo que reinaba, la luz invadió las torres, las ventanas, las plantas, los árboles y el puente de la represa. Era una visión fantástica. ¡Era lo nunca soñado!

Fuegos artificiales de bella confección se mostraron a los ojos admirados de los visitantes y un clamor general de alegría y felicidad dominó el ambiente. La orquesta atronó los aires con piezas alegres y todo el mundo sintió que su espíritu se transportaba, en alas invisibles, hacia regiones no imaginadas antes...

En la madrugada, las gentes se disolvieron. El día siguiente, muy temprano, regresaron a sus hogares después de tributar a los dueños de las haciendas el mayor homenaje de reconocimiento por sus obras, factores decisivos en el progreso del distrito y de la patria toda...

Solo Tovar, en casa de Núñez, y Pérez, en la de Picota, demoraron el regreso, para aprovechar la oportunidad de concluir los asuntos pendientes con los campesinos, cosa que se tomó varios días debido a que se quiso rodear de facilidades a los vecinos y colonos.

Jacinto recorrió con ellos los sitios y campos y cada uno fue subscribiendo el documento respectivo, cuyas bases otorgaban derecho a los ocupantes para permanecer en las haciendas toda la vida y traspasar el mismo derecho, por herencia, a sus hijos o parientes.

—Con todo esto —decía Tovar— obtienen cuanto necesitan para su tranquilidad y felicidad. Pueden trabajar con empeño y con entusiasmo, seguros de que el fruto de su trabajo será de ustedes y de su prole. Y así, con el derecho a traspasar como herencia a sus hijos los bienes que poseen a la hora de la muerte, dejan asegurado el bienestar de sus descendientes. Si alguno abandona la heredad, perderá ese derecho.

—Y si mañana quisieran vender a extraños sus predios, ¿podrían hacerlo?... —preguntó Pérez.

—No podrán hacerlo, porque el beneficio lo otorgan los propietarios de las haciendas a favor de sus actuales ocupantes y de sus descendientes. A ellos no les convendría nunca que vinieran extraños a introducirse en sus propiedades. Es con este sistema como puede conservarse una propiedad activa de generación en generación. El trabajo, que es lo que puede dar y da, efectivamente, el derecho a la tierra, porque solo quien la cultiva debe poseerla, determinará en cada caso la duración del derecho. Sería injusto que unas haciendas llamadas a ser la base de una prosperidad positiva en el distrito pudieran destrozarse a gusto de los perezosos y holgazanes, quienes, por no trabajar, vendieran sus derechos a personas ajenas a la comunidad que ellos integran.

Las grandes propiedades no son peligrosas ni para el Estado ni para los ciudadanos cuando son explotadas en beneficio de todos y este es el caso que contemplamos. Cuando el señor Picota encerró grandes extensiones con ánimo de dejarlas incultas, procedía muy mal. Pero ahora que la empresa de su hijo va a utilizar la riqueza forestal sin destruirla, la fertilidad del suelo y la fuerza de los ríos, y todos los vecinos aprovecharán sus ventajas para desarrollar el trabajo y capitalizar sus energías, la situación es otra y buena.

Por lo tanto, se hace necesario que todos los hombres de buena voluntad se apresten a cooperar con esos jóvenes conquistadores para el buen éxito de sus empeños... Un elemento exótico, doctor Pérez, en esas haciendas, introduciría la creación de intereses nuevos que, en vez de aunar fuerzas y desarrollarlas en beneficio de la comunidad, lograría dividirlas con perjuicio para ella. Y es necesario ser prudentes y patriotas, también patriotas, no en el sentido del patrioterismo mezquino y vulgar que cierra las puertas a los que se acercan a nosotros con ánimo de trabajar y compartir luchas y glorias, sino en el de alentar y asegurar el éxito de los nuestros que se empeñen en el progreso de la república.

A los extraños que vengan a trabajar, no debemos negarles lo que honorablemente, prudentemente, podemos brindarles. Para ellos hay millones de hectáreas de tierras desocupadas que el Estado puede otorgarles sin perjuicio de nadie. En este patrimonio tengamos, en cambio, a los descendientes de los hijos de quienes fueron los primeros ocupantes. No es un sentido egoísta de mala ley, que ello no cabría en mis ideas.

Es el sentido de la propia conservación, innato en el hombre, que los más cultos debemos fomentar en los que han sido menos afortunados que nosotros para alcanzar la gracia de la educación...

—Vuelvo a decirle, doctor Tovar, que usted no viviría de la profesión de abogado. Y si todos sus compañeros y los que van saliendo del Instituto Nacional, piensan lo mismo que usted, llegará el día en que ninguno podrá desayunarse con el producto del oficio. En mis tiempos, era de otro modo. Cuando un pleito se terminaba, quedaba otro pendiente. Todavía están en los juzgados y en la Corte Suprema pleitos muy valiosos que no se resuelven definitivamente porque al terminar uno, se dejó abierta la puerta para otro; y con influencias y otros medios se ha conseguido, por lo menos, demorar la sentencia.

—Pero eso es una vergüenza. Sus teorías son desconcertantes, para no usar otros términos, doctor Pérez... ¿Qué diría usted de un médico que llegase a un pueblo dispuesto a establecerse en él y al poco tiempo de hallarse anunciando sus servicios profesionales se convenciese de que se trataba de una zona absolutamente sana, donde sus pobladores morían de viejos y no de enfermedades; donde nunca se presentaba una epidemia; qué diría usted de ese médico que, en vista de la falta de enfermos, se dedicara a regar bacilos infecciosos en las aguas, o a fomentar los focos de larvas de mosquitos palúdicos, a fin de tener oportunidad para curar el tifo y el paludismo?

—¡Ah! Eso sería infame y criminal —contestó Pérez.

—Pues, exactamente sucede con el abogado que obra de mala fe en el ejercicio de su noble profesión.

—No tanto: los perjuicios no son colectivos, sino individuales.

—Otro error, doctor Pérez. La justicia mal aplicada en uno hiere a toda la sociedad. Y la justicia que usted, por ejemplo, procura, dejando pendiente una acción que debería terminarse, no es justicia, es infamia y es crimen. Usted lo ha dicho. Un tribunal inferior o una Corte que demora las sentencias o deja abiertas las puertas para una nueva controversia, comete gravísimo delito y desprestigian el santuario de la justicia. Deberían señalarse penas severísimas a los magistrados y jueces que tales cosas hacen. Y proceder lo mismo con los abogados que propenden a la existencia de esos casos. ¿Quién podrá creer en la honorabilidad de los funcionarios que se han entregado a la influencia de los litigantes? ¿Quién podrá creer en la justicia impartida al mejor postor que, en esta caso, es quien goza de mayores influencias?... Y si este criterio se afirma en la conciencia de la comunidad, si ella piensa que, con influencias se ganan los pleitos, ¿qué queda de la Corte y de los Tribunales?...

—Y ya que aquel médico que usted supone no puede vivir de su profesión en ese pueblo sano, ¿qué haría? —preguntó Pérez.

—Todo es relativo en la vida. Un pueblo compuesto de habitantes sanos y vigorosos, que no sufre de afecciones endémicas, también necesita de médicos cuando alguno se rompe una pierna o un brazo; cuando va a nacer un niño o cuando se padece alguna afección aguda, cosas que son comunes en todas partes. Y un médico estudioso, que sabe que no solo de pan vive el hombre, tiene mucho que hacer en donde quiera que se halle y, precisamente, más en regiones que gozan de salud, porque disfruta de mayor tiempo para actividades mentales y de gabinete, para investigaciones científicas, porque la ciencia médica es inagotable.

—Eso no le resulta a un abogado...

—Lo contrario; le resulta tanto como al médico. Dirá usted que yo he perdido el tiempo con mi manera de ser y de proceder en el ejercicio de la profesión y que he dejado de ganar dinero. Pero, ¿cree usted que lo que he contribuido a hacer en el caso de Picota-Núñez, no representa mucho para mí en la labor profesional? Cuando llegué al pueblo, aquellos señores estaban listos al sacrificio de sus haberes y quién sabe si al de sus vidas. Después de las gestiones realizadas, los encontramos hoy unidos en los mismos esfuerzos y en los mismos ideales. ¿Que dejé de ganar dinero?... Mucho vale la estimación ganada en ambas familias. Y es de valor incalculable la satisfacción que experimento: no habría dinero con que pagarla.

Dirá usted, también, que con los arreglos que estamos perfeccionando se esfuman las posibilidades de sacarles honorarios a los campesinos en toda esta vasta región agrícola. Ello es verdad, pero si en un pueblo de hombres sanos y vigorosos, ya se lo dije, se rompen piernas y brazos, aquí no faltarán las consultas y minutas que son indispensables para liquidar tantos y tantos incidentes que se presentan en la vida, más o menos graves, o por el desarrollo de los negocios entre los hombres, aun de los más pacíficos. Y esos consejos dados honradamente y esas minutas honorablemente preparadas, se pagan y dan medios de vida a los abogados de conciencia...

Jacinto y un pequeño grupo de campesinos oían la interesante discusión sin que los últimos comprendieran bien la fuerza de los argumentos de uno y de otro, pero sacaban en claro que cuando Tovar deseaba dejar terminados los asuntos, Pérez pensaba que debería dejarse un pleito en perspectiva, y eso le restaba las pocas simpatías que podía conservar el viejo abogado, y ayudaba a levantar el prestigio del que ya gozaba el joven licenciado. Al decir las últimas palabras, Tovar fue interrumpido por Jacinto:

—Eso decía la otra noche mi patrón, lamentándose de haber pasado como veinte años pleiteando por puro gusto.

—Pero no fue mía la culpa —contestó Pérez.

—No toda, es verdad —dijo Jacinto—. Pero sí la mayor parte.

—Bueno —intervino Tovar—. No hagamos más filosofía y vamos a nuestro asunto.

Las faenas industriales en las haciendas continuaban ya muy entrado el invierno, haciendo en ambas todos los preparativos para el verano, cuando se realizarían los trabajos en gran escala. Las dificultades naturales se vencían, pero la intensidad de las labores era mayor en la montaña del aserrío. Gran número de hombres trabajaba derribando árboles y aserrando los troncos que luego arrojaban al río para que la corriente los arrastrara hasta la represa de donde serían transportados al secadero natural formado por inmensos galerones. Allí esperarían la hora de pasar por las enormes sierras circulares.

El riego del llano hecho por Pablito resultó magnífico. El arroz sembrado prometía una cosecha abundante, lo mismo que el maíz y las verduras. La granja de experimentación mantenía absorbido a Pablo la mayor parte del tiempo y eran una verdadera riqueza las muestras que lograba en plantas aclimatadas, en el desarrollo de las propias y en los injertos. Lo mismo sucedía con las especies de aves domésticas de todas las variedades conocidas.

María tenía en funcionamiento la escuela de invierno, cuyo número de alumnos aumentó, y con la ayuda eficaz de Tovar y el municipio, contaba con dos maestras que ella dirigía. Los ratos de descanso los pasaba al lado de su hermano, pero los sábados y domingos recibía la visita de Andresito, que le dedicaba los dos días.

Julia empleaba su tiempo en la pintura, el piano y las labores domésticas y esperaba la visita de Pablito, que era regular sábado y domingos y, con alguna frecuencia, una o dos veces más en la semana.

Pero el teléfono que habían instalado en ambas haciendas, con conexiones a las distintas dependencias de ambas, les daba oportunidad a los muchachos y a las muchachas de oírse a todas horas.

Las parejas de viejos seguían su vida ordinaria hablando de un gran viaje que proyectaban para llevar a los chicos a colegios de los Estados Unidos y dedicarse después a pasear largamente.

Y así corría ahora la vida de estas familias. Era tranquila, serena, de trabajo intenso y se esperaba febrero, cuando volverían de vacaciones los niños pequeños, para celebrar el doble matrimonio.

***

Como no hay plazo que no se cumpla, llegó por fin el mes deseado. Las familias se trasladaron al pueblo donde deberían celebrarse las ceremonias civil y religiosa.

Un sábado, pues, del mes de febrero, a las diez de la mañana, de una mañana brillante y fresca de verano, el pueblo todo se daba cita al pequeño templo y pudo presenciar el acontecimiento social más importante que registran sus anales.

Andrés Picota, hijo y María Núñez; y Pablo Núñez, hijo y Julia Picota, rebosantes de salud, de energía y de belleza, en plena juventud, celebraban sus bodas. Es la coronación de sueños de ventura y la culminación de las más gratas aspiraciones. Sus padres los acompañan, primero al juzgado y después hasta el pie del altar en donde las dulces esposas son entregadas a sus compañeros para la nueva vida y el sacerdote oficia a los acordes de una sencilla, pero sugestiva música religiosa.

La única nave del pequeño y pueblerino templo está de gala. Muchos adornos en pilares y paredes, y millares de flores alfombran el piso. En todos los semblantes se observa una gran complacencia por la ceremonia. Cuantos se hallan en la iglesia se consideran participantes en ella. En voz baja las mujeres entradas en años y sus maridos hacen algún comentario acerca de las madres y padres de los novios.

Las muchachas admiran los trajes de las novias y al oído se dicen cosas que las ruborizan cuando pasan los novios. Y los niños atropellan cuanto encuentran para acercarse al sitio de los jóvenes desposados.

El pueblo también está de fiesta y, al salir los novios del templo pasan entre dos filas formadas por los vecinos que los aclaman con gritos entusiastas. De la iglesia se trasladan al salón del Concejo, acondicionado para brindarles un almuerzo. Tovar es el designado para ofrecérselos.

Hace uso de la palabra en forma apropiada. Les dice lo que vale para el distrito la conjunción de las dos familias más poderosas de la región, los esfuerzos grandiosos que han hecho por lograr la prosperidad de su patria chica y les anuncia que, con el correr de los años, multiplicados en sus hijos y nietos, sus nombres vivirán en el recuerdo de todos los buenos pueblerinos... Les desea muchas felicidades y termina el discurso invitando a la concurrencia a dar un viva por los novios...

Un momento después, estos desaparecen dejando a todo el mundo con un palmo de narices porque los suponían cambiándose de ropa cuando fueron sorprendidos por Teresita quien, acompañada de Juancito, entra a la sala gritando...

—Los novios se fugaron... ¡Véanlos, ya van subiendo la loma del pueblo!...

—Cállate la boca; déjalos que se vayan —le dijo Francisco cerca del oído.

La concurrencia se echa a la calle y puede ver que allá, a los lejos, los cuatro jóvenes jinetes se alejan hacia los nidos de sus amores... Las manos se agitan, los pañuelos vuelan sobre las cabezas de los testigos de la romántica fuga y como si los gritos hubieran llegado hasta los novios, estos se detuvieron un instante en la cima del montículo y desde allá, con los sombreros y pañuelos, hicieron una última despedida...

Los Picota y los Núñez, entre alegres y tristes, acompañados de sus pequeños hijos, de Jacinto y de Tovar, emprendieron enseguida el regreso a las haciendas. Ya el camino no era tan largo como antes. Los trabajos ejecutados habían variado las vías, acortándolas, y el trayecto que antes se hacía en ocho o más horas, se cubría ahora en cinco.

Pocas palabras se cruzaron durante el viaje. La emoción embargaba sus gargantas y las horas transcurrieron lentas y monótonas. Pero al llegar a la puerta de la paz, Picota invitó a sus vecinos a quedarse en su hacienda hasta la noche, lo que fue aceptado. Pocos minutos más tarde se desmontaban en la residencia de don Andrés y tomaban asiento en las cómodas poltronas instaladas en el jardín.

—Bueno —dijo este—, ahora a pensar en nosotros y resolvernos a dar el paseo por el exterior, como lo hemos dicho tantas veces.

—Este viento norte —dijo don Pablo— convida a gozarlo en otras partes. Aquí nos recuerda trabajos y fatigas. ¡Que nos refresque en los días de descanso!... ¿Cuándo emprenderemos viaje?

—Cuando ustedes lo digan —insinuó Matilde.

—Quizás sería mejor oír la opinión de los muchachos —sugirió Emilia.

—No, nada de muchachos. Ahora somos independientes —habló con humor Picota—. Pero escuchen, ¡qué viento tan fuerte y qué ruido que trae!...

Todos pusieron atención... Realmente, un formidable ruido, no oído antes en ninguna época del año, hendió el espacio. El viento era constante, aunque a ratos más fuertes y entonces se sentía, con atronadora violencia, el espantoso ruido. Parecía que la tierra temblara, que los ríos se hubieran desbordado y que las fábricas levantadas con tanto trabajo y a tan alto costo se hubieran vuelto añicos...

Todos saltaron de sus asientos y, como para escuchar mejor, clavaron sus miradas inquisidoras en el horizonte sembrado de bellísimos colores, destellos precursores de la ida del sol...

En ese instante llega Jacinto, diciéndoles:

—¿Ya están oyendo?...Esperen un poco y lo sabrán todo.

Jacinto se hallaba visiblemente nervioso. No contestaba a las preguntas que le habían hecho, dedicado a mirar el cielo en todas direcciones. Estaba pálido, sudoroso, angustiado y el sombrero que pasaba de una mano a otra iba cayendo en pedazos a sus pies.

—Eso me parece un ruido del monte —dijo don Pablo.

—Sí, es el canto de la selva —contestó Jacinto—. Andresito me dijo que así cantaría hoy...

—¿Pero qué te pasa, Jacinto? —intervino suplicante Matilde—. ¡Habla!... No nos tengas en esta incertidumbre... Dinos, siquiera, que no es nada malo...

—¡Qué va a ser, comadre! Mire, mire hacia allá, al norte.

—Y todos miraron... Y todos vieron una inmensa ave que volaba en dirección de ellos e iba creciendo y creciendo a medida que se acercaba; y unos segundos después pasó sobre sus cabezas dejando caer una fantástica lluvia de flores...

Y todos oyeron las voces de los novios que decían: ... "¡Adiós!... ¡Adiós!". Y contemplaron atónitos, sin aliento para articular palabras, las curvas majestuosas y atrevidas que trazaba un hermoso avión que se perdía entre la gloria de los arreboles del cielo, sobre la triunfal verdura de la cordillera...

El ruido había cesado, pero la emoción era la misma. Entonces Jacinto les dijo:

—No se preocupen. Esto estaba muy bien preparado. El ruido fue producido por la represa, cuyas puertas se abrieron para dar paso a millares de troncos que chocarían unos con los otros, y por las sirenas de las fábricas... Era el ruido preparado por los muchachos para que ustedes pusieran atención y vieran lo demás. Por si acaso no había viento fuerte y no llegaba hasta aquí el ruido, yo tenía el encargo de hacérselos notar. Pero todo ha salido bien. El canto de la selva, como dice Andresito, lo oyeron ustedes y vieron también a sus hijos volar en el cielo... Van a Panamá y regresarán dentro de pocos días...

—Sí, todo lo hemos visto y oído —expresó Picota—, pero ese canto de la selva que parecía rugido, es algo terrible que no quisiera oírlo otra vez...

Y por su mente pasaron, en rapidez vertiginosa, los días aquellos en que soñaba con el incendio de la montaña y la noche en que sufrió la horrenda pesadilla...

Mientras tanto, Tovar, que no había dicho ni una palabra, pendiente de la emoción que dominaba su espíritu, al ver perderse la última línea del avión, exclamó, manteniendo sus ojos en el cielo:

—Esos son los dueños del porvenir. Ellos representan la nueva raza que hará la grandeza de la república. Son los hombres que dejarán la costa y se internarán en la montaña, tierra adentro, donde todo es virgen y todo espera la fecundación milagrosa del trabajo... En ellos desaparecen las rivalidades y los odios y se crea un sentido mejor de la vida, de una vida de afanes prósperos, de comprensión humana y de glorias positivas...

Todos miraban al horizonte, pleno de arreboles, al murmullo de las proféticas palabras del joven abogado. Solo Teresita, como extasiada, había clavado sus ojos dulces e inteligentes sobre el rostro de Tovar, que aparecía iluminado por los suaves y postreros rayos solares de esa memorable tarde...

ANEXO (CUENTO)

¿POR QUÉ SERÁ?

(Cuento de Navidad)

Por: Manuel de Jesús Quijano

La lluvia caía a torrentes sobre el techo de las casas produciendo un ruido ensordecedor al contacto con el cinc que las cubría. Las calles parecían ríos caudalosos que, de trecho en trecho, inundaban las aceras de cemento, angostas y mal construidas, en aquella parte de la ciudad, antigua y casi sin luz, poblada de casas de alquiler de construcción económica en perjuicio de la higiene y de la comodidad.

Por las persianas de las ventanas se escapaban apenas rayitos de luz de los focos eléctricos o de las lámparas de kerosín y en algunas esquinas de las innumerables callejuelas del barrio, el alumbrado intenso de las cantinas y restaurantes, daban a las calles un aspecto trágico y pintoresco a la vez: parecían alfombras de plata líquida, con centenares de sombras que asemejaban abismos, y millares de puntos, que imaginaban diamantes de proporciones enormes.

Era la noche de Navidad y el reloj de unos de los cuartos de alquiler del barrio a que nos referimos, señalaba las diez...

Una niña de nueve años de edad, de rubios cabellos y ojos negros que en bellísimo contraste llamaba la atención de cuantos la miraban; vestidita de limpio con un trajecito blanco que fue antes de otra y en el cual se notaban algunos remiendos y zurcidos; calzada con zapatitos debidos también a la caridad de alguna vecina, y adornada la cabeza y la cintura con retazos de cintas que fueron costosas; sonriente y feliz daba saltos y paseaba de uno a otro lado del cuartucho, mirando el reloj y deteniéndose ante su abuela, mujer de avanzada edad que la contemplaba a través de las lágrimas que brotaban de sus ojos.

¡Qué dicha, abuelita! —exclamó la niña la niña, al oír las campanadas del reloj que indicaban las diez—. ¡Qué dicha, abuelita! ... Ya falta poco para la misa... ¡Qué alegría!

—Tal vez no podremos ir, Blanquita —dijo la anciana—, ya ves cómo llueve. Si parece que las cataratas del cielo se han abierto esta noche.

Pero observando que la niña se entristecía, agregó:

—Mas no te desconsueles; pídele al Niño Dios que calme la lluvia y verás cómo te hace el milagro.

Blanquita no se hizo repetir el consejo, y en el mismo sitio, a los pies de su abuela, apoyando los codos sobre las rodillas huesosas de la anciana, levantó su cabecita de ángel, fijó sus lindos ojos en un cuadro de la Virgen del Carmen que estaba colgado en la pared y oró así:

—Niño Dios, querido... Déjame ir a la iglesia... Yo quiero verte nacer... Debe ser tan lindo eso... Padre nuestro que, estás en los Cielos... —y mientras Blanquita elevaba su plegaria al Cielo, fijos siempre sus ojos en el niño de la Virgen del Carmen, la anciana recordaba...

Todo había marchado bien hasta el día en que su hija Blanca perdió a su marido, aquel muchacho fuerte y vigoroso, trabajador y honrado que murió heroicamente en la guerra civil, al clavar la bandera revolucionaria en una trinchera enemiga... y el hecho ocurrió muy cerca de la casa en que vivían a pocas cuadras del puente de Calidonia. Por la noche, con la noticia del desastre de los suyos, les llegó también la infausta de la muerte de Juan. A Blanca se le prohibió que viera el cadáver de su marido, y fue ella, la anciana madre, quien lo acompañó a su última morada... A los pocos meses, en una noche de diciembre, lluviosa y triste, nació Blanquita y murió su madre. Desde entonces, las dos vidas, la que se iba y la que llegaba, formaron una sola.

Cuánto sufrió la pobre anciana, en los primeros tiempos, para salvar a su adorada nietecita, nacida endeble, como el tallo de una azucena. Pero el tiempo fue pasando y ya iban nueve diciembres, nueve Navidades que revivían en su débil cerebro el viaje eterno de su Blanca y las angustias de los primeros días de Blanquita. Esas Navidades fueron tristes al principio. Después, no tanto... ¿Y ahora? Blanquita esperaba ansiosa hacía dos años que su abuelita le cumpliese una sagrada promesa: la de llevarla a oír la Misa del Gallo. Y ese día había llegado por fin. Con mucho de anticipación, se habían preparado. La niña estaba lista; un trajecito que le habían regalado las vecinas junto con unos zapatitos, y "todo", como decía Blanquita aludiendo a las medias y a las cintas. Pero la lluvia podía echar a perder sus generosos propósitos, y entonces, ¡qué daría a su nietecita a cambio de la deseada misa!

¿Si fuera posible una muñeca? Nunca la había tenido. Pero, ¿cómo obtenerla? Y la pobre anciana lloraba en silencio.

—¡El milagro, mamacita! —gritaba la niña, abriendo la ventana...— ¡El milagro! Se ha acabado la lluvia y vea, abuelita, qué linda la luna...

Eran como las once y efectivamente, la lluvia había cesado. Blanquita y su abuela de pies en el balcón miraban hacia afuera y escudriñaban el horizonte. Los pálidos rayos de la luna iluminaban los techos de las casas más altas. Las calles, sin el agua de una hora antes, se veían limpias y lustrosas y a la semioscuridad del barrio había sucedido una claridad que permitía distinguir a las personas a regular distancia, pues, todas las ventanas se habían abierto al terminar la lluvia.

La hora de la misa se acercaba y de las casas iban saliendo en grupos todos los habitantes. La animación crecía por momentos: los niños desconfiaban dando brincos y tocando silbatos, y la alegría de los chicos se comunicaba a los grandes.

Blanquita y su abuela descendieron también como los que les precedían, tomaron el camino del templo más cercano. A pocos minutos, la Avenida Central se presentaba ante sus ojos: parecía de día, tal era la profusión de luces del alumbrado público, de las casas y bazares.

Sin detenerse, miraba Blanquita cada uno de los juguetes: una muñeca de mejillas rojas y de cabellos de "verdad"... otra "grande" como ella... otra chiquita que dormía en una camita con cortinas de encajes... más allá un payaso...

—¡Qué lindo! —exclamó al verlo.

A su lado, un elefante que tocaba con su enorme trompa, las teclas de un piano diminuto. Al fondo del escaparate, un gran tambor con platillos y una bicicleta. Hacia otro lado, un arbolito de Navidad con muchas luces, cajitas de chocolate y globitos de papel brillante.

La niña no se cansaba de mirar, y a cada momento le preguntaba a su abuelita cuánto valía esto o aquello, o lo de más allá. La anciana, conmovida contestaba... cinco pesos... diez pesos... veinte pesos... y agregaba:

—Vámonos, hija mía, que perdemos la misa...

Pero Blanquita parecía clavada al piso y seguía interrogando a su abuelita mirando la vidriera.

Un carro del tranvía que pasaba, ocupado por muchachos que hacían ruido infernal, hizo volver el rostro a la niña. En ese instante, como si hubiera hecho un descubrimiento, preguntó a la anciana:

—Dime, mamacita, ¿no es verdad que el Niño Dios le envía juguetes a los niños buenos?

—Sí, —contestó la anciana—... sí, es verdad... Eso me decía mi madre... Pero deseando que Blanquita olvidase los juguetes, añadió:

—Mas sigamos nuestro camino que perdemos la misa.

Al salir del templo, Blanquita conservaba toda la impresión que le había causado la belleza de la sagrada ceremonia: estaba feliz. Ya podía contar ella, que también había visto nacer al Niño Dios: sí, estaba segura de ello. No había perdido un solo detalle. Primero, había contemplado embelesada en el Altar Mayor, el Pesebre: La Virgen y San José oraban inclinados sobre un montón de pajitas amarillas: el asno y el buey, también estaban allí. La Estrella de los Magos brillaba sobre el arco del portal de Belén. Y había nubes, y en ellas, estrellitas pequeñas.

Cuando salió el sacerdote, la música rompió en alegres acordes, y por fin vino lo que tanto había anhelado: el Nacimiento del Niño Dios... Ella observó que un velito muy denso se iba levantando...y no pudo contenerse al ver al Niño que, con sus bracitos abiertos, aparecía acostado sobre las pajitas amarillas. Dio un grito que fue como el eco del Gloria del Ministro del Altar, seguido por mil silbatos, "carrascas", tambores, panderetas y timbales, que de todos los puntos del templo rasgaron el silencio que reinaba en ese instante. Después, un coro de pastorcillas rodeó el Altar y oyó las coplas que ella ya sabía:

"Venid pastorcillos
venid a adorar,
al Rey de los Cielos
que ha nacido ya".

Y tarareando las últimas estrofas, descendía de la mano de su abuela, la escalinata de la iglesia.

El regreso, fue silencioso y triste. Blanquita no hablaba y la anciana no se atrevía a interrogarla.

Muchas emociones había sufrido esa noche Blanquita, pero nada le impresionó tanto, como el reparto de juguetes en aquella hermosa casa.

—Tienen que ser muy buenos —se decía—, cuando el Niño Dios, les manda tantos...

Una honda preocupación la dominaba y al llegar a su cuarto, con tiempo apenas, para que su abuelita se sentase a descansar, se acercó a ella y la interrogó así:

—Dime, mamacita, ¿los niños de los ricos son buenos?

—Sí, hija mía; todos los niños son buenos... los pobres y los ricos.

—Entonces, abuelita, ¿por qué será que el Niño Dios, no les manda juguetes a los niños pobres?

El gentío era enorme en la calle: frente al templo se alzaba un precioso edificio en donde se distribuían juguetes. Niños de todas las edades asomados a los balcones se veían cargados de muñecas, de cajitas, de animales…otros salían del edificio, llevando en brazos objetos parecidos. Detenidas, la anciana y Blanquita pudieron verlo todo…

Blanquita se empinaba para ver mejor: ya no cantaba… Había olvidado la misa, el Pesebre, el velito denso que se levantaba, los bracitos abiertos y las pajitas amarillas… No veía otra cosa que muñecas y payasos y millares de manos pequeñas como las suyas… y aprovechando un momento en que les era fácil proseguir su camino, dijo a la anciana:

—Entremos a esa casa, abuelita, que el Niño Dios está repartiendo juguetes…

—No, hija mía, contestó apresurada y cariñosamente la anciana; no podemos entrar allí; esa es una casa particular, en donde los ricos se reúnen, para repartirles juguetes a sus niños.

BIOGRAFÍA

Manuel de Jesús Quijano:
una vida de templanza, trabajo y ética ciudadana

Por Rodolfo De Gracia Reynaldo

Cuando el estudio de la vida de una persona se centra en aspectos medulares de su quehacer, vital para la nación y, por ende, para la familia y para sí mismo, y cuando el rastro de sus huellas, de sus obras, pero sobre todo de su pensamiento y la valoración de su herencia moral y su legado familiar se yerguen como sólidos pilares, un nombre viene a ser en una sociedad un símbolo que la identifica.

Pero un nombre no es, como bien se sabe, una simple cadena ordenada de fonemas, sino un trasfondo de orgullo y legitimidad que lo respaldan y lo perpetúan en el tiempo.

Así como el Alonso Quijano de la vieja ciudad manchega o los Buendía de un Macondo que alimenta el imaginario colectivo latinoamericano se convierten en signos identitarios de sus respectivas literaturas, o los científicos, pintores o escultores vienen a constituir el legado humano de sus respectivas sociedades y de la humanidad en general, asimismo, los prohombres, seres reales, de carne y hueso, vienen a ser para las generaciones posteriores un modelo a seguir, cuando esa curva de vida ha corrido paralelamente a un hacer para la posteridad.

Este es el caso de un hombre como Manuel de Jesús Quijano Sarria, hombre del siglo XX, con una raigambre que hoy enorgullece a sus sobrevivientes y, en el panorama de la intelectualidad y la nacionalidad panameñas, es cifra sobresaliente del grupo de ciudadanos que han dado lustre a esta patria.

De él ha dicho Bonifacio Pereira Jiménez:

"Pudo haberse llamado Manuel de Jesús Honor, porque ese fue el apellido que le dieron sus actuaciones interioranas y de todas partes".

Nacido en Popayán, capital del Cauca, ciudad ubicada al occidente de Colombia, justamente el año en que ascendía al poder, por segunda vez, Rafael Núñez, quien sería presidente de la república en cuatro ocasiones.

Manuel de Jesús Quijano Sarria vino al mundo el 12 de diciembre de 1884, cuatro años después de la muerte de su abuelo paterno, D. Manuel de Jesús Quijano y Ordóñez de Lara, de origen ecuatoriano, célebre orador, político y estadista liberal, amigo del general Tomás Cipriano de Mosquera, originalmente miembro del Partido Conservador y posteriormente miembro del Partido Liberal.

Un año después de su nacimiento, en mayo de 1885, un fuerte terremoto sacudió la ciudad de Popayán y destruyó el Santuario de Belén. Gustavo Arboleda, en su libro **Evocaciones de antaño. Mis memorias** (Cali, 1926), describe el hecho de la siguiente manera:

"Recuerdo el gentío; recuerdo también las voces, las exclamaciones de socorro; no doy fe de la trepidación de la tierra, de la sacudida o bamboleo de los edificios. Tengo presente que la multitud se dio a correr hacia la plaza...".

Hijo de Elías Quijano Wallis y de Elisa Sarria Navia, Manuel de Jesús Quijano Sarria pertenece a una de las dos familias payanesas más influyentes, los Quijano Wallis y los Arboleda Quijano, herederos y propietarios de la Casa de los Caldas, patrimonio histórico de Popayán y de Colombia para honrar la memoria del erudito Francisco José de Caldas, denominado El Sabio.

Los ascendientes de Manuel de Jesús Quijano Sarria

Afirma José María Quijano Wallis, tío paterno de nuestro personaje (Ministro de Relaciones Exteriores, político y jurista), que "el primer español de ese apellido que habitó en Popayán se llamaba el conde Tomás Ruiz de Quijano".

En efecto, Tomás Ruiz de Quijano y Ruedas, nacido en San Felices de Buelna, municipio de la comunidad autónoma de Cantabria, España (1715) se cuenta entre los ancestros principales de los Quijano en Colombia.

Informa José María Quijano Wallis que del conde de Buelna descendió directamente Mariano Ruiz de Quijano y Lemos (autor de un importante libro titulado **Apuntes Genealógicos sobre familias de Popayán**, escrito a finales del siglo XVIII), quien a su vez engendró a los varones Francisco José Ruiz de Quijano (3 de marzo de 1790-1849), José Joaquín y José María, quien murió fusilado durante la Guerra de Independencia.

El primero, (Francisco José Ruiz de Quijano), que posteriormente renunció al título nobiliario y eliminó de su nombre el compositivo "Ruiz de", llamándose, por consiguiente, Francisco José Quijano, fue el bisabuelo paterno de Manuel de Jesús Quijano Sarria.

Es importante anotar que en la ascendencia por línea paterna (Elías Quijano Wallis), los Quijano son legítimamente cántabros, mientras que los Wallis proceden de Tumbridge, condado de Kent, en Inglaterra.

Dice José María Quijano Wallis en sus **Memorias autobiográficas, histórico políticas y de carácter social**, lo siguiente:

> *"El Dr. Jorge Wallis, médico y cirujano eminente, fue enviado por el Rey de Inglaterra como hombre de ciencia de una gran expedición que debía recorrer el mundo empezando por el Oriente y terminando por la América. En Guayaquil lo dejaron sus compañeros por*

hallarse gravemente enfermo a causa del tétano sobrevenido por la herida de un insecto ponzoñoso en las costas de Nueva Guinea".

Pero Manuel de Jesús Quijano Sarria tiene, además de la ascendencia cántabra e inglesa que le llega a través del linaje de su padre (Elías Quijano Wallis), también la ecuatoriana por medio de su abuelo paterno, Manuel de Jesús Quijano Ordóñez (latacungueño), este último apellido heredado de su bisabuela ecuatoriana, la distinguida dama Catalina Ordóñez de Lara.

Por otra parte, aún en la rama paterna (la de Elías Quijano Wallis, hijo de Rafaela Wallis Caldas (18 nov. 1811 - abr. 1902) y esta de Baltasara Caldas y Tenorio (1785 - 1862), quien a su vez descendía de Vicenta Tenorio y Arboleda (payanesa) y José de Caldas García de Gamba, gallego, (20 de febrero de 1738 - 24 enero de 1809), se puede afirmar que hay en él una ascendencia española de su tatarabuelo, José de Caldas García de Gamba.

En el capítulo LIII (El nuevo Jonás) del libro **Evocaciones de antaño** de Gustavo Arboleda, se trata al personaje Rafaela Wallis de Quijano, abuela de Manuel de Jesús Quijano Sarria, de quien se afirma:

- Antes de retirarse de Popayán hacia Panamá, el general Carlos Albán fue a despedirse de Rafaela Wallis de Quijano, que entonces contaba con 88 años.

  "Don Carlos, para su viaje fue a despedirse de doña Rafaela Wallis de Quijano. Esta señora, que llegaba entonces a los 88 años, aparte del respeto que merecía por su larga edad, y sus condiciones de dama culta y distinguida, era muy apreciada de cuantos la conocían y trataban, por las prendas de su carácter, franco, a veces en demasía".

- Sobre este episodio entre Carlos Albán y doña Rafaela Wallis de Quijano, el autor Gustavo Arboleda cuenta que, dada su franqueza le preguntó: "¿No te da miedo, Carlos, que te trague una ballena?". Añade Arboleda:

"Proféticas fueron las palabras de la señora Wallis de Quijano. El Dr. Albán tuvo trágica muerte en la bahía de Panamá, a bordo del barco chileno «Lautaro», con el cual descendió a las profundidades del océano".

- También se cuenta que era de una franqueza tal que en algún momento se dirigió al presidente de la República, diciendo: "Ve, Julián, andá comprame un carreto de hilo". Se refería al general Julián Trujillo. Ella era mayor que él, pero igual se afirmaba que trataba con confianza (tuteaba) a cuantos personajes célebres o notables hubiesen nacido en Popayán.
- En 1822, teniendo 10 años de edad, en ocasión de un baile que se ofrecía en honor de Bolívar (que para la fecha contaría 39 años de edad), cuenta el autor, tuvo la ocasión de bailar con el Libertador: "la vistieron de largo, y como era relativamente alta y bastante delgada, la «rellenaron» de postizos para que aparentase las formas de una señorita en pleno desarrollo; entonces le pusieron zapatos de tacón alto, que la incomodaban, pues no era usual que los llevasen las niñas, aun sin tacones. Antes de iniciarse el baile, observó que el libertador hablaba en una de las puertas del salón con su padre, el doctor José Jorge Wallis, médico inglés, y por las miradas de ambos comprendió que se referían a ella. Momentos después la sacó Bolívar para la primera pieza".
- Doña Rafaela, abuela de Manuel de Jesús Quijano Sarria, hace memoria de su tío, el Sabio Francisco José de Caldas, quien en el año 1816 fue hecho prisionero. Lo fueron a visitar Asunción Tenorio (tía del Sabio) y ella, que contaba con cinco años o estaba por cumplirlos.

- A los pocos días de ese encarcelamiento de 1816, la madre del Sabio Francisco José Caldas, Vicenta Tenorio y Arboleda, falleció y no se le permitió "ir a recoger el último suspiro de la madre".

Los Quijano y Panamá

El 10 de diciembre de 1903, envueltos aún los istmeños en el fervor de la independencia, y próximo a cumplir los 19 años de edad, llegó a Panamá, la naciente república, procedente de Popayán, Colombia, y en condición militante liberal en oposición al régimen colombiano,[*] el joven Manuel de Jesús Quijano, tataranieto del Sabio Caldas.

Este hijo de padre payanés y madre santandereana, (Manuel de Jesús) salió de Colombia (un país con apenas cinco millones de habitantes en ese entonces) cuando era presidente José Manuel Marroquín Ricaurte, se estableció en Aguadulce, provincia de Coclé, donde conoció a Luz María Robles Méndez, hija de Marcos Robles y Micaela Méndez Pereira.

Luz María Robles Méndez era, por la línea materna, sobrina de Octavio Méndez Pereira, primer rector de la Universidad de Panamá.

Con dicha dama estuvo casado durante 44 años, desde que contrajeron matrimonio el 8 de enero de 1906, y con ella formó una familia integrada, además, por 7 hijos, a saber: Luz Aura, Lilia Elisa, Olga Mery, Carmen Bélgica, Francisco José, Manuel de Jesús y Guillermo Elías.

Estudió en el colegio de los hermanos maristas (hoy Colegio Champagnat), comunidad religiosa que llegó a Popayán en 1889.

Dice su biógrafo, Bonifacio Pereira Jiménez, que la vida política de Quijano se inició en 1904. Por esos años se le encuentra como maestro de escuela primaria en Aguadulce (1904-1905).

Entre 1908 y 1909 ejerció el cargo de alcalde de Santa María, y en el bienio 1909-1910 ya alcanza la posición de secretario de Instrucción Pública de Coclé.

[*] Mélida Sepúlveda refiere, en su discurso de la **Semana del Libro** (22-29 de sept. de 1963), que llegó en condición de perseguido político. (Ver referencia n.° 12).

Entre 1910 y 1912 estuvo vinculado a la Administración de Tierras, primero como secretario del administrador y luego como administrador en funciones.

Fue gobernador de la provincia de Veraguas en 1912 y desde este año hasta 1918 se desenvolvió como corresponsal de **La Estrella de Panamá** y **El Diario de Panamá**; fue, además, fundador y director de **La Prensa Ilustrada**, este último un periódico de la época, cuya duración fue de trece años.

Desde 1918 fue miembro de la juventud del Partido Liberal en Veraguas.

Hacia 1922 se desempeñó como funcionario de la Tesorería del Municipio de Panamá.

Desde 1924 hasta 1928, según informa Juan Antonio Susto, fue diputado de la Asamblea Nacional y presidente de este órgano del Estado.

En 1947 fue ministro de Hacienda y Tesoro, en cuyo ramo fue sucesor de Daniel Chanis Jr., y cuyo desempeño se extendió de abril a octubre del mencionado año, cuando el Gabinete del presidente Enrique A. Jiménez renunció en pleno por razones de índole política.

Su fecunda labor intelectual

Manuel de Jesús Quijano Sarria fue, como se ha dicho, no solo un político, hombre de leyes, periodista, docente y funcionario de éxito, sino también un humanista en el más elevado sentido de la palabra y un escritor dedicado a la creación literaria y a la investigación y redacción de libros de texto en el campo de la historia y la geografía, así como los de temática económica y jurídica.

Son dos los seudónimos con que se dio a conocer en la creación literaria: X de Lara (en la revista **Mundo**, cuyo director era Napoleón Arce y donde publicó, entre otros títulos, **Demasiado tarde** —novela corta— 1922) e Iván Roscoff (**Fuego Redentor**, libro de cuentos y narraciones, 1933).

En 1922, José Oller Navarro, redactor de la revista **Mundo** (1922, cuando Manuel de Jesús Quijano contaba con 35 años de edad), lo presentaba con estas laudatorias palabras:

"Hecho hombre, y luego de haber fundado su hogar y su familia en el Istmo, su patria adoptiva, las exigencias de su nuevo estado le obligaron a redoblar sus actividades, sin que por esto sacrificara a la lucha por la vida, su vocación artística y literaria".

En su bibliografía asoman los siguientes títulos:

- Compendio de Geografía Universal (Tomo I, América y Europa) 1923.
- Antología Panameña 1926.
- Mensajes presidenciales 1927.
- Correspondencia del General Tomás Herrera (Tomo I) 1929.
- Compendio de Geografía Universal (Tomo II, Europa) 1929.
- Gobernantes de América (Tomo I: Estados Unidos) 1930.
- Elementos de Historia 1930.
- Fuego Redentor (cuentos) 1933.
- Un inicuo despojo y una campaña de difamación 1933.
- Nuestros problemas económicos 1933.
- La República Dominicana 1933.
- La Agencia Postal en 1938.
- Duarte, prócer dominicano 1939.
- Santander, el hombre de las Leyes 1940.
- Arnulfo Arias y el Panameñismo   1940.
- Estampas postales 1940.
- La Agencia Postal en Panamá 1940.
- Un triunfo de la Gestapo en Panamá 1941.
- Una campaña antifascista 1943.
- Checoslovaquia: democracia mártir 1943.
- La República Dominicana: una nación en marcha 1943.
- En la Ruta Liberal y Democrática (tres tomos) 1943.

En 1949, su novela **Tierra adentro** —segunda de su producción tras **El señor alcalde** (que data de 1940)— obtuvo el primer premio del Concurso Literario Ricardo Miró. Un jurado de lujo, integrado por Baltasar Isaza Calderón, Miguel Mejía Dutary y Juan Octavio Díaz Lewis expresaba en su fallo:

> *"**Tierra Adentro** es, en nuestro concepto, el trabajo que más se destaca y recomendamos que se le otorgue el **Primer Premio del concurso**. Por primera vez en la novelística panameña, y ello es un síntoma de prometedores avances, se ensaya con trazos firmes la creación de un personaje: Andrés Picota, el protagonista...[...] Hay indudable unidad artística en la obra, concebida a través del protagonista, y se prepara el desenlace con un sentido de justicia poética que incluso asegura la redención de Picota, salvándole de la odiosa impresión que sus desplantes causan a lo largo del libro".*

Esta obra se inserta en la narrativa de la época y refleja, sobre todo, la gran sensibilidad de su autor por los temas relacionados con el campo y con sus habitantes, y una denuncia tácita acerca de la prepotencia de los latifundistas, cuyo simbolismo se extiende a las modernas teorías sobre el poder y el margen, representado en la persona de Picota y los campesinos, respectivamente.

Las ideas expuestas en su argumentación hablan muy bien de la prosa de un narrador consumado (prosa que —repetimos— responde al modo de decir y de contar de la primera mitad del siglo XX). Aunque estaban de moda Carpentier, Rulfo, Borges, Asturias, en la narrativa panameña tenía vigencia **San Cristóbal**, de Ramón H. Jurado, y había además, ecos de la novela telúrica (o de la tierra), que estuvo en boga en el primer cuarto del siglo XX, y cuyos elementos se centran en la tenencia de la tierra, el ser humano frente a ella y la correlación de fuerzas de la naturaleza). En este movimiento, muy iberoamericano, se destacaron escritores como Mariano Azuela, Martín Luis Guzmán, Gregorio López y Fuentes, José Eustacio Rivera, Ricardo Guiraldes, Baldomero Lillo y Horacio Quiroga.

Observamos en **Tierra adentro** una preocupación de Quijano por el campesino, por la persona desposeída y, en contraposición, la fotografía del déspota, del materialista a ultranza, del abusador que a final de cuentas se redime para darle a la novela un final justiciero, que denota el equilibrio de la fuerzas (el bien y el mal), además de elementos que el discurso pondera, como el valor de la educación, el llamado a la conmiseración, al perdón y a la conciliación.

Es una obra que —aparte de su narración lineal y de sus diálogos sencillos— no deja de hurgar en la psicología de los protagonistas y de brindarnos una lección del más puro humanismo.

Por ello, en **Homenaje a mi padre**, Guillermo Elías Quijano Robles expresa con vehemencia ese carácter de don Manuel de Jesús Quijano al decir:

"En sus obras literarias se refleja vívidamente esa personalidad de mi padre. Por eso, en sus cuentos y en sus novelas palpita la inquietud de la tierra, vive la angustia de la familia campesina, agobiada por la injusticia social".

Y el propio autor, al referirse a su obra premiada, en visita inesperada (y tardía, pues demoró en identificarse como el ganador), ante el despacho del entonces director de Bellas Artes, don Bonifacio Pereira Jiménez, expresó:

"La honestidad ha sido principio y fin de mi vida. El Laurel premia ahora mis esfuerzos y estimula mi gran devoción por las letras. [...] Quiero mi libro, porque él es como historia de mis años en Veraguas y de mis largos peregrinajes por montes y pueblos cuando fui

Administrador de Tierras y Gobernador de esa Provincia".

Frases interesantes extraídas de Tierra adentro

Como la obra literaria no es sino trasunto del pensamiento de su autor, inserto él e inserta ella en una sociedad y en una realidad, o nacidos de ella, sin poder sustraerse de su pleno desarrollo y de sus influencias y vicisitudes, quisimos extraer de la novela **Tierra adentro**, frases dichas por los personajes que pueden pintar (y que de hecho lo hacen, a nuestro juicio) el pensamiento profundo, la filosofía de vida y la visión de mundo que signan a su autor.

- "Porque, está visto que el rencor es más dominante en las almas primitivas que el sentimiento de la gratitud".
- "Nos sobra la experiencia, que es madre sabia y generosa".
- "Todos los ciudadanos, y en este término incluyo a las mujeres, tienen el deber de preocuparse por la patria; y una de las formas más simples de hacerlo es la de ser dignos hijos de ella...".
- "Si yo no hubiera tenido tantos tropiezos en la vida, no sería lo que soy, no estaría hecho a saber sufrir dificultades para vencerlas y seguir adelante".
- "Solo se ama aquello que cuesta trabajo y luchas".
- "El hombre que no tiene aspiraciones no adelantará nunca, no progresará, no gozará las satisfacciones que se experimentan al ver crecer y desarrollar la obra de su trabajo".
- "Muchos hombres grandes que han hecho bienes sin cuento a la sociedad humana o han sido los jefes de los países más poderosos del mundo, han salido de las esferas humildes de esa sociedad. Ello se debe a que han logrado instruirse y educarse. Luego han trabajado por elevar el nivel de los suyos hasta formar una aristocracia que vale más que todas, la de la cultura".

- "Corazones altruistas como ese es lo que necesitamos. Apóstoles de una doctrina de bondad y de comprensión. Idealistas que sacrifiquen los balboas por el bien de la comunidad".

- "Yo no creo que se deben usar las influencias para nada que dependa de la ley. Esta se aplica con honradez y lealtad y, hiera a quien hiera, es la justicia".

- "La justicia mal aplicada en uno hiere a toda la sociedad. Y la justicia que usted, por ejemplo, procura, dejando pendiente una acción que debería terminarse, no es justicia, es infamia y es crimen".

En la **Revista Lotería** N.° 85, volumen VII, 2ª época, diciembre de 1962, aparece el cuento **¿Por qué será...?**** contenido en la sección **Cuentos y temas de Navidad**, en la que aparecen textos de Guillermo Andreve, Narciso Garay, Enrique Ruiz Vernacci, Octavio Méndez Pereira y Ricardo J. Alfaro, entre otros intelectuales y escritores de la época.

Se trata de un cuento desgarrador, escrito con el alma y con la cosmovisión de un hombre, su autor, capaz de internalizar el pensamiento infantil y la postura de una niña, Blanquita —su protagonista— frente a la realidad que percibe con inocencia a ratos y con crudeza otras, ante un tema que en el Panamá del siglo XXI parece cobrar cada vez más vigencia: la inequidad social.

Esa empatía con el niño, con el desposeído, con el que menos tiene, se consuma en esta cita, tomada del cuento, diálogo entre la niña huérfana y su abuela en plena noche de Navidad:

> "—Dime, mamacita, los niños de los ricos, son buenos?
> —Sí, hija mía; todos los niños son buenos... los pobres y los ricos.
> —Entonces abuelita, por qué será que el Niño Dios, no les manda juguetes a los niños pobres?..."

** Nota del editor: Hemos incluido el cuento citado en esta edición. Ver Anexo (cuento), en esta obra, pág. 255.

El 17 de marzo de 1943 leyó su discurso: **Los hechos de la historia deben someterse a la reconstrucción crítica de su época**, con el cual fue admitido como miembro de la Academia Panameña de la Historia —sucedido por don Bonifacio Pereira Jiménez con el discurso **Elogio a don Manuel de Jesús Quijano**.

Es este un discurso laudatorio y de gratitud, que destaca la obra de los académicos de la Historia y resalta cada una de sus obras bibliográficas y el impacto que han tenido en el tejido socio-histórico de la nación panameña, entre ellos Ricardo J. Alfaro, Octavio Méndez Pereira, Nicolás Victoria Jaén y Ernesto J. Castillero.

Además, Manuel de Jesús Quijano teoriza sobre las perspectivas históricas y examina lo que, a su juicio, son los tres modos de abordar y destacar los hechos históricos:

- Como relato escueto que parece la relación de un testigo presencial.
- Como compilación de documentos que no deben desconocerse u olvidarse.
- Como la expresión de conceptos propios o punto de vista personal, provocador de reacciones y controversias que ha de servir después a otras mentes para el pronunciamiento del fallo final sobre la materia presentada y discutida.

Una declaración acerca de su concepción fenomenológica de la historia da cuenta de su interés por este aspecto tan importante del saber humano y refleja, asimismo, el pensamiento de la época y el aspecto medular de su exposición:

> *"Yo entiendo así, con sentido simplista, sin complicaciones de ninguna clase, ceñida, únicamente, a la verdad de los hechos, la fórmula que debe aplicarse en la exposición de la Historia en todas o en alguna de sus etapas, pero considero que, de la relación libre de*

los acontecimientos, como de la compilación documental o de la expresión de conceptos personales, debe surgir la reconstrucción crítica de la época en que se sucedieron los hechos o a que se refieran los documentos, o a que se apliquen las opiniones del autor, porque no se pueden sustraer tales elementos a la revisión que permite toda obra humana para hallarle su filosofía".

Especial mención merece su libro, **Un inicuo despojo y una campaña de difamación,** publicado en 1933. Tiene, como su título lo adelanta, un sabor amargo y el tono propio de la autodefensa y de la denuncia de los difamadores, así como el reclamo de respeto de los valores elementales de la integridad y el honor. Nace del derecho a la defensa, del deseo de la vindicación, en el estricto sentido que dicta el Diccionario en su segunda acepción: "Defender, especialmente por escrito, a quien se halla injuriado, calumniado o injustamente notado".

Pero lo hace, también, porque, como él mismo apunta (y ya hemos citado) se debe a sus hijos "que son sangre de mi sangre y tienen derecho a exigirme que les transmita intacta la herencia de honor que me legaron mis progenitores".

Es un libro apasionante, lleno de mucha emotividad, que evidencia rectitud y convicción y, sobre todo, templanza de carácter.

En él, su autor afirma que el "despojo" aludido en el título se refiere a la expoliación de la que, políticamente, fueron víctima él (como secretario general de la Presidencia) y el propio presidente Florencio Harmodio Arosemena, don Rodolfo Chiari (en ese momento, ex presidente de la República) y miembros prominentes del Partido Liberal el 2 de enero de 1931 cuando —teniendo él 44 años de edad— se dio lo que el propio Quijano denomina "el cuartelazo" y que la historia panameña conoce como "el primer golpe de Estado en Panamá".

Por ello, afirmará:

"Queda, eso sí, un hecho claro, incontrovertible, de refinada maldad, y es el ejecutado por los autores del despojo del que se me hizo víctima, que me ha privado de objetos valiosos de mi propiedad que permanecen aún en poder de individuos pertenecientes a «Acción Comunal», con grave perjuicio moral y material para mí, para los míos y también para la Patria".

Al referirnos al tono amargo del libro, aludimos al hecho puntual de que, debido a esta acción política, don Manuel de Jesús Quijano permaneció en calidad de detenido político desde el 2 de enero de 1931 hasta el 17 de enero, cuando el Dr. Ricardo J. Alfaro, al decir del propio autor, autorizó su libertad, después de haber permanecido siete días recluido en el Hospital Santo Tomás, aún en la misma condición legal, y con el funesto hecho familiar de celebrar sus bodas de plata en tan lamentable situación.

"El Comandante Primer Jefe de la Policía Nacional, caballeroso compatriota don Homero Ayala, me condujo personalmente en su automóvil del Cuartel al Hospital ordenando que se me desinara (sic) un cuarto de la sala 10, bajo palabra de honor de que solo recibiría las visitas de mi esposa y de mis hijos y de que permanecería recluido en mi celda".

Otro libro importante en la producción literaria de don Manuel de Jesús Quijano, por el manejo del discurso, por el claro dominio de la argumentación y de la modalidad apologética es **En la ruta liberal y democrática. Checoslovaquia: una democracia mártir.**

Es un libro hecho, más que escrito, con la fuerza de la convicción democrática, con la potencia de la voz libertaria y con el ensordecedor y público reclamo del respeto a los valores universales y principios que sostienen al mundo civilizado.

Es un documento de un invaluable valor histórico y testimonial. Su contenido permite seguir la huella del desarrollo de las ideas, tan necesario en nuestros tiempos.

Motivado por la ocupación de Checoslovaquia por parte de Alemania, el libro contiene los ingentes esfuerzos de Quijano, como cónsul en Panamá, por resaltar al país europeo y por denunciar ante el mundo la masacre de la había sido objeto este país.

Sus discursos radiados, las intervenciones ante la colonia checa en Panamá y la voz inmune a presiones con que pregonó su descontento, están recogidos en este libro tan valioso como significativo.

Un hecho aún más destacable es el seguimiento que le dio a la adjudicación del nombre Lídice a un caserío del distrito de Capira, dato bibliográfico (e histórico) que nos permite conocer la toponimia panameña en sus reconditeces y que nos retrotrae a la destrucción total de ese pueblo checoeslovaco (*Liditz* en la lengua checa) el 10 de junio de 1942 por órdenes de Hitler.

Por ello, se puede advertir el tono con que le escribe a don Rodolfo Aguilera en su carta del 13 de septiembre de 1942:

> *"Mi estimado amigo: En tu simpática página de «Mundo Gráfico», de ayer, sugieres al Comité Pro Democracia, de Panamá, que algo se haga en nuestra patria para perpetuar el nombre de la aldea mártir de Checoslovaquia, que se llamó LÍDICE. Y tu amable invitación a ese recuerdo perdurable, me ha conmovido hondamente, porque, a más de sentirme como panameño liberal y demócrata, dispuesto a aplaudir cuanto tienda al desprestigio del nazi-fasci-falangismo, el cargo que desempeño y me honra de Cónsul checoslovaco, me inspira los más sentidos agradecimientos por tu idea".*

Un año más tarde, se vio cristalizada la iniciativa de hombres como Fito Aguilera, y sobre todo del alcalde Nicanor Subía, a quien don Manuel de Jesús Quijano habría dirigido también una misiva de felicitación por el esfuerzo realizado.

Este suceso fue recogido por **La Estrella de Panamá** en los siguientes términos:

"Significativo acontecimiento fue la fundación de Lídice en el distrito de Capira el 31 de octubre de 1943

Como estaba anunciado, el domingo 31 de octubre del pasado, tuvo efecto en el distrito de Capira, la inauguración del corregimiento de LÍDICE, último de los números del programa con que se celebró en Panamá el aniversario de la Independencia de Checoeslovaquia.
[...]
El día 31, el nuevo Corregimiento de Lídice vistió de gala, y a las 9 de la mañana fue recibido el Cónsul Quijano por las autoridades y los escolares".

Su labor editorial

La labor editorial de don Manuel de Jesús Quijano estuvo signada principalmente por tres empresas que él llevó adelante con tesón:

* Editorial La Moderna, S.A.
* Diario El Veragüense
* Periódico La prensa Ilustrada

Según Mélida Sepúlveda, "fue don Manuel de Jesús Quijano quien llevó la primera imprenta a Veraguas, quien imprimió el primer órgano periodístico de la extensa provincia, EL VERAGÜENSE".

La editorial La Moderna fue fundada en 1926 y era don Manuel de Jesús Quijano su propietario y presidente. En ella publicó gran cantidad de libros, entre los cuales se cuentan los propios, que comprenden los de creación literaria, los de tema económico, histórico, etc., y muchos libros de texto, revistas y periódicos.

También publicó el periódico **La Prensa Ilustrada**, del cual era director, mientras que uno de sus hijos, Guillermo Elías Quijano, se desempeñaba como jefe de redacción. Era un semanario con salida los jueves y su costo era de cinco centavos. En la primera época traía el subtítulo "Semanario de la vida universal", que más tarde cambiaría por "Semanario Liberal".

Tenía una sección fija de lenguaje, titulada Disparates y Correcciones, a cargo de Lope de Hoyos (quizá por imitación del Juan López de Hoyos, maestro de Cervantes); las sociales, a cargo de su hermana Olga Mery Quijano, y noticias de carácter político, sobre todo las relacionadas con el Partido Liberal.

En él se reproduce, en la edición del 18 de noviembre de 1937, la noticia tomada de **El correo del Cauca**, de Cali, en la que se informa del fallecimiento de doña Elisa de Quijano Wallis:

> *"Serena, dulcemente, se entregó a la tierra, después de soportar, por largo tiempo, con pasmosa resignación, la que dá la fé y otorga Dios, una dolorosa enfermedad, doña Elisa de Quijano Wallis, distinguida dama, madre de nuestros apreciados amigos, don Manuel de Jesús, don Elías, don Jorge y don Luis Carlos Quijano.*
>
> *Bella vida la de esta dignísima dama, Viuda en plena juventud del payanés Elías Quijano Wallis, supo, con el decoro de las matronas romanas, levantar en forma austera su casa y llevar a la sociedad el rico caudal de su prole.*
>
> *Noble y arrogante la existencia de la matrona desaparecida; dulce y amorosa para su*

hogar; límpida y brillante para la sociedad que supo comprenderla y que la llora hoy con sinceridad absoluta.

Saben el doctor Manuel de Jesús, don Elías, don Jorge y Luis Carlos, y los demás familiares de la extinta, que compartimos íntimamente su dolor y que al registrar este infausto hecho, con pobres palabras, sólo hacemos que traducir el eco de la ciudad, como que nuestra pena no podría expresarse con palabras".

Una vida dedicada al trabajo, a la familia y a los más altos valores

El martes 18 de abril de 1950, cumplidos los 65 años de edad, falleció el ilustre caballero don Manuel de Jesús Quijano. Dejó un legado de familia, un trayecto recorrido con el denuedo de quien está dispuesto a vencer los obstáculos con trabajo, honradez y la convicción de dejar a los suyos la mejor herencia, la que según su hijo Guillermo Elías Quijano constituía: "el relevante ejemplo de una vida ejemplar, honesta y digna, sin soslayar jamás el cumplimiento de sus deberes cívicos ni humillar el brillo de sus nobles ideales".

Citas sobre el personaje

"Pero sobre todo, sirvió a la Patria como ciudadano honesto y responsable, de levantado espíritu público, de calientes entusiasmos constructivos y de vigorosa acción fiscalizadora".

Mario Augusto Rodríguez

"Nunca te marearon los triunfos, porque entendiste lo que es la adjetividad de lo efímero y porque el hombre de valor positivo, es la sencillez en el vivir y en el hacer.

Nunca dejaste de estudiar, porque bien sabías que la vida del estudiante se inicia con el nacimiento y se acaba solamente con la muerte".

Bonifacio Pereira Jiménez

"Conservo de mi padre una impresión viva y profunda. Su personalidad dinámica y erguida, levantada siempre a los más altos ideales del espíritu, es la de un hombre sencillo y cordial, hondamente preocupado por el presente y el porvenir de la patria".

Guillermo Elías Quijano Robles

"Hijo nativo de la pintoresca Popayán que custodia el majestuoso Puracé y cobija un cielo pródigo de luz y armonías, sintió desde su infancia amor invencible por el Arte y la Belleza".

José Oller

"Es digna de alabanza toda una vida dedicada al trabajo y más todavía al sublime trabajo de sembrar cultura, de cosechar en cada persona que lee nuestro libro o nuestro periódico, el fruto de muchas horas de compresión del pensamiento, de lucha con la idea que se tiene y se niega salir en forma clara y comprensible".

Mélida Sepúlveda

Lo dicho por el personaje

"Yo entiendo así, con sentido simplista, sin complicaciones de ninguna clase, ceñida, únicamente, a la verdad de los hechos, la fórmula que debe aplicarse en la exposición de la Historia en todas o en alguna de sus etapas, pero considero que, de la relación libre de

los acontecimientos, como de la compilación documental o de la expresión de conceptos personales, debe surgir la reconstrucción crítica de la época en que se sucedieron los hechos o a que se refieran los documentos, o a que se apliquen las opiniones del autor".

"Creo deberme a la sociedad en que vivo que me ha otorgado su estimación; al partido liberal (sic) cuya bandera ha inspirado mis ideales y me ha honrado con puestos de confianza; a la patria que me ha brindado oportunidades de servirla con fervor y sinceridad; y a mis hijos, que son sangre de mi sangre y tienen derecho a exigirme que les transmita intacta la herencia de honor que me legaron mis progenitores".

"He sido, soy y seguiré el mismo hombre con sus defectos y virtudes: insensible a los halagos y a las tentaciones deshonrosas; sin petulancia y sin presunción cuando me he hallado en altas posiciones oficiales; altivo y digno, quizás orgulloso cuando he estado abajo. Franco y sincero en mis convicciones y cumplidor de mis compromisos".

"La dominación de los pueblos por la fuerza no es duradera. Las bayonetas, dijo un prócer cubano, sirven para todo, menos para asentarse en ellas. Hoy, como ayer, las armas dominan un minuto. Un año, varios años, son minutos en la vida de las naciones".

Árbol genealógico

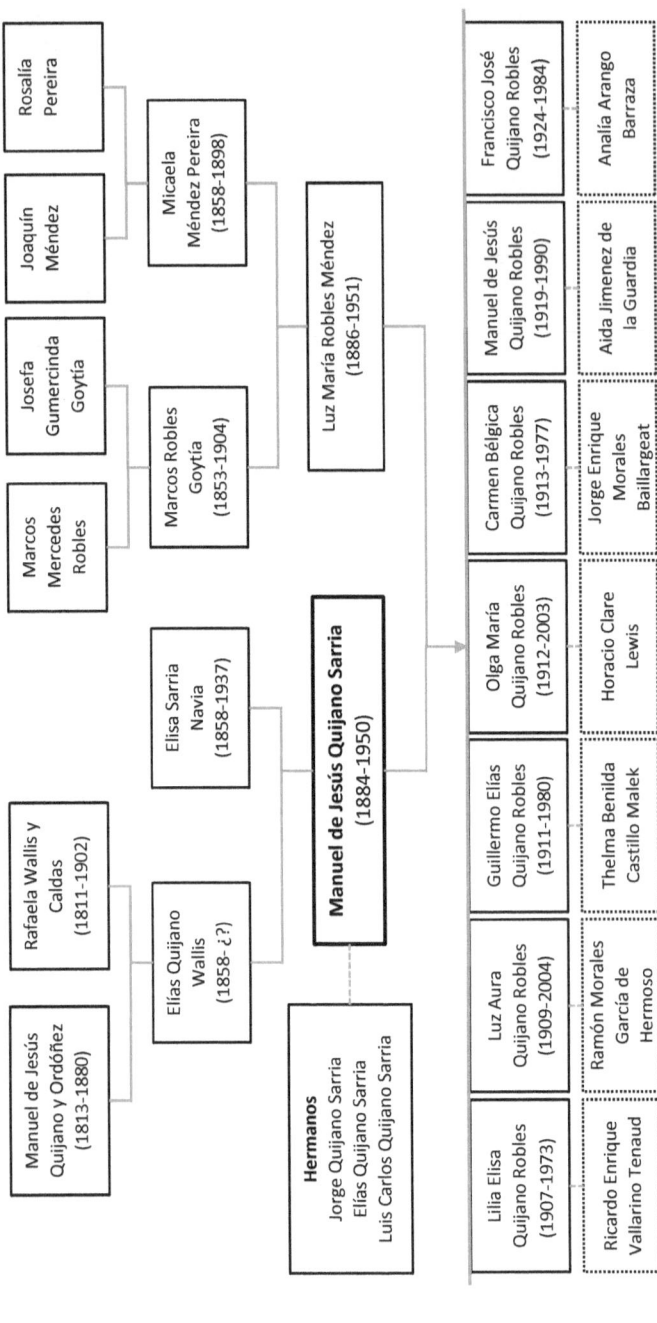

Manuel de Jesús Quijano y Ordóñez (1813-1880)

Rafaela Wallis y Caldas (1811-1902)

Marcos Mercedes Robles

Josefa Gumercinda Goytia

Marcos Joaquín Méndez

Rosalía Pereira

Elías Quijano Wallis (1858-¿?)

Elisa Sarria Navia (1858-1937)

Marcos Robles Goytia (1853-1904)

Micaela Méndez Pereira (1858-1898)

Manuel de Jesús Quijano Sarria (1884-1950)

Luz María Robles Méndez (1886-1951)

Hermanos
Jorge Quijano Sarria
Elías Quijano Sarria
Luis Carlos Quijano Sarria

Lilia Elisa Quijano Robles (1907-1973)

Luz Aura Quijano Robles (1909-2004)

Guillermo Elías Quijano Robles (1911-1980)

Olga María Quijano Robles (1912-2003)

Carmen Bélgica Quijano Robles (1913-1977)

Manuel de Jesús Quijano Robles (1919-1990)

Francisco José Quijano Robles (1924-1984)

Ricardo Enrique Vallarino Tenaud

Ramón Morales García de Hermoso

Thelma Benilda Castillo Malek

Horacio Clare Lewis

Jorge Enrique Morales Baillargeat

Aida Jimenez de la Guardia

Analía Arango Barraza

Manuel de Jesús Quijano S., representante de Panamá ante el Comité Interino de la Asamblea General de las Naciones Unidas, presenta sus credenciales a Trygve Lie, primer Secretario General de las Naciones Unidas.
Lake Success, Nueva York, 27 de febrero de 1948. Crédito: Official United Nations Photo (Department of Public Information) UN 9327.